河出文庫

ナイン・ストーリーズ

J・D・サリンジャー
柴田元幸 訳

河出書房新社

ドロシー・オールディング
と
ガス・ロブラーノに

目次

両手を叩く音は知る、
ならば片手を叩く音は？
——禅の公案

ナイン・ストーリーズ

バナナフィッシュ日和

ホテルにはニューヨークの広告マンが九十七人泊まっていて、長距離回線を独占しているものだから、五〇七号室の女の子は電話がつながるまで正午から二時間半近く待たねばならなかった。でもそのあいだの時間はしっかり活用した。ポケットサイズの女性誌で「セックスは楽しい？　それとも地獄？」と題した記事を読んだし、櫛《くし》とブラシも洗った。ベージュのスーツのスカートについた染みも抜いた。サックスで買ったブラウスのボタンの位置を変え、ほくろに新たに出現した毛二本も抜いた。オペレーターがやっと電話してきたとき、女の子は窓際《まどぎわ》の作りつけの椅子《いす》に座って、左手の爪にマニキュアをほぼ塗り終えたところだった。

彼女は電話が鳴ってもいっさい何も中断しないタイプの女の子だった。電話なんて思春期に達して以来ずっと絶え間なく鳴っているみたいな顔をしていた。

小さなマニキュアのブラシを手に、女の子は電話が鳴っているのをよそに、小指の爪に取りかかり、爪半月《つめはんげつ》のところにアクセントをつけていった。それからマニキュアの罎《びん》に蓋《ふた》をして、立ち上がり、左の——濡《ぬ》れた方の——手を宙で前後に振った。そして乾いた方の手で、吸殻《すいがら》が山になった灰皿を窓際の椅子から取り上げ、ナイトテーブルまで運んでいった。電話はそのナイトテーブルに載っている。メークしてあるツインベッドの一方に女の子は腰を下ろし、それから——五回か六回鳴ったところで——受話器を手にとった。

「もしもし」と彼女は、左手の指をぴんと伸ばして白い絹のドレッシングガウンから遠ざけて言った。身に着けているのはそのガウンと、つっかけ靴だけ。指輪はバスルームに置いてあった。

「ニューヨークへのお電話がつながりました、ミセス・グラース」とオペレーターは言った。

「どうも」と女の子は言って、ナイトテーブルの上に灰皿を載せる場所を空けた。

女性の声が聞こえてきた。「ミュリエル？　あんたなの？」

女の子は受話器をわずかに回して耳から離した。「そうよ、母さん。元気？」と彼女は言った。

「あんたのこと死ぬほど心配してたのよ。どうして電話してこないの？　あんた大丈夫？」

「昨日の晩もおとといの晩も電話しようとしたのよ。ここの電話ったらずっと――」

「あんた大丈夫なの、ミュリエル？」

女の子は受話器と耳とが作る角度を拡《ひろ》げた。「大丈夫よ。暑いけど。フロリダでこんなに暑い日は何十――」

「なんで電話してこなかったの？　あんたのこと死ぬ――」

「母さん、母さんたら、大声出さないでよ。ちゃんと聞こえてるから」と女の子は言った。「昨日の夜も二度かけたのよ。一回は夕飯のすぐ――」

「あたし昨日父さんに言ったのよ、あんたがきっと今夜電話してくるって。なのに父さんったらよりによって――あんた大丈夫、ミュリエル？　ほんとのこと言ってちょうだい」

「大丈夫だってば。おんなじこと何度も訊《き》かないでね」

「いつそっちに着いたの？」

「さあ。水曜の午前かしら、朝早く」

「誰《だれ》が運転したの？」

「あの人よ」と女の子は言った。「ねえ母さん、興奮しないでよ。すごくていねいに運転したんだから。ほんと、びっくりしたわよ」

「あの人が運転したの？　ミュリエル、あんた約束したじゃ――」

「母さん」と女の子がさえぎった。「いま言ったでしょ。すごくていねいに運転したって。何しろ道中ずっと八十キロ以下よ」

「木を相手に変なことやろうとしなかった?」

「言ったでしょ母さん、すごくていねいに運転したって。いい、ちゃんと聞いて。白線から離れないでねってあの人に頼んだのよ、そしたらちゃんとわかってくれて、ずっと離れなかったのよ。木だってね、見ないようにがんばってたのよ——横で見ててもわかったわ。ところで父さん、車もう修理してもらった?」

「まだよ、四百ドルかかるって言ってきたのよ、たかが——」

「母さん、シーモアが父さんに言ったでしょ、修理代は自分が払うって。何もそんなふう——」

「まあいいわよそれは。で、どんな感じだったのあの人——車のなかとかで?」

「普通よ」と女の子は言った。

「あんたのこと相変わらずあんなひどい——」

「ううん。新しい呼び方思いついたの」

「何?」

「なんだっていいじゃない、母さん」

「ミュリエル、母さんは知りたいのよ。父さんがね——」

「わかった、わかったわよ。あたしのこと今度はね、一九四八年ミス魂の売女《ばいた》だって」と女の子は言って、くすくす笑った。

「おかしくありませんよ、ミュリエル。全然おかしくありませんよ。ひどいわよ。情けないわよ、実際。あんただって、あの人が戦――」

「母さん」と女の子がさえぎった。「ちょっと聞いて。あの人がドイツから送ってくれた本のこと、覚えてる？　ほら――あのドイツ語の詩の本。あたしあれどうしたかしら？　さんざん考えてるんだけど――」

「あるわよ、ちゃんと」

「ほんとに？　確か？」と女の子は言った。

「確かよ。だから、あたしが預ってるのよ。フレディの部屋にあるわ。あんたがここに置いてってって、置き場所っていってても――どうして？　返せって？」

「ううん。ただね、訊かれたのよ、車で走ってる最中に。あの本読んだかって訊かれたの」

「だってドイツ語じゃない！」

「そうよ。でもそんなの関係ないの」と女の子は言って、脚を組んだ。「あれは今世紀ただ一人の偉大な詩人が書いた詩なんですって。翻訳を買うとかすべきだったって言われたわ。じゃなきゃドイツ語を覚えるとか」

「ひどいわねえ。ひどいわよ。情けないわよ、ほんとにまったく。昨日の夜も父さんが言ってたんだけど――」

「ちょっと待って、母さん」と女の子は言った。そして窓際の椅子まで煙草《たばこ》を取りにいき、火を点《つ》けて、ベッドの上に戻った。「もしもし?」と女の子は煙を吐き出しながら言った。

「ミュリエル。いいこと、よく聞きなさい」

「聞いてるわよ」

「父さんがね、シヴェツキー先生に相談したのよ」

「ふうん。で?」と女の子は言った。

「先生に何もかも話したのよ。少なくとも父さんはそう言ってるわ――ああいう人だからあれだけどね。木のことも。窓の一件も。おばあちゃまにいつ亡くなるつもりですかとかひどいこと訊いた話も。バミューダで撮ってきた素敵な写真をどうしたかも――何もかも話したのよ」

「で?」と女の子は言った。

「でね。まず、陸軍があの人を退院させたのはね、完璧《かんぺき》な犯罪ですって――これ嘘《うそ》じゃないのよ。シーモアが完全に自制心を失う可能性がある、非常に大きな可能性がある、そうすごくはっきりおっしゃったの。これ嘘じゃないのよ」

「このホテルにも精神科医いるわよ」と女の子は言った。

「だあれ？　何ていう人？」

「さあ。リーザーとか何とか。すごくいいんだって」

「聞いたことないわね」

「ま、とにかく、すごくいいんだって」

「ミュリエル、生意気はよしなさい。あんたのことすごく心配してるのよ、あたしも父さんも。昨日の夜だってね、父さんたらね、帰ってこいって電報打とうって言っ――」

「あたしまだ帰らないわよ、母さん。だからカッカしても無駄よ」

「ミュリエル。これ嘘じゃないのよ。シヴェツキー先生がね、シーモアは完全に自制心を失う可能――」

「まだ着いたばかりなのよ、母さん。あたし休暇なんて何年ぶりかなのよ。荷物まとめて帰る気なんかないわよ」と女の子は言った。「だいたいどのみち移動は無理ね。陽《ひ》焼《や》けがひどくてろくに動けないもの」

「陽焼けがひどいって？　鞄《かばん》に『ブロンズ』入れといたでしょ、使わなかったの？入れといたのよ、鞄の――」

「使ったわよ。でも焼けちゃったの」

「大変じゃない。どこが焼けてるの？」

「体じゅうよ、体じゅう」

「大変じゃない」

「死にやしないわよ」

「それで、ねえ、その精神科医の人と話したの？」

「うん、まあちょっと」と女の子は言った。

「で、なんだって？　話したときシーモアはどこにいたの？」

「オーシャン・ルームよ、ピアノ弾いてたわ。ここに来てから二晩ともピアノ弾いてる」

「で、お医者さまはなんだって？」

「べつに、特に何も。向こうから声かけてきたの。昨日の夜、ビンゴで席が隣り合わせになって、あっちの部屋でピアノ弾いてるのはあなたのご主人ですよねって言ってきたの。ええそうですって言ったら、ご病気か何かだったんですかって訊くの。だから——」

「なんでそんなこと訊くの？」

「知らないわよ、そんなの。きっと顔色とかすごく悪いからじゃないの」と女の子は言った。「とにかくね、ビンゴが終わったら、その人と奥さんに、よかったらご一緒に一杯いかがですって誘われたの。それで行ったわけ。この奥さんってのが最低でね。ねえ覚えてる、ボンウィットのウィンドウに飾ってあったあのひどいディナードレス？　母さん言ったでしょ、あんなの着るにはものすごく、ものすごく小さ――」

「緑のやつ？」

「それを着てるわけ。腰とかすごく太くて。同じこと何べんも訊くのよね、シーモアがスザンヌ・グラースの親戚《しんせき》かって――ほら、マディソン・アベニューであの店やってる。帽子店の」

「だけどなんだって？　お医者さまは」

「あ。うん、大したこと言わなかったわね、特に。だってバーにいたんだし。ものすごくうるさかったから」

「うん、そうだけど。でもあんた――あんた話したの、あの人がおばあちゃまの椅子をどうしようとしたかとか？」

「話さないわよ、そんなこと。あんまり細かいことは言わなかった」と女の子は言った。「たぶんまた話すチャンスあると思うわ。一日中バーにいるんだもの、あのお医者さん」

「で、何か言ってなかった、あの人がなんて言うか、こう――変なふうになる可能性とか？　あんたに何かするとか！」

「はっきりそうは言わなかったわね」と女の子は言った。「とにかくもっと事実を聞かないとですって。子供のころのこととか、みんな聞かないと駄目なのよね。とにかくね、話なんてろくにできなかったのよ、ものすごくうるさかったから」

「ふうん。あの青いコート、どう？」

「いいわよ。パッドを少し抜いてもらったの」

「今年のファッション、どうなの？」

「ひどいわよ。でもすごい豪華。スパンコールとか――ごちゃごちゃいっぱいあって」と女の子は言った。

「部屋はどう？」

「いいわよ。抜群じゃないけどね。戦争前に泊まった部屋は取れなかったの」と女の子は言った。「今年の人たち、ひどいものよ。ダイニングルームで隣の連中なんて、ほんと見せてあげたいわよ。すぐ隣のテーブルなの。トラックで乗りつけましたって感じ」

「まあどこでもそうよね。バレリーナドレスはどう？」

「長すぎるわ。言ったじゃない、長すぎるって」

「ミュリエル、もう一度だけ訊くわよ――あんた、ほんとに大丈夫？」

「大丈夫よ、母さん」と女の子は言った。「もうこれで九十回目よ」

「で、帰ってくる気ないの？」

「ないわよ、母さん」

「父さんが昨日の夜言ったのよ、あんたが一人でどこかに行ってじっくり考えるんだったらお金は喜んで出すって。素敵なクルーズとか。あたしも父さんも思ったのよ――」

「結構よ」女の子は言って、組んでいた脚をほどいた。「ねえ母さん、これって電話代ものすご――」

「まったくねえ、あんたったら戦争中ずうっとあの人のこと待ってたのにねえ――ほかの女たちなんてみんな、亭主《ていしゅ》のことなんか――」

「母さん」と女の子は言った。「もう切らないと。シーモアがいつ帰ってくるかわかんないし」

「いまどこにいるの？」

「ビーチよ」

「ビーチ？　一人で？　ビーチでちゃんと普通にしてるの？」

「母さん」と女の子は言った。「母さんたら、あの人がまるで凶暴な変質者か――」

「そんなこと言ってませんよ、ミュリエル」

「でもそう聞こえるのよ。あの人、ビーチでただ寝転がってるだけよ。バスローブも脱がないで」

「バスローブを脱がない？　どうして？」

「知らないわよ。肌が真っ白だからかしらね」

「参ったわねえ。あの人、少しは陽を浴びるべきよ。あんた言ってやれないの？」

「わかってるでしょ、シーモアの性格」と女の子は言って、もう一度脚を組んだ。

「阿呆《あほう》な奴《やつ》らに刺青《いれずみ》見られたくないんだって」

「刺青なんかないでしょ！　それとも軍隊で入れてきたの？」

「違うわ、母さん。違うわよ」と女の子は言って、立ち上がった。「ねえ、明日とかにまた電話するから」

「ミュリエル。よく聞いてちょうだい」

「はいはい」と女の子は言って、右脚に体重をかけた。

「いい、すぐに電話するのよ、もしあの人がちょっとでも変なことやったり、言ったりしたら――わかるわね。聞こえてる？」

「母さん、あたしシーモアのこと怖くなんかないわ」

「ミュリエル、約束してほしいのよ」

「わかったわ、約束する。じゃあね、母さん」と女の子は言った。「父さんによろしくね」。彼女は電話を切った。

「もっと鏡を見て《シー・モア・グラース》」と、母親と一緒にホテルに泊まっているシビル・カーペンターが言った。「ねえ、もっと鏡見た?《ディジュー・シー・モア・グラース》」

「子猫ちゃん、もうそれ言うのやめて。ママほんとに頭がおかしくなりそうよ。ほら、じっとしてて」

カーペンター夫人はシビルの肩にサンオイルを塗っている最中だった。華奢《きゃしゃ》な、翼のようなシビルの肩胛骨《けんこうこつ》にオイルを広げている。ふくらませた巨大なビーチボールの上にシビルは危なっかしく座って、海の方を向いている。カナリアイエローのセパレーツの水着を着ているが、その一方が本当に必要になるのはまだ九年か十年先だろう。

「ほんとにごく普通の絹のハンカチなのよ——近くに寄って見ればわかるの」とカーペンター夫人の隣のビーチチェアに座った女性が言った。「知りたいわ、どうやって結んでたのかしらねえ。すごく素敵だったのよ」

「素敵そうね」とカーペンター夫人は同意した。「シビル、じっとしてて、猫ちゃん」

「もっと鏡見た?」とシビルは言った。

カーペンター夫人はため息をついた。「はい、できたわよ」と夫人は言って、サンオイルの壜に蓋をした。「さあ、遊んでいらっしゃい。ママはホテルに帰って、ミセス・ハベルとマティーニを飲みますからね。お土産《みやげ》にオリーブ持ってきてあげますからね」

解放されると、シビルはすぐさまビーチを平らな方に駆けていって、それからフィッシャーマンズ・パビリオンに向かって歩き出した。途中一度だけ、ぐしょぐしょに濡れて崩れたお城に片足をつっ込んだだけで歩きつづけ、じき宿泊客専用エリアの外に出た。

四、五百メートル歩いてから、シビルはいきなり、ビーチの柔らかな砂の上を斜めに走り出した。そして若い男が仰向《あおむ》けに寝転がっているところまで来て、ぴたっと止まった。

「海に入るの、もっと鏡見る?《シー・モア・グラース》」とシビルは言った。

若い男は身を硬くした。右手がさっと、パイル地のローブの折り襟《えり》に行った。男は腹ばいに向き直って、ソーセージ状に丸めて載せたタオルが目の上から落ちるままにし、すぼめた目でシビルを見上げた。

「やあ。ハロー、シビル」

「海に入るの?」

「君を待ってたのさ」と若い男は言った。「何かニュースは?」

「なあに?」とシビルは言った。

「ニュースは? どんな予定?」

「パパが明日ヒ、コ、ー、キ、ー、で来るの」とシビルは砂を蹴《け》りながら言った。

「おいおい、顔にかけるなよ、ベイビー」と若い男は言って、シビルの足首に手を触れた。「そうだよな、もう来ていいころだよな君のパパ。僕もね、いまかいまかと待ってたんだ。いまかいまかと」

「女の人は?」とシビルが言った。

「女の人?」若い男は細い髪から砂を払い落とした。「それは難問だよ、シビル。どこにいるか、可能性は千くらいある。美容院で、髪をミンクに染めてるかもしれない。それとも部屋にいて、恵まれない子供たちのために人形を作っているかもしれない」。いまやうつ伏せに寝そべった彼は、両手ともこぶしを作り、二つ重ねてそのまた上にあごを載せた。「何かほかのこと訊いてくれよ、シビル」と彼は言った。「素敵な水着着てるね。僕に何か好きなものがあるとしたら、それは青い水着だよ」

シビルは目を丸くして彼を見て、それから、ふくらんだ自分のお腹《なか》を見下ろした。

「これ、黄、色、よ」と彼女は言った。「これ、黄、色、よ」

「そうなの? もうちょっと近くへ来てみてよ」

シビルは一歩前に出た。

「ほんとだ、君の言うとおりだ。馬鹿だなあ、僕って」

「海に入るの?」とシビルは言った。

「そいつを真剣に考えてる最中なのさ。じっくり考えてるところさ、君も喜んでくれるだろ」

若い男がときどき枕代《まくら》わりに使っているゴムの浮輪をシビルはつっついた。「これ、空気入れなきゃ」と彼女は言った。

「そうだね。僕が認めたくないくらい多くの空気をこの浮輪は必要としている」。若い男はこぶしを外して、あごを砂の上に下ろした。「シビル」と彼は言った。「元気そうだね。君に会えて嬉《うれ》しいよ。君のこと、話してくれよ」。彼は両手を前に伸ばして、シビルの両足首をつかんだ。「僕は山羊座《やぎ》」と彼は言った。「君は?」

「シャロン・リプシュッツが、ピアノの椅子に一緒に座ったって言ってた」とシビルは言った。

「シャロン・リプシュッツがそう言ったの?」

シビルは首を大きく縦に振った。

若い男は彼女の足首を離し、両手を引っ込めて、顔の横を右の前腕《まえうで》に載せた。「それはさ、シビル」と彼は言った。「要するに成り行きというものでさ。僕はあそこに座ってピアノを弾いていた。そして君はどこにも見当たらなかった。そこへシャロン・リプシュッツがやって来て、僕の隣に座ったわけでさ。押しのけるわけにも行かないだろ?」

「行く」

「いやいや。駄目だってば。それはできないよ」と若い男は言った。「でも代わりにどうしたか知ってる?」

「どうしたの?」

「シャロン・リプシュッツのことをね、君だってふりをしたのさ」

シビルはとたんにしゃがみ込んで、砂を掘りはじめた。「海に入ろう」と彼女は言った。

「いいとも」と若い男は言った。「それならなんとかできると思う」

「また来たら、今度は押しのけて」とシビルは言った。

「押しのけるって、誰を?」

「シャロン・リプシュッツ」

「ああ、シャロン・リプシュッツね」と若い男は言った。「その名前、よく出てくるなあ。記憶と欲望を混ぜ合わせ……」。彼はいきなり立ち上がった。そして海を見た。「ねえシビル」と彼は言った。「こうしようじゃないか。バナナフィッシュをつかまえるんだ」

「何を?」

「バナナフィッシュさ」と彼は言って、ローブの帯をほどいた。そしてローブを脱いだ。肩は白くて細く、トランクスはロイヤルブルーだった。ローブをまず縦に折り、それから三つに畳《たた》んだ。目の上に載せていたタオルを広げて砂の上に置き、畳んだローブをその上に置いた。それから腰をかがめて浮輪を拾い上げ、腋《わき》の下に入れた。それから左手でシビルと手をつないだ。

二人は海に向かって歩き出した。

「君も昔はバナナフィッシュをたくさん見たんだろうねえ」と若い男は言った。

シビルは首を横に振った。

「見てない？　いったい君、どこに住んでるの？」

「わかんない」とシビルは言った。

「わかってるだろ。わかってるさ、もちろん。シャロン・リプシュッツは自分がどこに住んでるかわかってて、それでまだ三歳半だよ」

シビルは歩くのをやめて、手をさっと彼の手から引きはがした。そしてごく平凡な貝殻《かいがら》をひとつ拾い上げて、しげしげと眺《なが》めた。それから貝殻を投げ捨てた。「ワーリーウッド、コネチカット」と彼女は言って、お腹をつき出してまた歩きはじめた。

「ワーリーウッド、コネチカット」と若い男は言った。「それってひょっとして、ワーリーウッド、コネチカットの近くかな？」

シビルは彼の顔を見た。「そこに住んでるんだってば」と彼女は苛立《いらだ》たしげに言った。「ワーリーウッド、コネチカットに住んでるの」。そして彼の何歩か前に走り出て、左手で左の足先をつかんで、ぴょんぴょんと二度三度跳《は》ねた。

「なるほど、それですべてははっきりしたよ」と若い男は言った。

シビルは足先を離した。「ねえ、『ちびくろサンボ』読んだ？」

「いやあ、奇遇だなあ」と若い男は言った。「たまたま昨日の晩に読み終えたところさ」。彼は腕を下ろしてふたたびシビルの手を握った。「君はどう思った？」と彼は訊いた。

「虎《とら》みんな、あの木の周りをぐるぐる回った？」

「もういつまでも止まらないかと思ったよね。あんなにたくさんの虎、見るの初めてだよ」

「六頭しかいなかったよ」とシビルが言った。

「六頭しかいか！」と若い男は言った。「虎六頭を、しかって言うわけ？」

「ロウは好き？」とシビルが訊《たず》ねた。

「何は好きかって？」と若い男が訊いた。

「ロウ」

「大好きさ。君も？」

シビルはうなずいた。「オリーブは好き？」と彼女は訊いた。

「オリーブ――好きだとも。オリーブとロウ。どこへ行くにもこの二つは欠かさないよ」

「シャロン・リプシュッツは好き？」とシビルは訊いた。

「好きだよ。うん、好きだとも」と若い男は言った。「あの子で特に好きなのは、ホテルのロビーで絶対子犬に意地悪しないところだね。たとえばあの、カナダ人のご婦人が連れてる、おもちゃみたいに小《ち》っちゃいブルテリアがいるだろ。信じないかもしれないけど、あんな小っちゃな犬を、風船の棒でつっついたりする女の子がいるんだよ。シャロンはそんなことしない。絶対に意地悪しないし、ひどいことなんかしない。だから大好きだよ」

シビルは黙っていた。

「あたしロウソク嚙《か》むの好き」と彼女はしばらくしてからやっと言った。

「誰だって好きさ！」と若い男は足を濡らしながら言った。「わあ！　冷たいな」。彼は浮輪を水面に浮かべた。「いや、ちょっと待って、シビル。もう少し沖に出てからね」

二人で水中を歩いていって、水がシビルの腰の高さまで来た。若い男は彼女を抱き上げて、浮輪の上に腹ばいになるように下ろした。

「君、水泳帽とかかぶらないの？」と彼は訊いた。

「離しちゃ駄目よ」とシビルは命じた。「ちゃんと押さえててよ」

「ミス・カーペンター。お言葉ですが。手前、己《おのれ》の役割はしかとわきまえております」と若い男は言った。「君はとにかく目を開けて、バナナフィッシュがいないか見張っていてくれたまえ。今日は絶好のバナナフィッシュ日和《びより》だからね」

「一匹もいないよ」とシビルは言った。

「無理ないさ。奴らの習慣はものすごく変わってるからね。ものすごく」。彼はなおも浮輪を押した。水は彼の胸にも達していない。「奴らは実に悲劇的な生涯を送る」と彼は言った。「知ってるかいシビル、奴らがどういうことをするか?」

　シビルは首を横に振った。

「奴らはね、バナナがたくさん入ってる穴のなかに泳いでいくのさ。入ってくときはごく普通の見かけの魚なんだ。けどいったん入ると、もう豚《ぶた》みたいにふるまう。バナナの穴に入って、七十八本バナナを食べたバナナフィッシュを僕は知ってるよ」。彼は浮輪とその乗客を水平線に三十センチ近づけた。「当然ながら、そんなに食べたらものすごく太っちゃって、二度と穴から出られなくなる。ドアを抜けられないのさ」

「そんな遠くに出しちゃ駄目」とシビルは言った。「それでどうなるの?」

「どうなるって、何が?」

「バナナフィッシュ」

「ああ、バナナを食べすぎてバナナの穴から出られなくなったあとかい？」

「そう」とシビルが言った。

「うん、それが言いづらいんだけどね、シビル。死んじゃうのさ」

「どうして？」とシビルは訊ねた。

「うん、バナナ熱にかかっちゃうんだ。恐《おそ》ろしい病気なんだよ」

「波が来た」とシビルが不安げに言った。

「無視するさ。知らん顔するんだよ」と若い男は言った。「俗物《スノッブ》二人、波を無視《スナッブ》」。彼はシビルの足首を両手で握って、ぐっと下に、そして前に押した。浮輪は波頭《なみがしら》をかろうじて越えた。水がシビルの金髪をびしょ濡れにしたが、彼女の悲鳴はさも嬉しげだった。

　浮輪がふたたび平らに戻ると、シビルは自分の手で、濡れた髪の平べったい帯を目から拭《ぬぐ》いとって、「いま一匹見えた」と言った。

「見えたって、何が？」

「バナナフィッシュ」

「まさか、そんな！」と若い男は言った。「そいつ、口にバナナくわえてた？」

「うん」とシビルは言った。「六本」

　浮輪から垂れているシビルの濡れた足の一方を若い男はいきなり手にとって、その土踏《つちふ》まずにキスした。

「ちょっとぉ！」と足の所有者がふり向きながら言った。

「ちょっとぉなもんか！　そろそろ帰るよ。もう十分だろ？」

「まだ！」

「悪いね」と若い男は言って、シビルが降りるまで浮輪を岸に向けて押していった。

それから先は抱えて持っていった。

「じゃあね」とシビルは言って、ホテルの方角に、残念そうな様子もなく駆けていった。


若い男はローブを着て、折り襟をきつく閉じ、タオルをポケットにつっ込んだ。ぐっしょり濡れて持ちにくい浮輪を取り上げ、腋の下に入れた。柔らかい、熱い砂の上を、ホテルに向かって一人とぼとぼ歩いていった。

海水浴客用に用意されたサブメイン・フロアで、鼻に亜鉛華軟膏《あえんかなんこう》を塗った女が一人、彼と一緒にエレベータに乗り込んだ。

「僕の足を見てますね」と、エレベータが動き出してから若い男は女に言った。

「は？」と女は言った。

「僕の足を見てますね、って言ったんです」

「失礼ですけど、わたくし、床を見ていたんです」と女は言って、エレベータの扉の方を向いた。

「僕の足を見たいんだったら、そう言えよ」と若い男は言った。「こそこそ見るのはやめてくれ」

「ここで降ろしてくださいな」と女は早口でエレベータ係の若い女に言った。

扉が開いて、女はふり向きもせずに出ていった。

「こっちはごく当たり前の足が二つあるだけなのに、なんだってわざわざじろじろ見たがるんだ」と若い男は言った。「五階を」。彼はローブのポケットから部屋の鍵《かぎ》を取り出した。

五階で降りて、廊下を抜けて、鍵を開けて五〇七号室に入った。部屋は新しいカーフスキンの鞄と、除光液の匂《にお》いがした。

ツインベッドの一方に横になって眠っている女の子の方を、若い男はちらっと見た。それから荷物を置いたところに行って、鞄のひとつを開けて、パンツやアンダーシャツの山の下からオートギース七・六五口径オートマチックを取り出した。弾倉を外して、眺め、もう一度挿入した。撃鉄を起こした。それから、空いている方のベッドに行って腰を下ろし、女の子を見て、ピストルの狙《ねら》いを定め、自分の右こめかみを撃ち抜いた。

コネチカットのアンクル・ウィギリー

メアリ・ジェーンがやっとエロイーズの家にたどり着いたときはもう三時近かった。車が入れるところまで迎えに出てきたエロイーズに、何もかもがとことん完璧だったのよ、道も正確に覚えてたのよ、メリック・パークウェイを降りるまではね、と彼女は釈明した。

「メリット・パークウェイよ、ベイビー」とエロイーズは言って、メアリ・ジェーンがいままでこの家に二度独力でたどり着いていることを指摘したが、相手は何やら漠然《ばくぜん》と、クリネックスの箱がどうこうと愚痴《ぐち》っぽく言ってコンバーチブルに駆け戻っていった。エロイーズはキャメルヘアのコートの襟《えり》を立て、背中を風の方に向けて、待った。メアリ・ジェーンはじきに、クリネックスで洟《はな》を拭《ふ》きながらまだ動揺した様子で——汚《けが》されでもしたような様子さえ見せて——戻ってきた。エロイーズは涼しい顔で、昼ご飯みんな焦げちゃったわよ、仔羊《スイートブレッド》の膵臓から何から、と言ったが、あたし途中で食べてきたから、とメアリ・ジェーンは答えた。二人で家に向かって歩いていきながら、今日はどうして休みなのとエロイーズは訊《き》いた。まる一日休みなわけじゃないのよ、とメアリ・ジェーンは答えた。ミスタ・ウェインバーグがヘルニアでラーチモントの自宅にいるもんだから毎日午後に郵便物を届けさせられて手紙の筆記もやらされるのよと彼女は言い、「ヘルニアって要するになんなわけ？」とエロイーズに訊いた。エロイーズは足下《あしもと》の汚れた雪に煙草《たばこ》を投げ捨て、よく知らないけどあんたが罹《かか》る心配はないいんじゃないかしらねと言った。「あ、そう」とメアリ・ジェーンは言い、二人の若い女は家に入っていった。

二十分後、二人はリビングルームで一杯目のハイボールを飲み終え、かつて大学でルームメートだった人間同士にありがちな――おそらくはかつて大学でルームメートだった人間同士にしかありえない――話し方で話していた。そして二人のあいだには、さらに強い絆《きずな》があった。すなわち、二人とも大学を卒業しなかったのである。エロイーズは一九四二年、二年生のとき、学寮三階の閉じたエレベータのなかで兵士と一緒にいるところを発見されて一週間後に大学を辞めた。メアリ・ジェーンが辞めたのは――同じ年に同じ学年で、ほぼ同じ月に――フロリダのジャクソンヴィル配属の空軍士官候補生と結婚するためだった。ミシシッピ州ディィル出身の、痩《や》せた、空を飛ぶことで頭が一杯のこの若者は、メアリ・ジェーンと結婚していた三か月のうち二か月を、憲兵を刺した罪で刑務所に入っていた。

「違うわ」とエロイーズは言っている最中だった。「ほんとは赤毛だったのよ」。彼女はカウチの上に長々と寝そべり、痩せた、だがひどく愛らしい脚を足首のところで組んでいた。

「金髪だって聞いたけどなあ」とメアリ・ジェーンはもう一度言った。こちらは青いまっすぐな椅子に座っている。「誰《だれ》だったかが断言してたよ、あれは金髪だって」

「ううん。絶対違う」。エロイーズはあくびをした。「あの子が染めたとき、あたしほとんど同じ部屋にいたのよ。どうしたの？　そこに煙草、もうないの？」

「大丈夫。もう一箱持ってるから」とメアリ・ジェーンは言った。「どこかに」。彼女はハンドバッグのなかを探った。

「あのアホなメードときたら」とエロイーズはカウチから動かぬまま言った。「一時間ばかり前に、あの子の鼻先に買い立ての二カートン置いといたのにね。きっとそろそろやって来て、この煙草いかがいたしましょうかって訊いてくるわよ。なんの話だっけ？」

「シーリンジャー」とメアリ・ジェーンは促《うなが》し、自分で持ってきた煙草に火を点《つ》けた。

「ああそうそう。よく覚えてるわよ。あのフランク・ヘンキと結婚する前の晩に染めたのよ。覚えてる、あの男？」

「何となくね。ただの一兵卒よね？　全然カッコよくない？」

「カッコよくない――そんなもんじゃないって！　風呂に入ってないベラ・ルゴーシって感じだったわよ」

メアリ・ジェーンは首をうしろに倒してがははと笑った。「そりゃいいわ」と彼女は言って、飲む姿勢に戻っていった。

「グラスよこしなさいよ」とエロイーズは言って、ストッキングをはいただけの両足をさっと床に下ろして立ち上がった。「ほんとにどうしようもないわねあの子。あたしあの子に住み込みできてもらうようにあらゆる手を打ったのよ、さすがにルーに口説《く》かせるのだけは控えたけどね。いまとなっては後悔――それどこで買ったの？」

「これ？」とメアリ・ジェーンは言って、喉元《のどもと》のカメオのブローチに触った。「何言ってんの、大学のころからつけてたじゃない。母親のだったのよ」

「すごいね」とエロイーズは、空のグラスを両手に持って言った。「あたし、神聖な装身具なんてひとつも持ってない。ルーのお母さんがもし死んだら――ははは――たぶんあたしに遺《のこ》してくれるのはイニシャル入りのアイスピックか何かだわね」

「そもそも近ごろ仲どうなの、お義母《かあ》さんとは？」

「笑いごとじゃないわよ」エロイーズはキッチンに向かいながら言った。

「あたしもう絶対、次の一杯で最後だからね！」立ち去るエロイーズの背中にメアリリ・ジェーンが叫んだ。

「なぁに言ってんのよ。どっ、ちが電話してきたのよ？　で、二時間遅れてきたのは誰？　駄目よ帰っちゃ、あたしがあんたのことうんざりするまで。あんたのしょうもないキャリアなんてどうでもいいわよ」

メアリ・ジェーンは首をうしろに倒してもう一度がははと笑ったが、エロイーズはもうすでにキッチンに入っていた。

一人で部屋に残されて手持ち無沙汰《ぶさた》なので、メアリ・ジェーンは立ち上がって窓際《まどぎわ》まで歩いていった。カーテンを脇へどけて、一方の手首を窓の桟《さん》に載せたが、ざらざらしているので手首を引っ込め、もう一方の手でこすって汚れをとり、背を伸ばして立った。表では、汚いぬかるみが見るみる氷に変わっていた。メアリ・ジェーンはカーテンを放して、ぶらぶらと青い椅子に戻っていき、途中、ぎっしり本の詰まった本棚二本の前を、居並ぶ背表紙には目もくれず通り過ぎていった。椅子に座ると、ハンドバッグを開けて鏡で自分の歯を見た。口を閉じて、上の前歯を舌でしっかりこすって、それからもう一度見た。

「外、どんどん凍っ、て、き、て、る、ね」と彼女はふり向きながら言った。「ずいぶん早いのね。ソーダ入れなかったの？」

お代わりの酒を両手に持ったエロイーズは、いきなりぴたっと立ちどまった。両方の人差し指を銃口みたいにぴんとつき出し、「誰も動くな。この場所は包囲した」と言った。

メアリ・ジェーンはあははと笑って、鏡をしまった。

エロイーズが酒を手にやって来た。メアリ・ジェーンの酒をコースターの上に危なっかしく載せたが自分の酒は手に持ったままだった。そしてふたたびカウチに長々と寝そべった。「あのメード、キッチンで何してると思う?」とエロイーズは言った。「でっかい黒いケツで座り込んで『聖衣』読んでるのよ。アイストレー出そうとして落っことしたら、ムッとして顔上げたりして」

「あたしこれで最後よ。ほんとよ」とメアリ・ジェーンは言いながら酒を手にとった。「ねえ! あたし先週誰に会ったか知ってる? ロード&テイラーのメインフロアで」

「知ってるわよ」とエロイーズは言いながら頭の下のクッションを調整した。「エイキム・タミロフ」

「だあ《い》れ?」メアリ・ジェーンは言った。「それって誰よ?」

「エイキム・タミロフ。映画俳優よ。いつも言うのよ、『あなたじょおだんうまいねえ——はぁ?』。あたし大好き……。この家のクッション、どれもこれも耐えらんないわよ。誰に会ったのよ?」

「ジャクソンよ。あの子ね——」

「どっちのジャクソン？」

「知らないわよ。心理学の授業に出てた、いつも決まって――」

「二人とも心理学に出てたわよ」

「あっそう。ええと、すごくスタイル――」

「マーシャ・ルイーズ・ジャクソンね。あたしも一度ばったり会った。やっぱりべらべら喋《しゃべ》りまくった？」

「うん、すごかった。でもさ、何て言ったか知ってる？　ドクタ・ホワイティングが死んだんだって。バーバラ・ヒルから手紙が来て、ホワイティングが去年の夏に癌《がん》で死んだって知らせてきたんだって。体重が二十八キロしかなかったんだって。死んだときに。それってひどくない？」

「べつに」

「エロイーズ、あんた金釘《かなくぎ》みたいに薄情になってきたね」

「うん。ほかに何て言ってた？」

「ええと、ヨーロッパから帰ってきたばかりだって。亭主《ていしゅ》がドイツだかどこだかに配属になって、一緒に行ったのよ。四十七部屋ある家に住んで、ほかには夫婦がもう一組と召使が十人ばかりいるだけだったんだって。自分専用の馬もいて、その廏番《うまやばん》がね、ヒトラーお付きの乗馬教師だか何かだったのよ。そうそう、それから、有色人種の兵士に危うくレイプされかけた話もやり出したわ。ロード&テイラーのメインフロアで、よりによってそんな話やり出すんだもんねえ——いかにもジャクソンよね。その兵士ってのが亭主のお抱え運転手で、朝に車で市場まで連れていってもらう最中だったんだって。とにかくものすごく怖くて、ろくに声も——」

「ちょっと待って」。エロイーズが頭を上げ声を上げた。「あんたなの、ラモーナ?」

「そう」小さい子供の声が答えた。

「入ったら玄関のドア閉めてちょうだいね」とエロイーズが声を上げた。

「ラモーナなの? わあ、会いたいわ。ねえ、最後に会ったのって、あの子がまだ——」

「ラモーナ」エロイーズが目を閉じて叫んだ。「キッチンに行って、グレースにオーバーシューズ脱がせてもらいなさい」

「はい」ラモーナが言った。「行きましょ、ジミー」

「わあ、会いたいわ」メアリ・ジェーンが言った。「あら、大変! 見てよこれ。ごめんねエル、ほんとにごめん」

「放っときなさい。放っときなさいって」とエロイーズが言った。「どっちにしろこの絨毯《じゅうたん》嫌いなのよ。新しいの作ったげる」

「うん、ほら、まだ半分以上残ってるから!」メアリ・ジェーンはグラスを持ち上げた。

「ほんとに？」とエロイーズは言った。「煙草ちょうだい」

メアリ・ジェーンは自分の箱を差し出しながら、「わあ、会いたいわ。ねえ、誰に似てきた？」と言った。

エロイーズはマッチをすって火を点けた。「エイキム・タミロフ」

「ねえったら、真面目《まじめ》な話」

「ルー。ルーに似てるわ。ルーのお母さんが来て、三人並ぶと三つ子みたい」。体を起こしもせずに、エロイーズはシガレットテーブルの向こう端に積んだ灰皿の山に手を伸ばした。一番上に載った灰皿を器用に取り上げ、自分の腹の上に置いた。「あたしに必要なのはコッカースパニエルか何かよ」と彼女は言った。「あたしに似てる誰かよ」

「あの子、目はその後どうなの？」とメアリ・ジェーンが訊いた。「前より悪くなったりしてないでしょ？」

「まさか！　少なくともあたしは聞いてないわ」

「眼鏡なしでも少しは見えるわけ？　夜中に起きてトイレ行くときとか」

「誰にも言わないのよ。なんでも秘密にするの」

メアリ・ジェーンがさっと椅子の上で体を回した。「まあこんにちは、ラモーナ！」

と彼女は言った。「ああら、可愛いワンピースねえ！」。彼女は酒を下ろした。「あたしのこと覚えてもいないでしょうね、ラモーナ」

「覚えてるに決まってるでしょ。このお姉さんだあれ、ラモーナ？」

「メアリ・ジェーン」とラモーナは言って、ぼりぼり体を掻《か》いた。

「嬉《うれ》しい！」とメアリ・ジェーンは言った。「ラモーナ、お姉さんにキスしてくれる？」

「やめなさい」エロイーズがラモーナに言った。

ラモーナは体を掻くのをやめた。

「お姉さんにキスしてくれる、ラモーナ？」とメアリ・ジェーンがもう一度言った。

「人にキスするの嫌い」

エロイーズがふんと鼻を鳴らし、「ジミーはどこ？」と訊いた。

「ここにいる」

「ジミーって？」とメアリ・ジェーンはエロイーズに訊いた。

「それがねえ！　この子の恋人なのよ。どこへでも一緒に行くの。なんでも一緒にやるの。大したもんよ」

「ほんとに？」とメアリ・ジェーンは興味津々《しんしん》の様子で言った。そして身を乗り出した。「あなた恋人がいるの、ラモーナ？」

分厚い近視矯正眼鏡のうしろに隠れたラモーナの目は、メアリ・ジェーンの熱狂のごくわずかな部分すら反映していなかった。

「メアリ・ジェーンがあんたに訊いてるのよ、ラモーナ」とエロイーズは言った。

ラモーナは小さな、横に広い鼻のなかに指を一本挿《さ》し入れた。

「やめなさい」とエロイーズが言った。「メアリ・ジェーンがあんたに、恋人はいるかって訊いたのよ」

「いる」とラモーナは、鼻をせわしくほじりながら言った。

「ラモーナ」とエロイーズは言った。「やめなさいってば。いますぐやめなさい」

ラモーナは手を下ろした。

「まあ、素敵ねえ」とメアリ・ジェーンは言った。「なんていう名前？　名前教えてくれる、ラモーナ？　それともそれって秘密？」

「ジミー」とラモーナは言った。

「ジミー？　いい名前ねえ、ジミー！　ジミー・なんなの、ラモーナ？」

「ジミー・ジマリーノ」とラモーナは言った。

「そわそわしないの」とエロイーズが言った。

「うわあ、すごい名前ねえ。いまどこにいるの？　ねえ教えてくれる、ラモーナ？」

「ここ」とラモーナは言った。

メアリ・ジェーンはあたりを見回し、それからラモーナに目を戻して、精一杯相手の気をそそるような笑みを浮かべた。「ここのどこ、ハニー？」

「ここ」とラモーナは言った。「手つないでる」

「わかんないわ」とメアリ・ジェーンは、酒を飲み終えようとしているエロイーズに言った。

「あたしのこと見ないでよ」とエロイーズは言った。

メアリ・ジェーンはラモーナに目を戻した。「あ、わかった。ジミーって空想の男の子なのね。素敵ねえ」。メアリ・ジェーンは愛想《あいそ》よく身を乗り出した。「はじめまして、ジミー」と彼女は言った。

「あんたとは口きかないわ」とエロイーズが言った。「ラモーナ、ジミーのことメアリ・ジェーンに話してあげなさい」

「なに話すの？」

「ちゃんと立ってちょうだい……。ジミーがどんな姿してるか、メアリ・ジェーンに話してあげなさい」

「目が緑で、髪は黒」

「ほかには？」

「ママもパパもいない」

「ほかには？」

「そばかすもない」

「ほかには？」

「刀持ってる」

「ほかには？」

「わかんない」とラモーナは言って、また体をぽりぽり掻きはじめた。

「すっごくハンサムそうねえ！」とメアリ・ジェーンは言って、座ったままもっと前に身を乗り出した。「ラモーナ。教えて。いま一緒に帰ってきて、ジミーもやっぱりオーバーシューズ脱いだの？」

「ブーツはいてる」とラモーナは言った。

「素敵ねえ」とメアリ・ジェーンはエロイーズに言った。

「あんたはそう思うでしょうけどね。こっちは一日中つき合わされるのよ。食べるときも一緒。お風呂も一緒。眠るのも一緒。この子、ベッドの隅っこで寝るのよ。寝返り打ってジミーが怪我《けが》するといけないからって」

この情報を聞いて、メアリ・ジェーンはすっかり魅了された表情で下唇《したくちびる》をくわえ込み、やがて放して、「でもどこでそんな名前見つけてきたの？」と訊いた。

「ジミー・ジマリーノ？　さあね」

「近所にそういう名前の子がいるとか」

エロイーズはあくびをして、首を横に振った。「この近所に小さい男の子なんていないわよ。子供なんて全然いないのよ。あたしのことみんな陰で安産尻《じり》って——」

「ママ」とラモーナが言った。「外へ遊びに行っていい？」

エロイーズは彼女を見た。「いま帰ってきたばかりじゃない」

「ジミーがまた外に行きたいって」

「どうしてかしら？」

「外に刀忘れてきたから」

「また刀なの、やあねえ」とエロイーズは言った。「しょうがないわねえ。行きなさい。オーバーシューズもう一度はくのよ」

「これもらえる？」とラモーナが使用済みのマッチを一本灰皿から拾って言った。

「これもらってもいいですか。いいわよ。道路に出ちゃ駄目よ」

「じゃあね、ラモーナ！」とメアリ・ジェーンが歌うように言った。

「バイ」とラモーナが言った。「おいで、ジミー」

エロイーズがいきなりがばっと立ち上がった。「あんたのグラスよこしなさいよ」

と彼女は言った。

「駄目よほんとに、エル。あたしラーチモントに行かなきゃいけないのよ。だってミスタ・ウェインバーグってすごく優しい人なのよ、それをむげに――」

「電話して私は殺されましたって言いなさいよ。よこしなさいよそのグラス」

「ほんとに駄目だってば、エル。外はどんどん凍ってきてるのよ。あたし車に不凍液とか全然入れてないし。もしあたしが行か――」

「凍らしときゃいいのよ。電話してきなさいよ。死にましたって言うのよ」とエロイーズが言った。「それ、よこしなさい」

「そうねえ……電話どこ？」

「こっちの」とエロイーズは、空のグラス二つを持ってダイニングルームの方へ歩いていきながら言った、「――方よ」。リビングとダイニングのあいだの床板の上で彼女はぴたっと立ちどまり、腰をくねらせ、つき出した。メアリ・ジェーンがくすくす笑った。

「あんた、ウォルトのことほんとには知らなかったわよねえ」とエロイーズは五時十五分前、床に仰向《あおむ》けに寝そべり、小さめの胸の上に酒のグラスをまっすぐ載せた姿で言った。「あたしを笑わせてくれたのはあの人だけよ。ほんとに笑わせてくれたのは」。彼女はメアリ・ジェーンの方を見た。「ねえ覚えてるあの夜、最後の年にさ、あのいかれたルイーズ・ハーマンソンが、シカゴで買った黒いブラジャー着て部屋に飛び込んできたじゃない?」

　メアリ・ジェーンはくすくす笑った。こっちはカウチの上に腹ばいに横たわり、あごを肘掛《ひじか》けに載せてエロイーズの方を向いている。酒は床の上、手の届くところにあった。

「でね、ウォルトって、ああいうふうに笑わせてくれるわけよ」とエロイーズは言った。「会ってるときも笑わせてくれる。電話で話していても。なんと手紙でも。何がいいって、とにかく本人は全然笑わそうなんて気はないのよ。人間そのものが笑えちゃうわけ」。彼女はわずかにメアリ・ジェーンの方へ顔を向けた。「ねえ、煙草一本投げてくれる?」

「届かない」とメアリ・ジェーンが言った。

「駄目ねえ」。エロイーズはまた天井を見上げた。「転んだことがあるの」と彼女は言った。「あたしいつも、売店のすぐ外のバス停であの人のこと待ってたのよ、それであるときあの人が遅れてきて、バスはもういまにも出るところだった。二人で走って追いかけて、あたし転んで足首をひねっちゃったのよ。そしたら『気の毒なひねひね《プア・アンクル・》叔父《ウイギリー》さん』ってあの人は言ったわ。あたしの足首《アンクル》ってことよ。気の毒なひねひね叔父さん、そう言うのよ……。ああ、ほんとにいい人だった」

「ルーはユーモアのセンスないの?」とメアリ・ジェーンは訊いた。

「え？」

「ルーはユーモアのセンスないの？」

「さあねえ！　どうかな？　ま、あるんじゃないかしら。漫画とか読んで笑ってるし」。エロイーズは首を起こして、胸からグラスを取り上げ、飲んだ。

「でもさぁ」とメアリ・ジェーンは言った。「それだけじゃないでしょ。それだけじゃないじゃない」

「何がよ？」

「うん……だからさ。笑うとか、そういうことだけじゃ」

「誰が決めたのよ、それだけじゃないって？」とエロイーズは言った。「ねえいい、尼さんにでもなろうってんならともかく、人生笑わなきゃ損よ」

　メアリ・ジェーンはくすくす笑った。「あんたってほんと最低ねえ」と彼女は言った。

「あーあ、ほんとにいい人だった」とエロイーズは言った。「笑わせてくれるか、可愛いか。小《ち》っちゃな男の子が可愛いのなんかとは違うのよ。すごく特別な可愛らしさ。あるときあの人が何やったかわかる？」

「ううん」メアリ・ジェーンは言った。

「二人でトレントンからニューヨークに行く列車に乗ってたのよ、あの人が徴兵《ちょうへい》されたすぐあとだった。列車のなかは寒くて、あたしのコートを二人でふわっと羽織ってたわけ。あたしたしか下にジョイス・モローのカーディガン着てた——覚えてる、あの素敵な青いカーディガン?」

メアリ・ジェーンはうなずいたが、エロイーズは目を動かしはせず、うなずきを見なかった。

「でね、あの人がなんとなく片手をあたしのお腹《なか》に当ててたわけ。ね。それでね、あの人いきなり言ったのよ、君のお腹は本当に綺麗《きれい》だ、誰か将校がやって来てもう片方の手を窓から外につき出せって言ってくれたらいいのに、って。そうでもしないと釣り合いがとれないよ、ってあの人言ったのよ。それから手をどかして、車掌に向かって、おい、ちゃんと胸を張れって言った。何に我慢ならないといって、自分の制服を誇りに思ってなさそうな奴《やつ》ほど我慢ならんものはないぞって。車掌の方は、いいからまた寝なさいって言っただけだったけど」。エロイーズはしばし考えて、それから「かならずしも何を言うかじゃないのよ、その言い方なのよ。ね」と言った。

「あんた、ルーにウォルトのこと話したことあるの——ちょっとでも?」

「そうねえ」エロイーズは言った。「一度言いかけたことはあるわ。でもあの人ったらまず、そいつの階級はなんだったんだって訊くのよ」

「なんだったの、階級?」

「ふん!」エロイーズは言った。

「違うわよ、あたしただ――」

エロイーズはいきなり笑い出した。横隔膜《おうかくまく》を震わせた笑い声だった。「あるときあの人がなんて言ったかわかる? 僕は軍隊で着々と前進してると思う、でもみんなとは違う方向にねって言ったのよ。最初の昇進が来たら、袖章《そでしょう》のストライプが付くんじゃなくて袖を取り去られるだろうって言うの。将軍になったころには、もう素っ裸になってるだろうって。唯一、おへそに小さな歩兵のバッジを着けてるだけだろうって」。エロイーズはメアリ・ジェーンの方を見た。メアリ・ジェーンは笑っていなかった。「それっておかしくない?」

「うん。でもさ、なんでルーにウォルトのこと言わないわけ?」

「なんでかって? ルーには理性なんてこれっぽっちもないからよ、だからよ」とエロイーズは言った。「だいいち。よく聞きなさいよ、キャリアガール。もしもう一度結婚なんかしたら、亭主にはなんにも言っちゃ駄目よ。わかった?」

「なんで?」メアリ・ジェーンは言った。

「あたしがそうだって言ってるからよ、だからよ」とエロイーズは言った。「あいつらみんなね、あんたが生まれてこのかたずっと、男の子が寄ってくるたびにゲロ吐いてたって思いたがってるのよ。これ冗談で言ってんじゃないのよ。そりゃまあ、いろいろ言っていいのよ。だけど絶対、正直に言っちゃ駄目。絶対正直に言っちゃ駄目よ。昔ハンサムな男の子を知ってたって言ったらね、すぐ次に、でもその子ハンサムすぎたのよって言わなきゃいけないのよ。ウィットのある男の子と知りあいだったたって言ったら、でもその子うぬぼれ屋だったとか利口ぶる奴だったとか言わなきゃ駄目。言わないで済ませようものなら、ことあるごとにその子のことねちねちねちねち言ってくるのよ」。エロイーズはそこで言葉を切ってグラスから一口飲み、考えた。「そりゃあね」と彼女は言った。「すごく大人の態度で聞きはするのよ。すごく理知的な顔までしてさ。だけどそんなのにだまされちゃ駄目。ほんとよ。えらい目に遭うわよ、あいつらに理性があるなんて思ったりしたら。断言するわよ」

メアリ・ジェーンは気が滅入ったような顔でカウチの肘掛けからあごを上げた。そして今度は、あごを一方の前腕《まえうで》に載せてみた。彼女はエロイーズの忠告について考えた。「ルーに理性がないとは言えないんじゃないかしら」と彼女は声に出して言った。

「誰が言えないの？」

「だってあの人、理性あるんじゃない？」とメアリ・ジェーンは無邪気に言った。

「やれやれ、話しても無駄ね」とエロイーズは言った。「もうよしましょ。いくら言ってもあんたの気を滅入らせるだけよね。あたしのこと黙らせてよ」

「でもさ、じゃなんでルーと結婚したわけ？」とメアリ・ジェーンは言った。

「ふん！　知らないわよ、そんなの。あの人、僕はジェーン・オースティンが好きだって言ったのよ。オースティンの小説は僕にとってとても大切なんだって言ったのよ。ほんとにそう言ったんだから。結婚してからわかったんだけど、実はオースティンなんて一冊も読んじゃいなかった。あの人が一番好きな作家、誰だかわかる？」

メアリ・ジェーンは首を横に振った。

「L・マニング・ヴァインズ。聞いたことある？」

「ない」

「あたしもなかった。誰も聞いたことないのよ。アラスカで餓死した四人の男の話を本に書いた人よ。ルーも題名は覚えてないんだけど、いままで読んだ最高に美しい文章だって言うのよ。馬っ鹿みたい！　イグルーだかなんかで飢え死にした四人の男の話だから好きなんだってはっきり言えばいいのに、その正直さすらあの人にはないのよ。それだから、美しい文章だったなんて言うわけよ」

「厳《きび》しすぎるよ」とメアリ・ジェーンは言った。「あんた厳しすぎるのよ。もしかしたらほんとにいい本──」

「断言するわよ、絶対そんなことないわ」とエロイーズは言った。そして少し考えてから言い足した。「少なくとも、あんたには仕事がある。少なくともあんたには──」

「でもさ、ねえ」とメアリ・ジェーンは言った。「あんた、ウォルトが死んだってことだけでも、いつかはルーに話すと思う？　ルーだって嫉妬《しっと》したりしないんじゃない、ウォルトがさ――ウォルトが死んだんだって聞かされたら」

「ああ、友よ！　哀れな、無垢《むく》なるキャリアガールよ」とエロイーズは言った。「もっとひどくなるわよ、そんなこと言ったら。悪鬼になるわよあの人。ねえいい。ルーが知ってるのは、あたしが昔、ウォルトっていう誰かと――どこかのきいたふうな口きくGIと――つき合ってたってことだけ。その相手が死んだなんて、絶対言えないわよ。口が裂けたって言わないわよ。万一言うとしたら――言わないけどさ――万一言うとしたら、戦死したって言うわ」

メアリ・ジェーンはあごを前腕の向こうまで押し出した。

「エル……」と彼女は言った。

「ん？」

「話してくれない、どうやって死んだか？　誓って誰にも言わないから。ほんとに。話してよ」

「嫌」

「話してよ。ほんとに。誰にも言わないから」

エロイーズは酒を飲み干し、空のグラスをまっすぐ胸に載せた。「エイキム・タミロフには言うでしょ」

「言わないってば！　とにかく絶対誰にも――」

「あのね」とエロイーズは言った。「連隊全員、どっかで休んでたのよ。戦闘の合間の小休止だったって、友だちだったたっていう人が手紙で書いてきた。で、ウォルトと誰かもう一人とで、小さな日本製のストーブを箱に入れてたのよ。大佐だか誰だかに、アメリカの自宅に送るから梱包《こんぽう》しろって言われたの。それとも、包み直そうとして箱から出してるとこだったかもしれない――よくわかんないわ。とにかく、ストーブにはガソリンだのなんだのが満タンに入っていて、二人の鼻先で爆発したのよ。もう一人は片目を失くしただけだった」。エロイーズは泣き出した。胸に載せた空っぽのグラスを落とすまいと片手ですっぽりくるんだ。

メアリ・ジェーンはカウチから滑り降りて、両膝《りょうひざ》をついてエロイーズの方に三歩寄っていき、彼女のおでこを撫《な》でた。「泣かないで、エル。泣かないで」

「誰が泣いてるのよ？」エロイーズは言った。

「わかってる、でも泣かないで。泣くほどの値打ちなんてないよ」

玄関のドアが開いた。

「ラモーナが帰ってきたわ」とエロイーズが鼻声で言った。「あんたたちょっと頼まれてくれない。キッチンに行ってメードに、ラモーナに早目に晩ご飯食べさせるように言ってもらえないかしら。ね？」

「いいよ、でも泣かないって約束したらよ」

「約束する。さあ行って。とてもじゃないけど、いまあのキッチンに入る気になれないのよ」

メアリ・ジェーンは立ち上がって、バランスを失って、取り戻し、部屋を出ていった。

二分も経《た》たずに彼女は戻ってきた。ラモーナがその前を走っていた。極力足をずるずる引きずって走り、ジッパーを外したオーバーシューズから最大限の騒音を引き出そうと努めていた。

「あたしじゃオーバーシューズ、脱がさしてくれないのよ」とメアリ・ジェーンは言った。

エロイーズはまだ床に横になったまま、ハンカチで顔を拭いていた。ラモーナへの言葉を、彼女はハンカチに向かって発した。「キッチンへ行って、オーバーシューズを脱がしてくれってグレースに頼みなさい。言ったでしょ、オーバーシューズでリビングー——」

「グレース、トイレ入ってる」とラモーナは言った。

エロイーズはハンカチをしまって身を起こし、座っている姿勢まで持っていった。

「足、よこしなさい」と彼女は言った。「まず座ってちょうだい……。そこじゃない

――ここ。まったく！」

　メアリ・ジェーンは両膝をついて、煙草はどこかとテーブルの下を探りながら、

「ねえ。ジミーがどうなったと思う？」と言った。

「わかんないわ。もう片っぽの足。もう片っぽの足」

「車に轢《ひ》かれたんですって」とメアリ・ジェーンは言った。「それって悲劇じゃない？」

「スキッパーが骨くわえてた」ラモーナがエロイーズに言った。

「ジミー、どうしたの？」とエロイーズがラモーナに訊いた。

「車に轢かれて死んだ。スキッパーが骨くわえてて、いくら――」

「ちょっとおでこ触らせて」とエロイーズは言った。そして手を伸ばしてラモーナの額《ひたい》に触った。「少し熱っぽいわね。グレースのところに行って、今日は二階で晩ご飯食べることになったって言いなさい。食べたらすぐ寝るのよ。ママもあとから行きますからね。さ、もう行ってちょうだい。これも持ってくのよ」

　ラモーナはのっしのっしと、大股《おおまた》に部屋から出ていった。

「一本投げて」とエロイーズはメアリ・ジェーンに言った。「もう一杯飲みましょ」

　メアリ・ジェーンは煙草を持っていってやった。「すごくない？　ジミーのこと？　すごい想像力ねえ！」

「むむ。あんた、お酒作ってきてくれる? 壜ごと持ってきてよ……あそこに行きたくないのよ。部屋じゅうオレンジジュースみたいな匂《にお》いがするんだもの」

七時五分過ぎに電話が鳴った。エロイーズは窓際の椅子から立ち上がって、闇《やみ》のなか手探りで靴を探した。見つからなかった。ストッキングをはいた足で、しっかりした、ほとんど気だるげな足どりで彼女は電話の方に歩いていった。ベルの音は、カウチでばったりうつ伏せに寝ているメアリ・ジェーンの眠りを妨《さまた》げはしなかった。

「もしもし」とエロイーズは、天井の電灯も点けずに受話器に向けて言った。「あのね、今日は迎えに行けないの。メアリ・ジェーンが来てるのよ。あたしの車の真ん前に駐車しちゃって、キーが見つからないのよ。だから出かけられないの。二人で二十分くらい探したのよ、だからほら、雪とかなんとかのなかを。あなた、ディックとミルドレッドに乗せてもらったら？」。彼女は相手の返答を聞いた。「あ、そう。残念ね。あなたたちみんなで小隊組んで、行進して帰ってきたら？　いち、に、さん、しってあなたが指揮して。カッコいいわよ」。彼女はふたたび相手の返答を聞いた。「ふざけてなんかいないわよ」と彼女は言った。「ほんとよ、ふざけてなんかいないわ。ふざけてるのは顔だけよ」。彼女は電話を切った。

さっきほどしっかりしていない足どりで、彼女はリビングルームに戻っていった。

窓際の椅子まで行って、壜に残ったスコッチを自分のグラスに注いだ。一フィンガー分くらいだった。彼女はそれを飲み干して、ぶるっと身震いし、座った。

グレースがダイニングの照明を点けると、エロイーズはびくっとした。立ち上がらずにグレースに向かって声を上げた。「ディナーは八時くらいまで待った方がいいわよ、グレース。ミスタ・ウェングラーは少し遅くなるから」

グレースはダイニングの明かりの下に現われたが、歩み出てはこなかった。「お客さまはお帰りで？」と彼女は言った。

「休んでるわ」

「はぁ」とグレースは言った。「ミセズ・ウェングラー、今夜うちの亭主がこちらに泊まらせていただいても構いませんでしょうか。あたしの部屋に場所は十分ありますし、亭主は明日の朝までニューヨークに戻らなくてよくて、外は何しろひどい天気ですから」

「あなたのご亭主？　どこにいるの？」

「あの、いまはキッチンにいます」とグレースは言った。

「あのねグレース、悪いけどここに泊まってもらうわけには行かないわ」

「は？」

「悪いけど泊まってもらうわけには行かないのよ。うちはホテルじゃないんですから」

グレースは少しのあいだ立っていたが、やがて「かしこまりました」と言って、キッチンに行った。

エロイーズはリビングルームを出て階段をのぼっていった。ダイニングルームの照明が漏《も》れてきて階段はほんのり明るかった。ラモーナのオーバーシューズが片方、踊り場に転がっていた。エロイーズはそれを拾い上げ、力いっぱい手すりの向こうに投げ飛ばした。どすん、と玄関広間ですさまじい音がした。

彼女はラモーナの部屋の電灯をぱちんと点けて、支えを求めるかのようにスイッチにつかまった。少しのあいだ、じっと立ってラモーナを見ていた。と、スイッチから手を放して、すたすたとベッドの方に行った。

「ラモーナ。起きなさい。起きなさい」

ラモーナはベッドのずっと端の方で眠っていた。右の尻が縁《ふち》から外に出ていた。眼鏡は小さなドナルドダックのナイトテーブルの上に、きちんとたたんでつるを下にして置いてあった。

「ラモーナ！」

子供はハッと息を呑《の》んで目を覚ました。目が大きく開いたが、ほとんど間《ま》を置かずそれがすぼまった。「なあに、ママ？」

「あんた、ジミー・ジマリーノは車に轢かれて死んだって言ったんじゃなかったの」

「え？」

「聞こえたでしょ」とエロイーズは言った。「何で隅っこで寝てるの？」

「なぜって」とラモーナは言った。

「なぜってなぜよ？　ラモーナ、ママはね、そういう——」

「なぜってミッキーが怪我するといけないから」

「だれ？」

「ミッキー」とラモーナは鼻をさすりながら言った。「ミッキー・ミカラーノ」

エロイーズの声が金切り声になった。「ベッドの真ん中に行きなさい。行きなさい、いったら」

ラモーナは怯《おび》えきって、エロイーズを見上げるばかりだった。

「わかったわ」。エロイーズはラモーナの両足首をつかんで、なかば持ち上げなかば引きずって彼女をベッドの真ん中まで動かした。ラモーナは暴れも泣きもしなかった。体は動かされるがままにしていても、本当に屈してはいなかった。

「さあ、寝なさい」と荒く息をしながらエロイーズが言った。「目をつむるのよ……。聞こえたでしょ、つむりなさい」

ラモーナは目をつむった。

エロイーズは電灯スイッチのところに行ってぱちんと消した。だが彼女は長いあいだ戸口に立っていた。それから、突然、真っ暗ななかをナイトテーブルの方に飛んでいって、ベッドの足側に膝をぶつけたが、やろうとしていることで頭が一杯なせいで痛みも感じなかった。ラモーナの眼鏡を手にとって、両手で抱えて、頰《ほお》に押しつけた。涙が顔を流れ落ちてレンズを濡《ぬ》らした。「気の毒なひねひね叔父さん」と彼女は何度も言った。そのうちやっと眼鏡をナイトテーブルに、レンズを下にして戻した。

彼女はかがみ込み、バランスを失い、それからラモーナの毛布を直してやった。ラモーナは起きていた。ラモーナは泣いていた。ずっと泣いていたのだった。エロイーズはラモーナの口に濡れたキスを浴びせ、彼女の目から髪を払ってやって、部屋から出ていった。

いまやひどくよたよたの足どりで、エロイーズは階段を降りていき、メアリ・ジェーンを起こした。

「なあに? だれ? んは?」とメアリ・ジェーンは言いながら、カウチの上でがばっと身を起こした。

「メアリ・ジェーン。聞いて。お願い」とエロイーズはしくしく泣きながら言った。「一年生のときのこと覚えてる? あたしがボイシーで買った茶と黄色のワンピース着てたら、ミリアム・ボールにニューヨークじゃそんなワンピース誰も着ないって言われてあたしが一晩じゅう泣いたときのこと？」。エロイーズはメアリ・ジェーンの腕を揺すった。「あたし、いい子だったわよね」と彼女はすがるように言った。「そうよね？」

エスキモーとの戦争前夜

五週間続けて土曜の午前、ジニー・マノックスはイーストサイド・コートで、ミス・ベースホア校の同級生セリーナ・グラフとテニスをした。ジニーは大っぴらにセリーナのことを、ミス・ベースホア校で最高にうっとうしい奴《やつ》と評していたが――そしてこの学校には相当うっとうしい奴がゴロゴロしていた――と同時にセリーナほど、新品のテニスボール缶を次々持ってくる子はほかにいなかった。セリーナの父親というのが、テニスボールを作るか何かしているのだ。（ある晩夕食の席で、ジニーは家族みんなの前で、グラフ家の夕食の情景を思い描いてみせた――完璧《かんぺき》な召使が回ってきて、一人ひとりの左側に、トマトジュースのグラスの代わりにテニスボールの缶を置いていくのだ。）とはいえ、テニスを終えたあとセリーナを彼女のアパートメントの前で降ろして、毎回――毎回かならず――タクシー代を一人で払わされるのにはいい加減うんざりしてきていた。そもそも、コートから帰るのにバスではなくタクシーに乗ろうと言い出したのはセリーナの方なのだ。五度目の土曜、タクシーがヨーク・アベニューを北へ向かい出したところで、ジニーはにわかに口を開いた。

「あのさ、セリーナ……」

「ん？」セリーナは片手でせわしなくタクシーの床を探っていた。「ラケットのカバーがない！」と彼女は情けない声を上げた。

暖かい五月の気候にもかかわらず、少女たちは二人ともショートパンツの上にトップコートを着ていた。

「さっきポケットに入れたでしょ」とジニーは言った。「それで、あのさ――」

「ああよかった！　あんた命の恩人ね！」

「でさ」ジニーはセリーナの感謝なぞこれっぽっちも欲しくなかった。

「何？」

ジニーははっきり言おうと決めた。タクシーはもう、セリーナのアパートメントがある通りのすぐそばまで来ている。「あたし、今日もまたタクシー代全部払わされるの嫌よ」とジニーは言った。「あたし百万長者じゃないんだから」

セリーナははじめびっくりした顔をし、それから傷ついた表情になった。「あたし、いつも半分出してない？」と彼女は無邪気に訊《き》いた。

「出してない」とジニーはきっぱり言った。「一、回、目は半分出したけど。ずっと前、先月に。そのあとは一度も出してないよ。こんなことガタガタ言うの嫌《や》なんだけど、あたし週四ドル五十で何もかもやりくりしてるのよ。そのお金でちゃんと――」

「でもあたし、いつもテニスボール持ってくるでしょ？」とセリーナは嫌味ったらしく言った。

ジニーはときどきセリーナを殺してやりたくなった。「だってそれは、あんたのお父さんが作るとかしてるんでしょ」と彼女は言った。「あんたは一セントも使ってないじゃない。あたしなんか何から何まで自分で――」

「わかった、わかったわよ」とセリーナは、自分が優位に立とうとして大声で言い放った。そしてうんざりしたような顔で、コートのポケットを一つひとつ探った。「三十五セントしかないわ」と彼女は冷たい声で言った。「それで足りる？」

「足りない。悪いけど、一ドル六十五の貸しよ。あたし毎回ちゃんと計算――」

「上がってママからもらうしかないわ。月曜まで待てない？　体育のとき持ってくわよ、それであんた気が済む？」

セリーナの態度は、およそ寛容な対応を誘うものではなかった。

「駄目よ」とジニーは言った。「あたし今夜映画に行くの。いま要るのよ」

敵意に満ちた沈黙のなかで、少女たちは左右別々の窓から外を見ていたが、やがてタクシーはセリーナの住むアパートメントの前で停まった。それから、歩道に近い方に座っていたセリーナがドアを開けて車から降りた。ドアをろくに押さえもせず、訪問中のハリウッドの大立者《おおだてもの》のごとく、すたすた周りには目もくれず建物に入っていく。ジニーは火が出そうなくらい顔を赤くしてタクシー代を払った。それからテニスの道具をまとめて——ラケット、ハンドタオル、サンバイザー——セリーナのあとについて行った。９Ｂのテニスシューズをはいた十五歳のジニーは身の丈一七五センチ、ゴム底靴姿で建物のなかに入っていく人目を気にしたぎこちなさが、彼女に物騒な素人っぽさを与えていた。そのせいか、エレベータの前に立ったセリーナも、階数を示すダイヤルから目を離さなかった。

「これで一ドル九十の貸しよ」とジニーは大股《おおまた》でエレベータまで進みながら言った。

セリーナはふり向いた。「いちおう知らせとくけど」と彼女は言った。「うちのママ、重病なのよ」

「どこが悪いの？」

「肺炎同然なのよ、そういうときにお金の話でわずらわせるなんて、そんなことあたしが楽しんでると思ったら……」未完のセンテンスに最大限の落着きを込めてセリーナは言った。

実際、ジニーもこの報《しら》せに、どこまで本当か定かでないまでもいくぶんうろたえはした。が、それで感傷に溺《おぼ》れてしまいはしなかった。「あたしがうつしたわけじゃないわ」と彼女は言い、セリーナのあとについてエレベータに入った。

セリーナが自宅のベルを鳴らすと、黒人のメードが少女二人を中に通した。というか、メードはドアを引っぱって開け、そのままさっさと行ってしまった。どうやらセリーナはこのメードと口をきかない間柄《あいだがら》らしい。玄関広間に置かれた椅子《いす》にジニーはテニスの道具を下ろし、セリーナについて行った。リビングルームに入ると、セリーナがふり返って、「ここで待っててもらえる？　あたし、ことによるとママを起こさないといけないから」と言った。

「わかった」とジニーは言って、どさっとソファに座り込んだ。

「まさかあんたがこんなにケチ臭《くさ》いなんて夢にも思わなかったわ」とセリーナは言った。ケチ臭い《スモール》という言葉を使うくらい怒ってはいても、その語を強調するだけの度胸はなかった。

「これでもうわかったでしょ」とジニーは言って、そこにあった『ヴォーグ』を自分の顔の真ん前で開いた。セリーナが部屋を出るまで雑誌をその位置に保ち、それからラジオの上に戻した。彼女は室内を見回し、頭のなかで家具の配置を変え、テーブルランプを投げ捨て造花を取り去った。彼女から見て、まるっきり最悪の部屋だった。お金はかかっているけど品《ひん》がない。

と、別の部屋で男が叫ぶ声がした。「エ、エ、エリック？　君か？」

きっとセリーナの兄だろう。まだ会ったことのない人物である。ジニーは長い脚を組んで、ポロコートの裾《すそ》を整えて膝《ひざ》を覆い、待った。

眼鏡をかけた、パジャマ姿の、スリッパもはいていない若者が口を開けて部屋に飛び込んできた。「なぁんだ。てっきりエリックかと思ったよ」と彼は言った。そしてそのまますたすた、ひどく悪い姿勢でこっちまでやって来た。痩《や》せた胸に何かを抱えている。彼はソファの、空いている方の端に腰を下ろした。そして取り乱した口調で「指、切っちゃったんだよ」と言った。それからジニーの方を、彼女がそこに座っていることをはじめから予期していたような目で見た。「指、切ったことある？　骨までざっくり？」と彼は訊いた。その騒々しい声には本気の訴えがこもっていた。あたかもジニーが口にする答えによって、ひどく孤独な開拓者《かいたくしゃ》的境遇から救い出してもらえるんじゃないかと思っているみたいに。

ジニーはぽかんとして彼を見た。「うーん、骨まではないけど、切ったことはあるわね」と彼女は言った。こんな変てこな見かけの男の子は初めてだ。それともこの人、大人？　どっちなのか、よくわからない。髪は寝ぐせがついてくしゃくしゃ、まばらな金髪のひげは二日分くらい伸びている。とにかく全体、なんて言うか、馬鹿っぽい。「どうやって切ったの？」と彼女は訊いた。

相手はだらんと口を開けたまま、怪我《けが》した指をじっと見下ろしていた。「え？」と彼は言った。

「どうやって切ったの？」

「知るかよ、そんなこと」と彼は言った。その問いに対する答えはどうしようもなく闇《やみ》に包まれているのだと示唆《しさ》するような抑揚《よくよう》である。「クズ籠《かご》に手つっ込んでなんか探してたらさ、カミソリの刃がいっぱい入ってたんだよ」

「あんた、セリーナのお兄さん？」とジニーは訊いた。

「うん。あぁ、出血多量で死んじゃうよ。帰らないでくれよな、輸血とか要るかもしれないから」

「何かつけたの？」

セリーナの兄は傷を胸からわずかに前方へ差し出し、ジニーにも見えるよう覆いを解いた。「トイレットペーパー巻いただけ」と彼は言った。「血はいちおう止まるからさ。ひげ剃《そ》ってて切ったときとかそうするし」。彼はもう一度ジニーを見た。「君、誰？　あいつの友だち？」

「クラス一緒なの」

「そうなの？　名前は？」

「ヴァージニア・マノックス」

「じゃ君がジニー？」と彼は言って、目をすぼめて眼鏡ごしにジニーを見た。「君がジニー・マノックス？」

「そう」とジニーは言って、組んでいた脚をほどいた。

セリーナの兄は自分の指の方に向き直った。明らかに彼にとっては、指がこの部屋における真の、かつ唯一の焦点なのだ。「君の姉さん知ってるぜ」と彼は冷静に断じる口調で言った。「すっごい嫌《や》な奴」

ジニーはきっと背中を弓なりにそらした。「誰がよ？」

「聞こえただろ」

「あたしの姉さん嫌な奴なんかじゃないわよ！」

「嫌な奴だって」とセリーナの兄は言った。

「違う！」

「違わない。女王さまだよ。嫌な奴らの女王さま」

指にぐるぐる巻いたトイレットペーパーのへりを彼が持ち上げて覗《のぞ》き込むのをジニーは見守った。

「あんた、あたしの姉さんのこと知りもしないんでしょ」

「知ってるさ」

「なんて名前よ？　ファーストネームは？」とジニーは問いつめた。

「ジョーン……嫌な女《ジョーン・ザ・スノッブ》ジョーン」

ジニーは何も言わなかった。それからいきなり、「どんな顔してる？」と訊いた。

答えはなし。

「どんな顔してる？」彼女はもう一度言った。

「自分で思ってる半分も美人だったらラッキーだろうよ」とセリーナの兄は言った。

これは「興味深い返答」候補だ、とジニーはひそかに考えた。「姉さんがあんたのこと話してるの、いっぺんも聞いたことないわよ」と彼女は言った。

「そりゃ気がかりだな。ものすごく気がかりだよ」

「どっちみち、姉さん婚約したのよ」とジニーは相手をじっと見ながら言った。「来月結婚するのよ」

「誰と？」彼は顔を上げて訊いた。

相手が顔を上げたという事実をジニーは十分に活用した。「あんたの知らない人と」

彼はまた自前の応急手当をつっつきはじめた。「そいつに同情するね」と彼は言った。

ジニーはふんと鼻を鳴らした。

「まだすごく血が出てる。何かつけた方がいいと思う？　何つけるのがいい？　マーキュロとかでいいのかな？」

「ヨーチンの方がいいわよ」とジニーは言った。それから、流れからしてちょっと礼儀正しく答えすぎたと思い直し、「マーキュロじゃ全然駄目よ」と言い足した。

「なんで？　何がいけない？」

「とにかくそういうのには効かないのよ。ヨーチンが要るのよ」

相手はジニーを見た。「でも、すごくしみるんじゃない？」と彼は訊いた。「ものすごくしみるんじゃない？」

「そりゃしみるわよ」とジニーは言った。「だからって死にゃしないわよ」

ジニーの言い方に憤《いきどお》る様子もなく、セリーナの兄は指の方に向き直った。「しみるのって嫌いなんだよ」と彼は言った。

「好きな人なんていないわよ」

相手も同意してうなずいた。「それもそうだな」

ジニーはしばらく彼を見守っていた。そしていきなり「それ、触《さわ》るのやめなさいよ」と言った。

電気ショックでも受けたみたいに、怪我していない方の指をセリーナの兄は引っ込めた。そしてほんの少し背を伸ばして座り直した――というか、だらしない前かがみをほんの少しだらしなくなくした。そして部屋の反対側の何かに目を向けた。ほとんど夢見るような表情が、そのまとまりのない顔立ちを包んだ。怪我していない方の人差し指の爪を、前歯二本のあいだのすきまに差し込んで、食べかすをほじくり出しながらジニーの方を向いた。「おうはへは？」と彼は訊いた。

「え？」

「ひうおはん、おうはへは？」

ジニーは首を横に振った。「うち帰ったら食べる」とジニーは言った。「帰るとママがいつもお昼用意してくれてるの」

「俺の部屋にチキンサンド半分あるよ。食べる？　全然手つけてないよ」

「ありがとう、要らない。ほんとに」

「テニスしてきたんだろ。腹減ってないの？」

「そういうことじゃなくて」とジニーは言って、脚を組んだ。「帰るとママがいつもお昼用意してくれてるから。あたしがお腹空《なか》かせてないとすっごく機嫌《きげん》悪くなるから」

セリーナの兄はこの説明で納得したようだった。とにかくうなずいて、よそを向いた。が、いきなりまた向き直った。「牛乳とか飲む？」と彼は言った。

「ううん、要らない……でもありがとう」

ぼんやりした顔で彼はかがみ込み、むき出しの足首をぼりぼり掻《か》いた。「結婚する相手、なんて名前？」と彼は訊いた。

「ジョーンの？」とジニーは言った。「ディック・ヘフナー」

セリーナの兄は相変わらず足首をぼりぼり掻いている。

「海軍の少佐なの」とジニーは言った。

「ふん、大したもんだ」

ジニーはくすくす笑った。足首が赤くなるまで彼がぼりぼり掻くのをジニーは見守った。ふくらはぎにできた小さな発疹《ほっしん》を彼が爪で剝《む》きはじめると、見るのをやめた。「どこでジョーンと知りあったの?」と彼女は訊いた。「あんた、うちに来たの一度も見たことないし」

「お前のうちなんか行くもんか」

ジニーは待ったが、この発言に続きはなかった。「じゃあどこで会ったの?」と訊いた。

「パーティ」と彼は言った。

「パーティで? いつ?」

「知るかよ。四二年のクリスマスかな」。彼はパジャマの胸ポケットから指二本で、眠っているあいだ体の下敷きになっていたみたいに見える煙草《たばこ》を一本取り出した。「そこのマッチ投げてくれる?」と彼は言った。ジニーは自分の横にあるテーブルからマッチ箱を取って相手に渡してやった。折れ曲がりを直しもせずに煙草に火を点《つ》けてから、彼は使ったマッチを箱のなかに戻した。首をうしろに傾けて、ゆっくりと、大量の煙を口から吐き出し、鼻からそれを吸い戻した。この「フランス喫《す》い」がしばらく続いた。きっとこれは、見せびらかし屋のパーティ芸などではなく、あるときは左手でひげを剃ろうとしたこともあるかもしれない若者が、ひそかに身につけた能力を我知らず人目にさらしているのだ。

「なぜジョーンは嫌《や》な奴なの？」とジニーは訊いた。

「なぜ？　嫌な奴だから嫌な奴なのさ。なぜかなんてどうして俺にわかる？」

「そうじゃなくて、どうして嫌な奴だって言うのかってこと」

彼はくたびれたような顔でジニーの方を向いた。「あのさ。俺ジョーンに手紙八通出したんだよね。八通だよ。一通も返事よこさなかった」

ジニーはためらった。「それって、忙しかったからかも」

「ああ。忙しかった。糞《くそ》ったれビーバーみたいに大忙しだったんだよな」

「そういう言葉使わないと駄目なわけ？」とジニーは言った。

「駄目なわけさ、こういう糞ったれ言葉使わないと」

ジニーはくすくす笑った。「だいたい、いつから姉さんのこと知ってるわけ？」と彼女は訊いた。

「嫌《や》んなるくらい前から」

「でさ、電話とかしてみたの？　電話とかいっぺんもしなかったわけ？」

「しなかった」

「何よそれ。電話とか全然しないんだったら――」

「だって、できなかったんだよ！」

「なんで？」とジニーは言った。

「ニューヨークにいなかった」

「あっそう！　どこにいたの？」

「俺？　オハイオだよ」

「へえ、大学行ってたの？」

「いいや。辞めた」

「へえ、じゃ軍隊？」

「いいや」。煙草を持っている方の手で、セリーナの兄は胸郭《きょうかく》の左側をとん、とんと叩《たた》いた。

「こいつがさ」と彼は言った。

「心臓ってこと？」とジニーは言った。「心臓、どう悪いの？」

「知るかよ、どう悪いかなんて。小さいころリウマチ熱やってさ。これってほんとにうっとう――」

「じゃあ煙草やめないといけないんじゃないの？　禁煙とかしないといけないんじゃないの？　あたしの父さんもお医者――」

「医者はね、いろいろ言うんだよ」と彼は言った。

ジニーは少しのあいだ言い返すのを控えた。ほんの少しのあいだ。「オハイオで何してたの？」と彼女は訊いた。

「俺？　飛行機工場で働いてたのさ」

「そうなんだ？」とジニーは言った。「面白かった？」

「『面白かった？』」と彼は真似《まね》た。「最高だったわ。あたし、飛行機ってだぁい好き。すっごくキュートで」

いまや話にのめり込んでいるせいで、ジニーは腹を立てる気にもならなかった。

「どのくらい働いてたの？　飛行機工場で」

「知るかよ。三年と一か月かな」。彼は立ち上がって窓際まで歩いていった。通りを見下ろして、親指で背骨をぼりぼり掻いた。「見ろよ、あれ」と彼は言った。「馬鹿ばっかり」

「誰？」」ジニーは言った。

「知るかよ。誰だっていいさ」

「指、そうやって下向けてると、余計血が出るわよ」とジニーは言った。

この言葉はちゃんと届いた。相手は左足を作りつけの椅子に載せて、水平になった太腿《ふともも》の上に怪我した手を置いた。目は相変わらず通りを見下ろしていた。「あいつらみんな徴兵《ちょうへい》委員会に行くんだよ」と彼は言った。「今度はエスキモーと戦争するんだぜ。知ってた?」

「誰と?」ジニーは言った。

「エスキモーだよ……あのさ、耳ちゃんと開けてろよな」

「なんでエスキモーなの?」

「知るかよ。なんで俺がそんなこと知ってなきゃいけないわけ？　今回はみんな年寄りが行くんだよ。六十歳くらいの。六十歳くらいじゃないと行けないんだ」と彼は言った。「ちょっと勤務時間を短くしてやればいいのさ……大したもんだよ」

「まああんたは行かずに済むわよね」とジニーは、ただ事実を述べただけのつもりで言ったが、その言葉が口から完全に出ないうちから、言うべきでないことを言っているのを自覚した。

「わかってる」と彼は早口で言って、作りつけの椅子から足を下ろした。窓をわずかに上げて、煙草をぱちんと弾《はじ》いて通りに捨てた。それから、もう窓に用はないというふうに、部屋の方を向いた。「なあ。頼みがあるんだけど。人が来るからさ、来たら、すぐ支度《したく》してくるからって言ってくれる？　ひげ剃るだけだから。な?」

ジニーはうなずいた。

「セリーナの奴、せかしてこようか？　君がここにいること知ってるの?」

とう」

「大丈夫、知ってるから」とジニーは言った。「あたしべつに急いでないし。ありがとう」

セリーナの兄はうなずいた。それからもう一度、怪我した指をしげしげと、自室まで戻る移動に耐えうるか見きわめようとするかのように眺《なが》めた。

「バンドエイドつけたら？　バンドエイドとかないの？」

「ない」と彼は言った。「じゃ、また」。そしてふらふらと部屋から出ていった。

何秒かして、半分のサンドイッチを持って戻ってきた。

「これ食べなよ」と彼は言った。「美味《おい》しいよ」

「でもあたしほんとに、全然――」

「いいから。べつに毒とか入れてないよ」

ジニーは半分のサンドイッチを受けとった。「じゃあ、どうもありがとう」と彼女は言った。

「チキンだよ」と彼は言って、上から見下ろすようにして彼女を見た。「昨日の夜デリカテッセンで買ったんだ」

「すごく美味しそうね」

「だから食べなって」

ジニーは一口齧《かじ》った。

「美味《うま》いだろ？」

ジニーは苦労して呑《の》み込んだ。「すごく」と彼女は言った。

セリーナの兄はうなずいた。そしてぼんやりした顔で部屋のなかを、胸部《きょうぶ》の凹《へこ》みを
ぼりぼり掻きながら見回した。「じゃ、もう着替えないと……わ！　ベルが鳴ってる。

それじゃ！」。彼は出ていった。

一人残されて、ジニーは座ったままあたりを見回し、サンドイッチを捨てるか隠すかできる場所を探した。と、誰かが玄関広間をやって来るのが聞こえた。彼女はサンドイッチをポロコートのポケットにつっ込んだ。

三十代前半の、背が低くも高くもない青年が部屋に入ってきた。整った顔立ち、短い髪型、スーツの仕立て、フラールのネクタイの模様、どれもこの人物に関する決定的な情報になってはいなかった。ニュース雑誌のスタッフか、それともニュース雑誌のスタッフ志望者か。フィラデルフィアで打ち切られたばかりの芝居の出演者かもしれない。法律事務所に勤めているのかもしれない。

「こんちは」と彼はなごやかに言った。

「こんちは」

「フランクリン見かけた？」と彼は訊いた。

「ひげ剃ってます。待っててくれと伝えてくれって言われました。すぐ来るって」

「ひげ剃ってる。やれやれ」。青年は腕時計を見た。それから赤いダマスク織りの椅子に腰を下ろし、脚を組んで、両手を顔に当てた。体全体が疲れているのか、それとも何かある種の眼精疲労《がんせいひろう》を覚えたのか、閉じた両目をまっすぐ伸びた指先でぐいぐいこすった。「けさは僕の人生で最悪の朝だったよ」と彼は言って、両手を顔から離した。声はもっぱら喉頭《こうとう》から出ている。とことん疲れきっているせいで、言葉に横隔膜から息を送り込む元気もないみたいだ。

「何があったんですか？」とジニーは彼を見ながら訊いた。

「うん……ちょっと長い話でさ。僕はね、最低千年前からの知りあいしか退屈させないことにしてるんだ」。彼はぼんやりと、不機嫌な様子で窓の方を見た。「でもとにかく、僕はもう二度と自分のことを、人間というものが少しでもわかる人物だとは考えないだろうよ。この科白《せりふ》、ガンガン引用していいよ」

「何があったんですか？」ジニーはくり返した。

「それがねえ……何か月も何か月もアパートに一緒に住んでた奴がさ——いや、話す気にもなれないよ……その作家がさ」最後の一言は、ヘミングウェイの小説に出てくるお気に入りの嫌われ者を思い出したか、さも満足げにつけ足した。

「その人が何したんですか？」

「正直、細かいことまでは言いたくないんだ」と青年は言った。テーブルの上に置かれた透明な煙草箱を無視して手持ちの箱から一本取り出し、自分のライターで火を点けた。手は大きかった。逞《たくま》しそうにも有能そうにも繊細そうにも見えなかった。それでも彼はその両手を、あたかもそれらが独自の、容易に制御しがたい美的衝動を抱え込んでいるかのように扱った。「もういっさい考えないことにしたんだ。だけどとにかくものすごく腹が立ってさ」と彼は言った。「だってこの、ペンシルヴェニアのアルトゥーナだかどこだかから来たどうしようもない奴がさ、見るからに餓死しかけてるわけでさ。で、僕は親切に、まっとうにふるまう――元祖よきサマリア人そのもの、そいつを自分のアパートに住ませてやる――自分一人だってろくに動きのとれない微視的に小さなアパートにさ。友だち全員にも紹介してやる。そいつがアパートじゅうにおぞましい原稿用紙やら煙草の吸殻《すいがら》やらラディッシュやらを散らかしても何も言わない。ニューヨーク中あらゆる演劇プロデューサーに紹介してやる。不潔きわまるシャツをクリーニング屋に持っていって、取ってきてやる。あまつさえ――」青年はそこで言葉を切った。「そうしたもろもろの親切とまっとうさの結果、どうなったかと言えば」と彼は先を続けた。「朝の五時か六時に奴は出ていくのさ――置き手紙一枚残さずに――不潔ながらわしい両手で持てるものありったけ持って」。そこで言葉を切って煙草を一喫いし、口から細い、シューーッと音を伴う煙を吐き出した。「話す気になれないよ。ほんとにさ」。彼はジニーの方を見た。「そのコート、すごくいいね」と彼は、すでに椅子から立ち上がりながら言った。そしてジニーの近くまでやって来て、ポロコートの襟《えり》を指でつまんだ。「すごくいい。戦争以来初めて見たほんとに上等のキャメルヘアだよ。どこで買ったか訊いてもいい？」

「ママがナッソーで買ってきてくれたの」

青年は思慮《しりょ》深げにうなずいて、椅子の方に下がっていった。「あそこはほんとに上等のキャメルヘアが手に入る数少ない場所だよね」。彼は腰を下ろした。「長くいたの？」

「え？」

「君のお母さん、ナッソーには長くいたの？　ていうのは、うちの母親も十二月に行ったからさ。一月も少しいたな。いつもなら僕もついてくんだけど、とにかくこの一年メチャクチャだったから、とてもじゃないけど出られなくてさ」

「うちのママは二月」とジニーは言った。

「そうなんだ。どこに泊まったの？　知ってる？」

「伯母さんの家」

青年はうなずいた。「名前訊いてもいい？　君、フランクリンの妹さんの友だちだよね？」

「クラス一緒なんです」とジニーは、二つ目の質問にだけ答えた。

「君、セリーナがいつも話してる、かの有名なマキシーンじゃないよね？」

「違います」

青年はいきなり、手のひらでズボンの裾を払いはじめた。「全身犬の毛だらけでさ」と彼は言った。「母親が週末ワシントンに行くんで、僕のアパートに犬置いてって。性格はすごくいいいんだけど、しつけは最悪で。君、犬飼ってる？」

「飼ってません」

「ほんと言うとさ、都会で犬飼うのって残酷だと思うんだよね」。彼は毛を払うのをやめて、椅子に深々と座り、もう一度腕時計を見た。「あいつ、一度も時間守ったことないんだよな。僕たちコクトーの『美女と野獣』観に行くんだけど、あの映画だけは絶対絶対に遅れちゃいけないんだよ。魅力がすべて消えちゃうんだ。君、観たことある？」

「ありません」

「ぜひ観なくちゃ！　僕は八回観たよ。掛け値なし、純然たる天才だよコクトーは」と彼は言った。「何か月も前から、観に行こう行こうってフランクリンを誘ってたんだ」。どうしようもない、と言いたげに青年は首を横に振った。「とにかく趣味がなあ。戦争中、二人ともとことんおぞましい職場で働いてたんだけど、あいつときたらもう世界最低の映画に僕を引っぱってくんだよ。ギャング映画、西部劇、ミュージカル――」

「あなたも飛行機工場で働いてたんですか?」とジニーは訊いた。

「ああ、そうとも。何年も何年も何年も。その話は勘弁《かんべん》してほしいね」

「あなたも心臓が悪いんですか?」

「いやいや、滅相《めっそう》もない」。そう言って彼は縁起《えんぎ》かつぎに椅子の肘掛《ひじか》けを二度叩いた。

「僕の体ときたらね、そりゃもう――」

セリーナが部屋に入ってくると、ジニーはさっと立ち上がって出迎えに行った。セリーナはショーツからワンピースに着替えていた。いつもならこの事実もジニーを苛《いら》つかせたにちがいない。

「待たせてごめんなさいね」とセリーナは白々しく言った。「ママが目を覚ますのを待たなきゃならなくて……こんちは、エリック」

「やあ、こんちは!」

「お金、やっぱり要らない」とジニーは、セリーナにだけ聞こえるよう声を落として言った。

「え?」

「あたし考えてたのよ。あんたは毎回ボールとか持ってくるわけじゃない。あたし、そのこと忘れてたの」

「でもあんたさっき言ったじゃない、あたしは一銭も出してないから――」

「玄関まで送っていって」とジニーは言って、エリックに挨拶《あいさつ》もせずさっさと先を行った。

「だってさっき言ったじゃない、今夜映画に行くからお金が要るって！」と玄関広間でセリーナが言った。

「疲れたから行かない」とジニーは言った。そしてかがみ込んでテニスの道具を手にとった。「あのさ。晩ご飯のあとに電話する。あんた、今夜なんか特に用事ある？　あたし遊びに来てもいいかな」

セリーナは目を丸くして「いいよ」と言った。

ジニーは玄関のドアを開けて、エレベータまで歩いていった。ベルを鳴らしてエレベータを呼んだ。「あんたの兄さんに会ったわ」とジニーは言った。

「そうなの？　あいつ、変わってない？」

「お兄さん、何してるわけ？」とジニーはさりげなく訊いた。「仕事とかやってるの？」

「辞めたばっかり。パパは大学に戻れって言うんだけど、本人は嫌がってる」

「どうして?」

「知らない。もうトシだとか言ってる」

「いくつなの?」

「知らない。二十四かな」

エレベータの扉が開いた。「あとで電話するね!」とジニーは言った。

建物から出ると、ジニーはバスに乗ろうとレキシントン・アベニューめざして西へ歩いていった。三番街とレキシントンのあいだで、財布を出そうとコートのポケットに手を入れたら半分のサンドイッチに手が触れた。彼女はそれを取り出し、道に捨てようと腕を下ろしかけたが、結局そうせずにポケットのなかに戻した。何年か前、部屋のクズ籠に敷いたおがくずのなかでイースターのひよこが死んでいるのを見つけたときも、ジニーはそれを始末するのに三日かかったのだった。

笑い男

一九二八年、九歳だった僕は、最大限の組織愛を胸に、コマンチ・クラブなる団体に属していた。毎日放課後三時に、僕たち二十五人のコマンチ族を、族長《チーフ》が一〇九丁目のアムステルダム・アベニュー付近、公立一六五番校の男子用出口の外まで迎えにきた。僕たちが押しあいへしあいチーフの再改造バスに乗り込むと、チーフは僕たちを（僕たちの両親との金銭的取り決めに従って）セントラルパークへ連れていった。日が暮れるまで、天気が悪くないかぎり、僕たちは季節に（ごく大雑把《おおざっぱ》に）合わせてフットボールかサッカーか野球をやった。雨の日にはいつも、自然史博物館かメトロポリタン美術館にチーフは僕たちを連れていった。

毎土曜日と、祭日の大半、チーフは朝早く僕たちのアパートメントを回って僕たちを拾い、廃車としか見えないバスで僕たちをマンハッタンの外の、都心に較《くら》べれば広々としたヴァン・コートラント公園かパリセーズに連れ出した。僕たちの頭がひたすらスポーツに染まっているときは、運動場が正規の広さで、相手チームに乳母車も杖《つえ》をついた怒り狂うお婆さんも混じっていないヴァン・コートラントに行った。僕たちコマンチの心がキャンプに向かっているときは、パリセーズに行ってとことん原始的にやった。（ある土曜に、リニット洗濯糊《のり》の看板と、ジョージ・ワシントン橋の西《せい》端《たん》予定地とにはさまった油断ならぬ地帯で僕は迷子になったことがある。でも僕は冷静さを失わなかった。巨大な広告板の作る壮大な日蔭《ひかげ》に腰を下ろして、涙はぽろぽろ出てきたもののしっかり弁当箱を開けて、いずれチーフが見つけてくれるものとなかば信じていた。チーフはいつだって僕たちを見つけてくれたのだ。）

コマンチ族から解放されているとき、チーフはスタテン島在住のジョン・ゲザツキーだった。おそろしく内気な、心優しい若者で、年は二十二か二十三、ニューヨーク大学で法律を学ぶ、誰の記憶にも残る人物だった。その数々の業績や美徳をここでくどくど述べるのは控えよう。ごく簡単に、彼がイーグルスカウトであったこと、フットボールでは一九二六年にタックルとして全米チームにあと一歩で加わるところだったこと、野球でもニューヨーク・ジャイアンツの入団テストに丁重に招かれたという情報が流通していたことに触れるにとどめよう。僕たちがくり広げる狂乱のスポーツ試合においては公平無私《こうへいむし》にして冷静沈着《れいせいちんちゃく》な審判であり、焚火《たきび》を熾《おこ》すのも消すのも名人級、応急手当にも熟練していてどんな怪我も決して見下さなかった。僕たちはみな、一番小さな悪ガキも一番大きな悪ガキも、残らず彼を愛し、尊敬していた。

一九二八年におけるチーフの外見は、いまだはっきり僕の脳裡《のうり》に残っている。願望が大きさを生むものなら、僕たちコマンチはみな迷わず彼を巨人に仕立て上げたことだろう。だがありていに言えば、彼はずんぐりした、一六〇センチに行くか行かぬかの人物だった。髪はブルーブラック、生えぎわはおそろしく下まで降りていて、鼻は大きくぽっちゃりとし、胴と脚はほぼ同じ長さだった。革のジャンパーを着た肩は逞《たくま》しかったが、幅は狭くて撫《な》で肩だった。でもあのころの僕には、チーフのなかで、バック・ジョーンズ、ケン・メイナード、トム・ミックスのもっともカッコいい要素がごく自然に融合《ゆうごう》しているように見えたものだ。

毎日の夕方、負けているチームが内野の凡フライやエンドゾーン・パスをめぐる再三のミスの言い訳にできるくらいあたりが暗くなってくると、僕たちコマンチは、物語の語り手としてのチーフの才能に大々的かつ自分勝手に依存した。その時間にはもう、僕たちは過度に興奮した、怒りっぽい一党と化していて、チーフに一番近い席に座ろうとしてたがいに——拳骨《げんこつ》で、もしくは金切り声で——争った（バスには藁《わら》の座席が二列並んでいて、左側の列には補助席が三つあって——ここが一番いい席だ——運転席の真横まで伸びていた）。僕たちがひとまず落ち着いてからチーフはやっとバスに乗り込む。それから、運転席にうしろ向きにまたがって、やや甲高《かんだか》い、だがいつもより低く落としたテナーの声で、「笑い男」の続きを話してくれるのだった。ひとたびチーフの話がはじまったら、僕たちの興味は絶対に薄れなかった。「笑い男」はコマンチにうってつけの物語だった。そこには古典的な深みさえあったかもしれない。ややもすると、あちこちばらばらに散らばってしまいかねない面もあったが、基本的にはコンパクトな、持ち運び可能な話だった。いつだって家に持って帰って、たとえばお湯を抜いている最中のバスタブに座って思いをめぐらせることのできる物語だった。

裕福な宣教師夫妻の一人息子に生まれた笑い男は、まだ赤ん坊のころに中国人の山賊にさらわれたのだった。裕福な宣教師夫妻が（宗教的信念ゆえに）身代金の支払いを拒むと、山賊たちは大いに感情を害し、赤子の頭を万力《まんりき》にはめて、しかるべきレバーを右に数回転させた。この数奇な体験の当事者は、髪のない、ピーカンナッツ形の頭をした大人に成長し、鼻の下には口の代わりに巨大な楕円形《だえんけい》の空洞が広がっていた。鼻自体は肉によってふさがれた孔《あな》二つだった。その結果、笑い男が息をすると、鼻の下の何ともおぞましい陰鬱《いんうつ》な空洞が、僕が思い描くところある種の醜《みにく》い腔《こう》のように拡張と収縮《しゅうしゅく》をくり返した（その呼吸法をチーフは説明するというより実演してみせた）。笑い男の恐ろしい顔を見て、知らない人間はたちまち卒倒した。知る者たちは彼を避けた。ところが、なぜか山賊の一味は彼が自分たちの隠れ家にとどまることを許した──ケシの花びらで作った、薄赤色《うすあか》のベールで顔を覆っているかぎり。ベールのおかげで山賊たちは養い子の顔を見ずに済んだし、彼がどこにいるかも把握できた。このベールのせいで、笑い男はいつも阿片《あへん》の匂いをぷんぷんさせていたのである。

毎朝、あまりの寂《さび》しさに、笑い男はひっそり（その足どりは猫のように優雅であった）隠れ家の周りの鬱蒼《うっそう》たる森に出かけていった。森で彼はあらゆる種の動物を手なずけていた。犬、白マウス、鷲《わし》、ライオン、大蛇《だいじゃ》、狼《おおかみ》。動物たちの前ではベールも外し、動物自身の言葉で優しく、歌うように話しかけた。動物たちは彼を醜いと思わなかった。

（チーフがここまで話を進めるのに二か月くらいかかった。ここからあとは、進め方もどんどん独断的になっていき、それで僕たちコマンチとしてもまったく異存《いぞん》はなかった。）

つねにあらゆることに耳をそばだてている人物だったので、笑い男はじきに、山賊たちの商売上の最大の秘密にも通じるに至った。とはいえ、それらの秘密にさして感心もせず、自分独自の、より効果的なシステムをてきぱきと構築《こうちく》していった。はじめは小規模に、中国の田舎で独自に活動を展開し、追いはぎ、列車強盗に携《たずさ》わって、人を殺すのはどうしてもやむをえない場合に限った。まもなく、その独創的な犯罪の方法に、フェアプレーを非常に重んずる精神も相《あい》まって、広く国民に愛される存在となった。奇妙にも、彼の活躍に気づくのが誰よりも遅かったのは、育ての親たち、すなわち彼の心を犯罪に向けさせた張本人たる山賊たちだった。ひとたび気づくと、彼らは気も狂わんばかりに嫉妬《しっと》した。ある夜彼らは、たっぷり薬を盛って眠らせたものと確信して、笑い男の寝床の前に一列に並び、蒲団《ふとん》の下の人の姿をなたで切り刻んだ。そこにいたのは山賊の頭《かしら》の母親（感じの悪い、細かいことをくどくど言うタイプの人物）であった。この一件によって、山賊たちが笑い男の血に飢える思いはますます強まり、とうとう彼としてもやむをえず、山賊全員を地中深い、だが感じのよい装飾を施《ほどこ》した霊廟《れいびょう》に閉じ込めるほかなくなった。山賊たちは時おり脱走して、笑い男もそれなりに手を焼かされたが、あくまで彼らを殺しはしなかった（笑い男のこうしたやたらと情け深い側面に、僕はひどく苛つかされたものだった）。

まもなく笑い男は、たびたび国境を越えてフランスのパリまで出かけ、その地味ながら見事な天才ぶりを、世界的に有名で機知に富む肺病病《や》みの探偵マルセル・デュファルジュの鼻先で披露《ひろう》するようになる。デュファルジュとその娘（繊細な美しさの、いささか服装倒錯《ふくそうとうさく》の気《け》がある若い女性）は笑い男最大の敵となる。二人は何度も、笑い男を罠《わな》にかけて捕らえようと企てる。笑い男は余裕しゃくしゃく、面白半分に途中までつき合ってから忽然《こつぜん》と姿を消す。どうやって消えたのか、まったくなんの、ほんの少しでも信憑性《しんぴょうせい》ある手がかりひとつ残っていないこともしばしばだった。時たま笑い男は、パリの街を流れる下水道に辛辣《しんらつ》な別れの挨拶を投函《とうかん》し、それらはただちにデユファルジュの足下に届けられた。父娘《おやこ》はびちゃびちゃと、パリの下水道を膨大《ぼうだい》な時間歩き回ることになった。

ほどなくして笑い男は、世界一の資産家となった。その大半は、地元の修道院の、ジャーマンシェパードの警察犬育成に生涯を捧《ささ》げている禁欲的な僧たちに匿名《とくめい》で寄付した。残りはダイヤモンドに替えてエメラルドの箱に入れ、あっさり黒海に葬《ほうむ》った。彼自身はほとんど何も求めなかった。もっぱら米を食べ、鷲の血を飲んで、チベットの風吹きすさぶ岸辺に建つ、地下に体育館と射撃場のある小さな山荘で暮らした。盲目的に忠実な共謀者《きょうぼうしゃ》たちが一緒に住んでいた。よく喋《しゃべ》るシンリンオオカミのブラック・ウィング、愛らしい小人のオンバ、巨体のモンゴル人で舌を白人たちに焼かれたホン、そして、欧亜《おうあ》混血《こんけつ》の美女で笑い男への片思いと彼の安全を心底《しんそこ》案ずる気持ちゆえ時おり犯罪行為に強く異《い》を唱えたりもする若い娘。笑い男はこの一団に、黒い絹の幕ごしに指令を出した。愛らしい小人オンバでさえ顔を見せてはもらえなかった。

そうすると言っているわけではないが、その気になれば僕は読者を何時間でも——必要とあらば強制的に——護送して、パリ—中国間の国境をくり返し行き来していただくことだってできる。僕はこの笑い男という人物を、自分の超人的先祖のような存在として見ている。リー将軍のごとく偉大でありながら、その一連の美徳を水面下に、血のなかにひそませた人物。そしてこの妄想とて、僕が一九二八年に抱いていた妄想に較べればごく穏健《おんけん》なものでしかない。僕は当時自分を、笑い男の直系の子孫というのみならず、彼のただ一人存命の正統な子孫とみなしていたのである。一九二八年、僕は両親の子供でさえなく、悪魔的に人当たりのいい偽者だった。両親がちょっとでもヘマをやらかそうものなら、それを口実に自分の正体を宣言し、なるべくなら穏便《おんびん》に、だが必要とあらば暴力も辞さずに笑い男の許《もと》へ移ろうと虎視眈々《こしたんたん》待ち構えていた。偽の母親を悲嘆に暮れさせる気はないから、彼女には、僕が取り仕切る暗黒街において、具体的にどういう仕事かわからないけれどそれなりに威厳《いげん》ある地位を与えるつもりだった。だが一九二八年に僕がまずなすべきは、とにかく尻尾《しっぽ》を出さないことだった。猿芝居に合わせること。歯を磨く。髪を梳《と》かす。どんなことがあっても、生来《せいらい》持っている恐ろしい笑い声を隠すこと。

実のところ、僕は笑い男のたった一人存命の正統な子孫ではなかった。クラブにはコマンチが二十五人いたわけで、ということはつまり笑い男の存命の正統な子孫が二十五人いたのである。僕たちはみんなお忍びで不気味に都市を徘徊《はいかい》し、エレベータの運転係を将来の大敵として観察し、口の端で、しかし流暢《りゅうちょう》にコッカースパニエルの耳に指令をささやき、算数の先生の額《ひたい》に人差し指で狙《ねら》いを定めた。そして僕たちは、いつも待っていた。身近にいる凡庸《ぼんよう》な精神に恐怖と賞賛の念を吹き込む格好のチャンスを、僕たちは待っていた。

二月のある午後、コマンチの野球シーズンがはじまった直後、チーフのバスに新しい備品が加わったことを僕は目にとめた。フロントガラスのバックミラーの上に、小さな額縁《がくぶち》入りの、卒業式の学帽とガウンを着た若い女の人の写真が現われたのだ。女性の写真なんて、バスを包む男だけの世界という雰囲気に合わない気がして、僕はチーフに、この人誰ですか、と無遠慮《ぶえんりょ》に訊《き》いた。チーフははじめ口を濁《にご》していたが、とうとうそれが若い女性であることは認めた。なんていう名前ですか、と僕は訊いた。率直とは言いがたい口調で、チーフは「メアリー・ハドソン」と答えた。映画俳優かなんかですかと僕は訊いた。違う、ウェルズリー・カレッジの学生だった人だとチーフは答えた。そして緩慢《かんまん》な再考の過程を経て、ウェルズリー・カレッジはとても高級な大学だと言い足した。でもどうしてバスにこの人の写真飾るんですか、と僕は訊いた。チーフはわずかに肩をすくめた。どうやらそのしぐさは、この写真は自分に押しつけられたも同然なのだと暗に伝えているらしかった。

その後二週間ばかり、写真は——無理矢理押しつけられたものであれ偶然与えられたものであれ——バスから除去《じょきょ》されなかった。ベーブルース・キャンディの包み紙や床に落ちたリコリスウィップなどと一緒に消えはしなかった。でも僕たちコマンチはその存在に慣れていった。それはだんだん、速度計と同じ、どうということもない無名性を獲得していった。

ところがある日、セントラルパークに向かって走っていて、チーフは五番街の六十丁目台、野球場をもう一キロ近く過ぎてしまったあたりの道路脇にバスを停めた。二十余名の運転者予備軍はただちに説明を迫ったが、チーフは何も言わなかった。代わりに彼は物語を語る姿勢を採り、「笑い男」の続きを——まだその時間ではないのに——語り出した。ところが、話しはじめていくらもしないうちに、誰かがこんこんとバスのドアを叩《たた》いた。その日チーフの反射神経は高速モードに設定されていた。彼が座席の上で文字どおりくるっと前に向き直り、ドアの把手《とって》をぐいとつかむと、ビーバーコートを着た若い女の人が乗り込んできた。

これまで見たなかで、一目でこれはもう別格の美女だと思えた女性を、僕は即座に三人思い出すことができる。一人は黒い水着を着た痩《や》せた女の子で、一九三六年ごろのジョーンズ・ビーチでオレンジ色のパラソルを立てようと悪戦苦闘していた。もう一人は一九三九年にカリブ海のクルーズ船に乗っていた女の子で、この子はネズミイルカにライターを投げつけた。そしてもう一人が、チーフのガールフレンド、メアリー・ハドソンである。

「あたし、すごく遅れた？」と彼女はチーフに向かってにっこり微笑《ほほえ》みながら訊いた。あたしブス？と訊いたとしても同じことだっただろう。

「いいや！」とチーフは言った。そしていくぶん血走った目つきで、自分の席の近くに座ったコマンチたちを見て、場所を空けるよう手で合図した。メアリー・ハドソンは僕と、エドガー・なんとかという、叔父さんの親友にウイスキー密造者がいる奴とのあいだに座った。僕たちは彼女からたっぷり離れて座った。やがてバスは変な、がくんと素人っぽい揺れとともに走り出した。コマンチたちはみな黙りこくっていた。

いつもの駐車スペースまで戻っていく道中、メアリー・ハドソンは座席の上で身を乗り出し、チーフを聞き手に、乗りそこねた列車と乗りそこねなかった列車について熱っぽく語った。彼女はロングアイランドのダグラストンに住んでいた。チーフはひどく落ち着かない様子だった。自分からは会話に貢献できないだけでなく、彼女の話もほとんど耳に入っていなかった。握ったギアシフトの把手がもげたことを僕は記憶している。

バスから降りても、メアリー・ハドソンは僕たちからいっこうに離れなかった。野球場に着いたころには、きっとコマンチ全員が、帰るタイミングわかってない女っているんだよなという顔をしていたと思う。そして、おまけになんと、僕ともう一人のコマンチとで先攻後攻を決めるべくコインを投げようとしたところで、メアリー・ハドソンは切なげに、自分も試合に加わりたいという欲求を表明したのである。これに対する反応は明確そのものだった。それまで僕たちコマンチは、女性である彼女の姿をただ呆然《ぼうぜん》と見ているだけだったが、いまやはっきり怖い目で睨《にら》みつけていた。彼女は僕たちに笑顔を返した。いささかどぎまぎさせられる展開だった。ここに至ってチーフが主導権を引き継ぎ、それまではどうにか隠しおおせていた天性の無能ぶりをさらけ出すことになった。彼はメアリー・ハドソンを脇へ、コマンチ族にぎりぎり聞こえないところまで連れていき、彼女に向かって重々しく、理知的に話しているらしかった。やがてメアリー・ハドソンが彼の言葉をさえぎった。彼女の声はコマンチたちにも完璧《かんぺき》に聞こえた。「だってやりたいんだもん」と彼女は言った。「あたしだって野球やりたいもん！」。チーフはうなずき、もう一度試みた。濡《ぬ》れていて穴ぼこだらけの内野の方を彼は指さした。正規のバットを拾い上げ、その重さを示してみせた。「それがどうだってのよ」とメアリー・ハドソンははっきりと言った。「あたしわざわざニューヨークまで来たんだもの――歯医者とか行きに――絶対やるわよ」。チーフはもう一度うなずいたが、今度はあきらめた。そして用心深い足どりで、コマンチの二チーム、ブレーブズとウォリアーズが待つホームプレートまで歩いてきて、僕の方を見た。僕はウォリアーズの主将だった。チーフは僕のチームのセンターのレギュラーで今日は病気で休んでいる奴の名前を口にして、メアリー・ハドソンをそいつの代わりに起用してはどうかと持ちかけた。センターなんて要らない、と僕は言った。馬鹿野郎、どういう意味だセンターなんて要らないって、とチーフは言った。僕は愕然《がくぜん》とした。チーフがそんな汚い言葉を使うのを聞いたのは初めてだった。おまけに、メアリー・ハドソンがにこにこ笑って僕を見ているのを僕は感じた。平静を装おうと、僕は石ころを拾って木に投げつけた。

僕のチームが先に守った。一回はセンターに一度も球が行かなかった。ファーストの守備位置から、僕は時おりちらっとうしろを見た。見るたびにメアリー・ハドソンは陽気に手を振ってきた。彼女はキャッチャーミットをはめていた。絶対これがいいと言ってきかなかったのだ。見るにおぞましい光景だった。

メアリー・ハドソンの打順は九番だった。僕がそのことを知らせると、彼女はちょっと顔をしかめて「じゃ急いでよね」と言った。実際、僕たちは本当に急いだみたいで、早くも一回に彼女まで打順が回ってきた。彼女はビーバーコートを――そしてキャッチャーミットも――脱いで、焦げ茶のワンピースで打席に向かった。僕がバットを渡すと、どうしてこんなに重いのと訊いた。チーフはピッチャーの背後の審判の位置を離れて、心配そうに寄ってきた。バットの端を右肩に載せろと彼はメアリー・ハドソンに言った。「載せてるわよ」と彼女は言った。バットをあまり強く握りすぎないようにとチーフは言った。「握ってないわよ」と彼女は言った。目をボールから離さないようにとチーフは言った。「そうするわ」と彼女は言った。「いいからもうあっち行ってよ」。ピッチャーの投げた第一球に彼女はぐいんとバットを振り、ボールはレフトの頭上を越えていった。ゆうゆう二塁打の打球だったが、メアリー・ハドソンは三塁まで行った――滑り込みもせずに。

僕の驚愕《きょうがく》がやっと冷め、やがて畏怖《いふ》の念も、そして歓喜も冷めたところで、僕はチーフの方を見た。ピッチャーのうしろに立っているというより、チーフはピッチャーの上に浮かんでいるように見えた。それは完璧に幸福な人間の姿だった。メアリー・ハドソンは三塁ベースから僕に手を振った。僕も振り返した。思わず振れてしまう自分の手を、止めようとしても無理な相談だっただろう。バッティングの見事さは措《お》くとしても、彼女は三塁ベースから誰かに手を振るすべを心得ている女性だったのだ。

その試合ずっと、彼女は打席に立つたびに出塁を果たした。なぜだか彼女は一塁を嫌っているらしく、何ものも彼女をそこにとどめられはしなかった。少なくとも三度、彼女は二塁に盗塁した。

彼女の守備はこれ以下はありえないというくらいひどかったが、チームはガンガン得点を重ねていたからそれもどうでもよかった。フライを追う際にキャッチャーミットさえやめてくれていたら事態は改善していたと思う。でも彼女はそれを外そうとしなかった。これってキュートだもの、と彼女は言った。

以後一か月ばかり、彼女は週二度（どうやら歯医者の予約があるたび）コマンチ族と野球をした。時間どおりバスを待っていることもあれば、遅れてくる日もあった。バスのなかでものすごい勢いで喋りまくることもあれば、ただ座ってハーバート・タレイトン（フィルター付き）を喫《す》っているだけの日もあった。バスのなかで彼女の隣に座ると、香水の素敵な匂いがした。

四月のある寒い日、いつものように三時に一〇九丁目のアムステルダム付近で僕たちを拾ってから、チーフはみんなが乗ったバスを一一〇丁目で左折させ、何事もないような顔で五番街を下っていった。でも髪は櫛《くし》が入って濡れていたし、革のジャンパーの代わりにコートを着ていたので、きっと今日はメアリー・ハドソンが仲間入りするのだろうと僕が推測したのも無理からぬ話である。セントラルパークに入るいつもの入口をバスがそのまま通過すると、推測は確信に変わった。チーフは六十丁目台の適当な場所にバスを駐《と》めた。それから、コマンチ族が退屈しないようにと、座席にうしろ向きにまたがって「笑い男」の続きを話してくれた。僕はその内容を細部一つひとつまで覚えている。ここでもそのあらましを簡潔に述べておきたい。

さまざまな展開を経て、笑い男の無二の親友たるシンリンオオカミのブラック・ウィングがデュファルジュ父娘の物理的・精神的罠に嵌《は》まってしまった。笑い男の忠誠心を知る父娘は、笑い男自身が身代わりとなるならブラック・ウィングを解放すると持ちかけた。その言葉を少しも疑わず、笑い男は提案に応じた（天才たる彼の脳のメカニズムは、いくつか仔細《しさい》な事柄に関して奇妙な不全に陥《おちい》ることがしばしばあった）。パリを囲む鬱蒼《うっそう》とした森のなかのある場所が指定され、午前零時にデュファルジュ父娘と会う取り決めがなされる。月の光の下、ブラック・ウィングが自由の身となるのだ。だが父娘には、彼らが恐れ、忌み嫌っているブラック・ウィングを解放する気などなかった。取り引きの行なわれる夜、彼らはブラック・ウィングの身代わりのシンリンオオカミを連れ出し、まずそいつがブラック・ウィングに見えるよう左のうしろ脚を雪白《ゆきじろ》に染めてから、革紐《かわひも》をつけた。

だがここで、デュファルジュ父娘が計算に入れていなかった要素が二つある。すなわち、笑い男の感傷癖《かんしょうへき》と、彼がシンリンオオカミの言葉を話せるという事実である。デュファルジュの娘が有刺鉄線《ゆうしてっせん》で笑い男を木に縛りつけるや否や、彼はその美しい、歌うような声を上げて長年の友に別れの言葉を送らずにはいられない。月光の下、数メートル離れたところに立つ身代わりは、この見知らぬ人間が立派にシンリンオオカミの言葉を喋ることに感心し、しばし礼儀正しく、相手がくどくど口にしている最後の個人的・職業的忠告に耳を傾けていたが、やがてさすがにじれったくなってきて、そわそわ足を動かしはじめる。そして出し抜けに、相当に感じの悪い口調で笑い男の言葉をさえぎり、まず第一に俺の名前はダーク・ウィングだのブラック・ウィングだのグレイ・レッグズだのじゃなくてアルマンだし第二に俺は生まれてこのかた中国なんか行ったことないしこれからも行く気なぞこれっぽっちもないねと伝えた。

当然ながら笑い男は激怒《げきど》し、舌でベールを剝《は》がして、月光の下、むき出しの顔でデュファルジュ父娘と対峙《たいじ》した。デュファルジュ嬢はそれを見て失神した。父親の方はもう少し幸運に恵まれた。たまたまそのとき咳《せき》の発作《ほっさ》に襲われている最中で、致死的なるベール剝がしを見ずに済んだのである。咳が止《や》んで、娘が月光に照らされた地面に仰向《あおむ》けに倒れているのを見て、デュファルジュは事情を察した。そこで片手で目を覆って、笑い男の荒い、シューシューという息の音が聞こえてくる方角に向けて、オートマチック拳銃を一発残らず撃ちまくった。

この回の話はこれで終わりだった。

チーフは時計用ポケットから安物のインガソル時計を出して、時間を見て、それからぐるっと前に向き直って、エンジンをかけた。僕は自分の時計を確かめた。もう四時半近かった。バスが前に進んでいくなか、僕はチーフにメアリー・ハドソンを待たないのかと訊いた。チーフはそれに答えず、僕が質問をくり返す間もなく、頭をうしろに傾け、僕たちみんなに向かって「うるさいぞお前ら少しは静かにしろ」と言った。その命令をどう捉《とら》えるにせよ、それが意味不明のものであることは間違いなかった。

バスはそれまで、そしてその瞬間も、ものすごく静かだったのだ。ほぼ全員が、笑い男が置かれた状況に思いをはせていたのである。僕たちはもう彼のことを心配するような段階はとっくに卒業していた――これだけ深い信頼を寄せていたら心配なんかしようがない――が、彼が大いなる危機に出遭うとつい黙りこくってしまうという段階はいまだ卒業していなかったのだ。

その午後の三イニングか四イニング目に、僕は一塁ベースからメアリー・ハドソンの姿を認めた。彼女は僕の左側に百メートルくらい行ったベンチに座って、乳母車を持った二人の子守女のあいだにはさまれていた。ビーバーコートを着て、煙草を喫って、僕たちの試合の方を見ているように思えた。この発見に興奮して僕は大声でわめき、ピッチャーのうしろにいるチーフにその情報を伝えた。走っている、とまでは行かない足どりでチーフはせかせか僕の方にやって来た。「どこだ？」とチーフは訊いた。僕はもう一度指さした。しかるべき方向をしばらく呆然と見てから、すぐ戻ってくる、とチーフは言ってグラウンドを去った。ゆっくりと歩きながらチーフはコートのボタンを外し、ズボンの尻《しり》ポケットに両手を入れた。僕は一塁ベースに座り込んで待った。チーフがメアリー・ハドソンのところにたどり着くまでに、コートのボタンはふたたび留められ、両手は体の脇に垂れていた。
五分くらい、チーフはメアリー・ハドソンを見下ろすようにして立ちながら、彼女と話をしているらしかった。やがてメアリー・ハドソンが立ち上がって、二人で野球場の方に歩いてきた。歩きながら二人は喋りもせず、相手を見もしなかった。グラウンドに着くと、チーフはピッチャーのうしろの定位置についた。僕はチーフに向けてどなった。「彼女、プレーしないんですか?」。ちゃんとベースをカバーしてろ、とチーフは僕に言った。僕はベースをカバーしてメアリー・ハドソンを見守った。彼女はホームプレートのうしろを、両手をビーバーコートのポケットに入れてゆっくり歩いていき、やっとのことで、三塁ベースのすぐ向こうの、場違いに置かれた選手用ベンチに腰を下ろした。そしてまた煙草に火を点けて、脚を組んだ。

ウォリアーズの攻撃になると、僕は彼女が座っているベンチに行って、レフト守りますか、と彼女に訊いた。彼女は首を横に振った。風邪《かぜ》でもひいたんですか、と僕は彼女に言った。彼女はまた首を横に振った。レフトは誰もいないんです、と僕は彼女に訊いた。一人でセンターとレフト両方守らせてるんです、と僕は言った。この情報に対してはまったくなんの反応も返ってこなかった。僕はファーストミットを宙に投げ上げて、頭で受け止めようとしたが、ミットは泥の水たまりに落ちてしまった。僕はそれをズボンで拭いて、そのうちご飯食べにうちへ来ませんかとメアリー・ハドソンに言った。チーフはしょっちゅう来るんですよ、と僕は言った。「放っといて」と彼女は言った。「いいから放っといて」。僕は呆然と彼女を見て、それからウォリアーズのベンチの方に歩いていった。歩きながらポケットからミカンを出して、宙に投げた。三塁側のファウルラインを半分くらい来たところで、回れ右して、うしろ向きに歩きはじめた。メアリー・ハドソンを見ながら、ミカンはまだ投げていた。チーフとメアリー・ハドソンとのあいだに何が起きているのか僕にはさっぱりわからなかった（そしていまも、ごく大まかな直感以上にはわかっていない）が、それでも、メアリー・ハドソンはコマンチのラインナップから永久に脱落したのだということははっきり確信した。それは個々の事実の足し算とは違う、全体を丸ごと把握した確信だった。こういう確信を抱えてうしろ向きに歩くのは、ふだん以上に危険だと言わねばならない。僕は乳母車に衝突した。

さらに一イニングが終わると、暗くなって守備はもう無理だった。試合はコールドゲームで終わり、僕たちは用具を片付けはじめた。僕が最後にちゃんと見たとき、メアリー・ハドソンは三塁ベースの近くで泣いていた。チーフが彼女のビーバーコートの袖を握っていたが、彼女はチーフをふり切って離れていった。グラウンドから駆けていってコンクリートの通路まで出て、そのまま僕から姿が見えなくなるまで走っていった。チーフは追っていかなかった。ただつっ立って、彼女が消えていくのを見ていた。それからチーフは回れ右して、ホームプレートの方に歩いてきて、僕たちのバット二本を拾い上げた。僕たちはいつも、バットはチーフが持っていくよう残しておいたのだ。僕はチーフのところに行って、メアリー・ハドソンと喧嘩《けんか》したんですかと訊いた。シャツをちゃんとたくし込め、とチーフは僕に言った。

　いつもと同じに、僕たちコマンチは、バスが駐めてある場所までの最後の百メートルくらいを走っていって、わめき、押し、たがいにのどわの技を試しあったが、誰もがふたたび「笑い男」の時間だと意識していた。五番街を全速力で渡っている最中、誰かが予備のだか捨てるつもりだかのセーターを地面に落として、僕はそれに足を取られてばったり転んだ。バスまでなおも疾走していったが、一番いいあたりの席はもうみんな取られていて、真ん中へんの席に甘んじねばならなかった。そのことに苛ついて、僕は右隣に座っている子の肋骨を肘《ひじ》でつつき、それから向き直って、チーフが五番街を渡ってくるのを見守った。日はまだ暮れていなかったが、五時十五分の薄闇《うすやみ》がすでに訪れていた。チーフはコートの襟を立てて、バット二本を左腕で抱え、通りに意識を集中して渡った。昼には櫛で梳かして濡れていた黒い髪は、もう乾いて風に吹かれていた。チーフが手袋を持っていればいいのに、と思ったことを僕は覚えている。

　バスはいつものように、チーフが乗り込んできたときは静かだった。少なくとも、劇場の照明が暗くなったときの客席と同じように、すうっと静かになった――それまで生じていた会話はあわただしいささやきとともに打ち切られるか、ぴたっと一気に止むかしたのだ。にもかかわらず、チーフは開口一番僕たちに、「静かにしろ、じゃないと話はなしだぞ」と言った。一瞬のうちに絶対的な沈黙がバスを包み、チーフとしても物語用の位置につくしかなかった。位置につくと、ハンカチを取り出し、洟《はな》を入念に、片方ずつかんだ。僕たちは辛抱強く、いくぶん見世物でも見るような興味さえ持って見守った。ハンカチの用が済むと、チーフはそれを綺麗《きれい》に四つにたたんでポケットに戻した。それから彼は、「笑い男」の続きを話しはじめた。はじめから終わりまで五分もかからなかった。

デュファルジュの撃った弾丸のうち四発は笑い男に当たり、二発は心臓を貫《つらぬ》いた。笑い男の顔が見えぬよう依然目を手で覆っていたデュファルジュの耳に、標的のいる方角から、苦しそうに息を吐く奇妙な音が聞こえてきた。彼は有頂天《うちょうてん》になって、黒々とした胸を激しく波打たせ、気を失った娘のもとに駆け寄って意識を取り戻させた。嬉《うれ》しさに我を忘れた父と娘は、卑怯者《ひきょうもの》の勇気も手伝って、思いきって顔を上げて笑い男の方を見た。笑い男は息絶《いきた》えたかのように頭《こうべ》を垂れ、あごは血まみれの胸部に触れていた。ゆっくりと、ざまあみろという思いとともに、父と娘は成果を検分しようと歩み出ていった。ところがどっこい、笑い男は息絶えたどころか、腹の筋肉を秘密の方法でせっせと収縮させていたのである。そしてデュファルジュ父娘が至近距離まで寄ってくると、突如がばっと顔を上げ、恐ろしい笑い声を発して、整然と、几帳面《きちょうめん》と言ってもいいくらい整然と、弾丸を四発とも吐き出した。この離れ業《わざ》から受けたあまりの衝撃に、デュファルジュ父娘の心臓は文字どおり破裂し、二人は笑い男の足下であっさり死んだ。(どうせ短い話なら、ここで終わってもよかったはずだ。デュファルジュ父娘の突然の死だったら、コマンチたちもそれなりに受け容《い》れられただろう。だが話はそこでは終わらなかった。) 何日も何日も、デュファルジュ父娘の死体が足下で腐敗していくなか、笑い男は有刺鉄線で木に縛られたまま立っていた。大量に出血し、鷲の血も補給できぬいま、彼がこれほど死に接近したことはかつてなかった。だがある日、しわがれた、しかし雄弁な声で、彼は森の動物たちに助けを求めた。愛すべき小人のオンバを連れてきてほしいと笑い男は彼らに訴えた。彼らはその願いを聞き入れてくれた。だがそれはパリ—中国間の国境をはさんで行き来する長い旅であり、医療品セットと鷲の血を携えてオンバが到着したころには、笑い男は昏睡《こんすい》状態に陥っていた。オンバが真っ先に為《な》した慈悲の行為は、風に飛ばされて害虫のたかったデュファルジュ嬢の胴部に貼《は》りついていた主人のベールを拾い上げることだった。オンバはそれをおぞましい顔に恭《うやうや》しく掛けてから、傷の治療に取りかかった。

笑い男の小さな目がようやく開くと、オンバははやる思いで鷲の血の小壜《こびん》を持ち上げ、ベールに持っていった。ところが笑い男はそれを飲もうとしなかった。その代わりに、愛《いと》しいブラック・ウィングの名を弱々しく口にした。わずかにいびつな頭《こうべ》を自らも垂れて、オンバは主人に、ブラック・ウィングがデュファルジュ父娘に殺されたことを伝えた。奇妙な、胸がはり裂けるような、最後の悲しみの喘《あえ》ぎが笑い男から発された。鷲の血の小墺に笑い男は弱々しく手を伸ばし、それを握り締めてつぶした。体内に残っていたわずかな血が、ちろちろと手首を流れ落ちた。よそを向いてくれ、と彼はオンバに命じ、オンバはしくしく泣きながらその命《めい》に従った。血に染まった地面に顔を落とす前、笑い男が最後に為したのは、ベールを剝ぎとることだった。

物語はもちろんそこで終わった（その後も復活はなかった）。チーフはバスを発進させた。通路をはさんで僕の横に座っていた、最年少コマンチのビリー・ウォルシュがわっと泣き出した。誰も彼に、黙れ、と言わなかった。僕自身も膝《ひざ》が震えていた。

何分かして、チーフのバスから降りたとき、真っ先に僕の目にとまったのは、街灯の下に吹きつけられた赤いティッシュペーパーが風にぱたぱた揺れている眺《なが》めだった。それは誰かのケシの花びらのベールみたいに見えた。歯をがたがた、抑えようもなく震わせて僕は家にたどり着き、すぐ寝床に入りなさいと言われた。

ディンギーで

小春日和《こはるびより》の、午後四時を少し回ったあたりだった。キッチンにいるメードのサンドラが口をぎゅっと結び、湖に面した窓辺から離れたのは、正午以降、これでもう十五回目か二十回目くらいだった。今回は離れながら、ぼんやりとエプロンの紐をほどいてまた縛り、その巨大なウェストが許容するわずかな遊びを引き締めた。そうして琺瑯《ほうろう》びきのテーブルに戻ってきて、かように制服を整えた体を、スネル夫人の向かいの席に沈めた。洗濯とアイロンを終えたスネル夫人は、バス停まで歩いていく前にいつも飲む紅茶を飲んでいる最中だった。彼女は帽子をかぶっていた。それは彼女が、この夏ずっとというだけでなく過去三度の夏にもかぶっていた、実に興味深い黒いフェルト製の被《かぶ》り物だった。記録的な熱波《ねっぱ》を通し、更年期《こうねんき》のあいだもずっと、何十というアイロン台の上に立ち、何ダースという掃除機を操《あやつ》るなかで、つねにこの帽子をかぶってきたのだった。〈ハティ・カーネギー〉のラベルはいまもその内側に、色あせてはいても、（いわば）世間の重みに屈することなく残っていた。

「あたしゃ心配しないよ」とサンドラは、もう五回目か六回目になる宣言を、スネル夫人にと同程度自分自身にも向けて発した。「これ以上心配しないって決めたんだ。心配して何になる？」

「そうだよ」とスネル夫人は言った。「あたしだったらしないよ。絶対しない。あたしのバッグ、取ってくれるかい」

　おそろしくくたびれてはいるものの、内側のラベルは帽子の内側のそれに劣らず堂々としているハンドバッグが、食料棚の上に載っていた。サンドラは立ち上がらずともそれに手が届いた。彼女がそれをテーブル越しにスネル夫人に渡すと、相手はそれを開けて、メンソールの煙草とストーククラブの紙マッチを取り出した。

　煙草に火を点けてから、スネル夫人はティーカップを口に持っていったが、すぐまたソーサーに下ろした。「これ、さっさと冷めてくれないとバスに乗り遅れちまうよ」。サンドラの方を見てみると、彼女は壁に並んだ銅のソースパンのあたりを、ふさぎ込んだ様子でじっと見ていた。「心配するの、やめなよ」とスネル夫人は命令するように言った。「そんなこと心配して何になるのさ。あの子が母親に言うか、言わないかのどっちかだろ。それだけさ。心配なんかして何になる？」

「心配なんかしてない」とサンドラは応じた。「何があっても心配だけはする気ないよ。でもねえ、いい加減頭おかしくなっちまうよ、あの子に家じゅうこそこそ歩き回られて。いても聞こえないんだよ。誰にも聞こえないんだよ。こないだだって、豆の皮剝《む》いてたら――まさにこのテーブルでさ――危うくあの子の手を踏んづけるところだったんだ。このテーブルの下に座ってたんだよ」

「ま、あたしだったら心配しないね」

「あの子がいるせいで、言うこと一言ひとこと気をつけなきゃいけないんだよ」とサンドラは言った。「いい加減頭おかしくなっちまうよ」

「これ、まだ飲めない」とスネル夫人は言った。「……そりゃひどいねえ。一言ひとこと気をつけなきゃいけないなんてねえ」

「いい加減頭おかしくなっちまうよ！　ほんとだよ。あたしゃもう半分の時間、半分頭おかしくなってるよ」。ありもしないパンくずをサンドラは膝からつまみ上げ、ふんと鼻を鳴らした。「四歳の子供だってのに！」

「まあちょっと可愛い子ではあるよね」とスネル夫人は言った。「茶色くておっきい目しててさ」

サンドラがまたふんと鼻を鳴らした。「父親とそっくり同じ鼻になるよ」。彼女はカップを持ち上げて、難なく中身を飲んだ。「だいたいなんだって、十月中ずっとこんなとこにいるのかねえ」と彼女はさも不満げに言ってカップを下ろした。「だってもう水のそばにだって行かないじゃないか。母親も水に入らない、父親も入らない、子供も入らない。もう誰も入らないじゃないか。あのアホな舟だってもう出しやしないし。なんだってあんな物に大金出したのかねえ」

「あんたそれどうやって飲めるわけ？　あたしなんか全然飲めない」

反対側の壁を、サンドラは恨めしげな目で睨《にら》みつけた。「早く街に帰りたい。ほんとだよ。こんな狂った場所もう嫌だよ」。彼女はスネル夫人を憎々しげに見た。「あんたはいいよね、ここに一年じゅう住んでるんだからさ。友だちもみんなここにいるし。あんたはいいよ」

「あたしゃ何がなんでもこれ飲んでくよ」とスネル夫人は、電熱式のレンジの上に掛かった時計を見ながら言った。

「あんたどうする、あたしの立場だったら？」サンドラが出し抜けに言った。「どうする、あんただったら？　ほんとのこと言ってよ」

　この手の質問をされるとスネル夫人は、待ってましたとばかり、アーミンのコートを着るみたいにするっとその問いをまとうのだった。彼女はとたんにティーカップを手放した。「そうだねえ、まず第一にね」と彼女は言った。「あたしだったら心配しないね。あたしだったらね、こんなところにはさっさと見切りを――」

「あたしゃ心配なんかしてないよ」サンドラがさえぎって言った。

「わかってるよ、だけどあたしだったらね、さっさとどっかよそに――」

スイングドアがダイニングルームの側から開いて、一家の女主人ブーブー・タンネンバウムがキッチンに入ってきた。小柄な、腰のふくらみがほとんどない二十五歳の女性で、これといって型も色もないごわごわに硬い髪を、ものすごく大きい耳のうしろに押しやっていた。膝までのジーンズ、黒いタートルネックのセーター、靴下、ローファーという格好。冗談みたいな名前は別として、全体に美しいとは言えない容姿は別として、永久に記憶に残る、法外《ほうがい》に鋭敏《えいびん》そうな、面積の小さな顔という点で、きわめて印象的な、決定的な女性だった。そんな彼女が、いままっすぐ冷蔵庫に行って、扉を開けた。脚を開き、両手を膝に当てて中を覗《のぞ》き込みながら、歯のすきまからメロディも何もない口笛を吹き、尻を臆《おく》せず振り子みたいに振ってリズムをとっていた。サンドラとスネル夫人は黙っていた。スネル夫人は悠然《ゆうぜん》とした動作で煙草を消した。

「サンドラ……」

「はい、奥様？」サンドラはしっかり気を張ったような目をスネル夫人の帽子の先に向けた。

「ピクルスもうないの？　あの子にひとつ持っていってあげたいの」

「坊ちゃんが召し上がりました」サンドラは抜け目なく応答した。「昨日の夜寝る前に。二つしか残ってませんでしたので」

「あ、そう。じゃあ駅へ行くときに買ってくるわ。ピクルスであの子を舟からおびき出せるかもしれないから」。ブーブーは冷蔵庫の扉を閉めて、湖に面した窓の方に行って外を見た。「ほかに何か要る？」と彼女は窓際から訊いた。

「パンだけです」

「玄関のテーブルにお給料の小切手置いときましたからね、ミセス・スネル。ご苦労様」

「どうも」とスネル夫人が言った。「ライオネル坊ちゃんが家出なさってるそうですね」。スネル夫人は短い笑い声を立てた。

「どうもそうみたいね」ブーブーは言って、両手を尻のポケットにつっ込んだ。

「でもまあそんなに遠くへは行きませんよね」とスネル夫人は言って、もう一度短い笑い声を立てた。

　窓際でブーブーはわずかに位置を変え、背中がテーブルの女性二人の方をもろに向かないようにした。「そうね」と彼女は言って、髪を何本か耳のうしろに押しやった。そして純粋に情報を提供する口調で言い足した。「あの子、二つのときから年じゅう旅に出てるのよ。でもいつもそんなに大した旅じゃなくて。一番遠くに行ったのは、少なくともニューヨークでは、セントラルパークのモールまでね。アパートメントからせいぜい二、三ブロック。一番遠くなかったというか近くで終わったのは、アパートメントの玄関まで。父親にさよならを言おうと思ってずっと玄関で待ってたのよ」

テーブルの女が二人とも笑った。

「モールってのはニューヨークでみんながスケートに行くところだよ」とサンドラがいかにも気が利《き》くふうにスネル夫人に言った。「子供とかみんな」

「へえ！」スネル夫人が言った。

「まだ三つだったのよ。つい去年のこと」とブーブーは言って、ジーンズのサイドポケットから煙草と紙マッチを取り出した。そして煙草に火を点け、女たちは興味津々《しんしん》彼女を見守った。「大した見物《みもの》だったわよ。警察隊が総出《そうで》で探したの」

「見つかったんですか？」スネル夫人が訊いた。

「そりゃ見つかったさ、決まってるだろ！」サンドラが蔑《さげす》むように言った。「何考えてんのさ？」

「夜の十一時十五分に見つかったわ――それも、たしか二月の真ん中のね。公園には子供なんて一人もいない。強盗だけよね、あとはいろんな変質者がうろついてるだけ。あの子ったら野外ステージに座り込んで、床の溝にビー玉を置いて前後に転がしてたのよ。半分凍死《とうし》しかけて、見るからに――」

「なんとまあ！」スネル夫人が言った。「どうしてそんなことやったんです？　なんで家出なんかしたんです？」

不完全な煙の輪をひとつ、ブーブーは窓ガラスに吹きつけた。「その日の午後に、どこかの子供が公園であの子のところに寄ってきて、夢みたいな誤報を伝えてくれたのよ——『お前臭《くさ》いぞ、小僧』。少なくともあたしたちはそれが原因だったと思ってるの。わからないわ、ミセス・スネル。あたしどうもいまひとつついて行けないのよ」

「どのくらい前からやってるんです？」スネル夫人が訊いた。「どのくらい前からやってるんですか？」

「まず、二歳半のときに」ブーブーは伝記ふうに語った。「うちのアパートメントの地下の流しの下に隠れた。洗濯室のね。ネーオミ・何とかっていう仲よしの子に、あたし魔法壜《まほうびん》に毛虫飼ってるのよって言われたの。とにかくそれしか聞き出せなかったわ」。ブーブーはふうっとため息をついて、灰が長く伸びた煙草を手に窓から離れた。そして網戸の方へ歩いていった。「もういっぺん挑戦してみるわ」と彼女は、二人への別れの挨拶《あいさつ》代わりに言った。

二人とも笑った。

「ミルドレッド」サンドラが笑ったままスネル夫人に向かって言った。「さっさと行かないとバス乗り遅れるよ」

ブーブーが外に出て網戸を閉めた。

彼女は表の芝生のかすかな勾配《こうばい》の上に立ち、低い、ぎらぎら照りつける夕暮れ近くの陽《ひ》を背に受けていた。二百メートルくらい前方で、息子のライオネルが、父親のディンギーの船尾席《せんびせき》に座っていた。ロープでつながれ、主帆《しゅはん》も三角帆《さんかくほ》も外されたディンギーは、桟橋《さんばし》の突端《とったん》と直角をなして浮かんでいる。そのさらに十五メートルばかり先に、誰かがなくしたのか捨てたのか、水上スキーが裏返しに浮かんでいたが、湖にプレジャーボートは一隻も見えなかった。リーチ埠頭《ふとう》に向かう郡のランチの船尾が見えるだけだ。ブーブーはライオネルにしっかり焦点を定めようとしたが、それが妙にやりづらかった。太陽が、特に熱くはないものの、それでもひどくまぶしいせいで、ある程度遠くにあるもの——男の子、舟——の像を、水に浮かぶ棒きれみたいにちらちら揺らし、屈折《くっせつ》させてしまうのだ。何分かして、ブーブーは像を捉える試みを放棄した。軍隊式に煙草の紙を剝いて捨て、それから桟橋に向かって歩き出した。

いまは十月、桟橋の板床《いたゆか》はもう、照り返しの熱を顔に浴びせはしない。彼女は歯のすきまから「ケンタッキー・ベイブ」を吹きながら歩いていった。桟橋の端までたどり着くと、右側のへりにしゃがみ込み——膝の関節が鳴った——ライオネルの方を見下ろした。彼女のいるところから、オール一本分も離れていない。ライオネルは顔を上げなかった。

「おーい、相棒」とブーブーは言った。「海賊。悪党。帰ってきたぞぉ」

まだ顔を上げぬまま、ライオネルは突然、舟を操る能力を実演してみせねばと思ったのか、利かなくなっている舵《かじ》をいきなり目いっぱい右に動かして、またすぐいっと自分の脇まで引き戻した。目はもっぱら舟の甲板に向けていた。

「私だ、タンネンバウム中将だ」とブーブーは言った。「旧姓グラース。船尾信号機の点検に来た」

反応があった。

「中将じゃない。女だよ」とライオネルは言った。彼の喋《しゃべ》るセンテンスには最低一度、呼吸をうまく制御できないゆえの中断があって、そのため言葉を強調しても、抑揚《よくよう》がしかるべく上がらず、逆に下がってしまうこともしばしばだった。ブーブーは彼の声を耳で聞くのみならず、目で見てもいるようだった。

「誰に言われたのだ？　私が中将ではないと？」

ライオネルは答えたが、聞こえる声ではなかった。

「だあれ？」とブーブーは言った。

「パパ」

しゃがみ込んだ姿勢のまま、ブーブーは左手を、両脚が作るV字のなかに通し、桟橋の床に触れてバランスを保った。「君のパパはいい人だが」と彼女は言った。「海のことがあれほどわかっておらん奴もいないぞ。そりゃあ私は、陸に上がれば女、それはそのとおり。だが私の真の天職は、一にも二にもつねに、波躍《おど》る——」

「中将じゃない」

「というと?」

「中将じゃない。女だよ、陸でも海でも」

短い沈黙があった。ライオネルはその沈黙を、ふたたび舟の針路を変えることによって埋めた——しっかり両腕を使って舵を握っている。カーキ色の半ズボンをはいて、白い清潔なTシャツの胸には、ダチョウのジェロームがバイオリンを弾いている絵が染めてあった。体はすっかり陽焼《ひや》けし、色も質も母親とほぼ同じ髪は、てっぺんが少し焼けて色あせている。

「私のことを中将だと思わぬ人間は大勢いる」とブーブーは、ライオネルから目を離さず言った。「それもひとえに、私がそれについてあれこれ言い立てないからである」。バランスを保ったまま、彼女は煙草とマッチをジーンズのサイドポケットから取り出した。「私は自分の階級について人と話すことを潔《いさぎよ》しとしない。とりわけ、話をしている最中に相手を見もしない小さな男の子とは。そんなことをしたら、軍から追放されてしまうであろう」。煙草に火を点けずに、彼女はいきなり立ち上がり、理不尽《りふじん》なくらいまっすぐ立って、右手の親指と人差し指で楕円《だえん》を作り、その楕円を口もとに引き寄せ、そして——カズー式に——召集《しょうしゅう》らっぱのような音を立てた。ライオネルは即座に顔を上げた。らっぱがインチキだということはきっとわかっていただろうが、それでもひどく興味をかき立てられた様子だった。口があんぐり開いた。三回、立てつづけに、ブーブーはらっぱを——消灯らっぱと起床らっぱとの奇妙な混合物を——鳴らした。それから、物々しく、向こう岸に敬礼を送った。桟橋の端にうずくまる姿勢にようやく戻ったとき、そうするのがいかにも惜しそうな表情を浮かべた。あたかもついいましがた、一般大衆や小さな男の子には知りようもない海軍の伝統の美しさに自らも深く心を動かされたかのごとき様子だった。湖のちっぽけな水平線を少しのあいだ彼女は見やり、それから、自分が一人きりではないことをハッと思い出したような顔をした。彼女はちらっと、恭《うやうや》しげに、ライオネルの方を見下ろした。ライオネルの口はまだ開いたままだった。「いまのは少将以上しか聞いてはいけない秘密のらっぱである」。彼女は煙草に火を点け、芝居がかった細長い煙を吐いてマッチを吹き消した。「もし誰かに、いまのらっぱを君に聞かせたことを知られたら——」彼女は首を横に振った。そしてふたたび六分儀《ろくぶんぎ》のごとく目を水平線に据《す》えた。

「もういっぺんやって」

「それはできん」

「なんで？」

ブーブーは肩をすくめた。「第一に、下級士官がまわりに多すぎる」。彼女は姿勢を変えて、インディアンふうにあぐらをかいた。そして靴下を引っぱり上げた。「ではこうしよう」と彼女は事務的に言った。「なぜ家出するのか、君が話してくれたら、私の知っている秘密のらっぱをひとつ残らず吹いて進《しん》ぜよう。それでいいか？」

ライオネルは即座にまた甲板に目を落とした。「駄目」と彼は言った。

「なぜ駄目？」

「それは」

「それはなぜ？」

「それは、したくないから」とライオネルは言って、その言葉を強調するかのように舵をぐいっと引いた。

ブーブーは顔の右側を太陽のぎらつきからさえぎった。「家出はもうやめたって言ったじゃない」と彼女は言った。「二人で話しあって、もうおしまいにするって言ったじゃない。約束したじゃない」

ライオネルは答えたが、声は届かなかった。

「なあに？」とブーブーが言った。

「約束なんかしなかった」

「したわよ、約束したわよ。間違いなくしたわよ」

ライオネルはまた舟を操縦しはじめた。「中将なんだったら」と彼は言った。「艦隊はどこ？」

「私の艦隊。よくぞ訊いてくだすった」とブーブーは言って、ディンギーに降りていこうとした。

「来るな！」とライオネルは命じたが、金切り声ではなかったし、目も伏せたままだった。「誰も乗っちゃいけない」

「そうなの？」。ブーブーの片足はすでに舟のへさきに触れていた。彼女は素直にその足を桟橋の高さに引き戻した。「誰も乗れないの？」。あぐらの姿勢に戻った。「どうして？」

ライオネルはきちんと答えたが、今回もまた、大きさが足りなかった。

「なあに？」ブーブーが言った。

「許可されてない」

目は子供から離さないまま、ブーブーはまる一分何も言わなかった。

「それは残念ね」と彼女はやっと言った。「あなたの舟に降りていけたらって思うの。あなたがいなくてすごく寂《さび》しいの。あなたがすごく恋しい。あたし一日じゅう一人で家にいて、誰も話し相手がいないのよ」

　ライオネルは舵をぐいっと引かなかった。その把手《とって》の木目《もくめ》をじっくり吟味《ぎんみ》していた。

「サンドラと話せる」と彼は言った。

「サンドラは忙しいのよ」ブーブーは言った。「それにあたしサンドラと話したくないのよ、あなたと話したいのよ。あなたの舟に降りていって話がしたいのよ」

「そこから話せばいい」

「え？」

「そ、そこから話せばいい」

「話せないわよ。遠すぎるもの。近くに行かないと駄目なのよ」

　ライオネルは舵をぐいっと引いた。「誰も乗っちゃいけない」と彼は言った。

「え？」

「誰も乗っちゃいけないの」

「ねえ、そこから言ってくれる、どうしてあなたが家出しようとしてるか？」とブーブーが訊いた。「もうそういうのやめたって約束したのに？」

　ディンギーの甲板の上、船尾席のそばに潜水用ゴーグルが転がっていた。答える代わりに、ライオネルは右足の親指と隣の指とでゴーグルのストラップをはさむと、さっと器用に脚を動かしてゴーグルを船外に投げ飛ばした。ゴーグルはあっというまに沈んだ。

「いい感じね。建設的よね」とブーブーが言った。「あれ、ウェブ伯父さんのだったのよ。きっとさぞ喜ぶでしょうね」。彼女は煙草を一喫《す》いした。「昔はシーモア伯父さんのだったのよ」

「どうだっていい」

「それはわかるわ。あなたにはどうだっていいってことはわかる」とブーブーは言った。煙草が指のあいだに妙な角度で収まっていた。指関節《ゆびかんせつ》の溝に相当近い位置で燃えている。突然熱さを感じて、彼女は煙草を湖の水面に捨てた。そして、サイドポケットから何かを取り出した。トランプくらいの大きさの包みで、白い紙にくるんで、緑のリボンが掛けてあった。「これはキーチェーンよ」と彼女は、子供の目が自分の方に上がるのを感じながら言った。「パパのと同じようなやつ。でもパパのよりずっとたくさん鍵《かぎ》がつけられるのよ。十本つけられるのよ」

ライオネルは座席から離れぬまま前に身を乗り出し、舵から手を離した。キャッチする姿勢に両手を差し出した。「投げて?」彼は言った。「ねえ?」

「おたがいもうしばらく座ってましょ、坊や。あたしもちょっと考えないとね。このキーチェーン、湖に捨てちゃうべきよね」

ライオネルは呆然《ぼうぜん》と口を開けて彼女を見上げた。そして口を閉じた。「それ、僕のだよ」と彼は、これまでほど自分の正義に自信がなさそうに言った。

ブーブーは彼を見下ろして、肩をすくめた。「どうだっていいわ」

ライオネルは母親を見ながらゆっくり座席に座り直し、背後の舵に手を伸ばした。その目に、母親にはあらかじめわかっていたとおり、物事を混じり気なく見通す力が浮かび上がった。

「行くわよ」。ブーブーは包みを彼に向けて放《ほう》った。包みはしっかり彼の膝に落ちた。

膝に落ちた包みを彼は見て、取り上げ、手に持って眺《なが》めて、ひょいとすばやく、横投げで湖に放った。そしてすぐ顔を上げてブーブーを、目に反抗ではなく涙を浮かべて見た。次の瞬間、口が歪《ゆが》んだ横倒しの8になり、彼はわあわあ泣き出した。

ブーブーはゆっくり慎重に、足がしびれた観客のように立ち上がって、ディンギーに降りていった。じきに彼女は船尾席に、操縦士を膝の上に載せて座り、彼の体を揺すって、うなじにキスし、情報を伝達した――「船乗りは泣かないのよ、ベイビー。ぜったい泣かないの。泣くのは船が沈むときだけ。じゃなけりゃ難破《なんぱ》して、いかだかに乗って、飲むものといっても――」

「サンドラが――ミセス・スメルに――言ったんだ――パパは――薄汚い――カイクだって」

かろうじて見てとれる程度にブーブーは顔を引きつらせたが、それから子供を膝から下ろし、自分の前に立たせて、額《ひたい》から髪を払ってやった。「ふうん、そう言ったんだ」と彼女は言った。

ライオネルは首を上下に、きっぱりと動かした。まだ泣きながら、もっとそばに寄ってきて、母親の両脚のあいだに入った。

「それってね、そんなに大したことじゃないのよ」とブーブーは言って、両腕と両脚が作る二つの万力《まんりき》で彼をはさんだ。「もっとひどいことだっていくらでもあるのよ」。子供の耳の端を彼女はそっと噛《か》んだ。「ユダ公《カイク》って何だか知ってる、ベイビー?」

ライオネルはすぐには言いたくないのか言えないのかのどちらかだった。とにかく涙の余波のしゃっくりが少し収まるまで待った。それから、答えが、こもってはいても聞き取れる大きさで、ブーブーの首の温かみへ届けられた。「空に上がるやつだよ」と彼は言った。「糸がついてて」

彼をもっとよく見ようと、ブーブーは息子をわずかに前に押した。そして、ズボンの尻の部分にいきなり片手をつっ込んで彼をぎょっとさせたが、ほとんどすぐさまその手を引っ込めて、シャツを品《ひん》よくたくし込んでやった。「こうしようよ」と彼女は言った。「車で町に行って、ピクルスとパン買って、車のなかでピクルス食べて、それからパパを迎えに駅に行って、三人で帰ってパパに舟を出してもらおう。あんたも帆を運ぶの手伝うのよ。いい?」

「いい」とライオネルは言った。

二人は家まで歩いて戻りはしなかった。彼らは全速力で競走した。ライオネルが勝った。

エズメに、愛と悲惨をこめて

つい最近、エアメールで、四月十八日にイングランドで行なわれる結婚式の招待状を私は受けとった。私としてもできることならぜひ参加したい式であり、招待状が届いた当初は、なんとか行けるんじゃないか、飛行機で行けばいい、いくらかかっても構うもんか、と考えたりもした。が、その後この問題を妻と――妻は息を呑むほど分別のある女性である――徹底的に話しあった末に、結局行かないという結論に我々は達した。ひとつには、義母《ぎぼ》が四月の後半二週間を私たちのところで過ごすのを楽しみにしていることを私はすっかり忘れていたのだ。私がグレンチャー母に会う機会はそう多くないし、彼女とて日々若返りつつあるわけではない。彼女は五十八歳である（そのことは本人が真っ先に認めるだろう）。

とはいえ、当日どこにいるにせよ、私は自分のことを、結婚式が単調さに陥《おちい》る恐れを前にして指一本上げぬタイプではないと思いたい。そこで花嫁に関し、ほぼ六年前に知った当時の彼女について、なかなかに示唆《しさ》的な事柄をいくつか書き留めてみた次第である。もしこの文章が、会ったこともない花婿《はなむこ》につかの間の不安をもたらすとすれば、それで結構。ここでの目的は人を喜ばせることではない。教示《きょうじ》すること、諭《さと》すことが狙《ねら》いなのだ。

一九四四年四月、私は約六十人のアメリカ人下士官の一人として、イングランドのデヴォンで英国諜報部《ちょうほうぶ》が行なった、上陸に備えたいささか特殊な講習を受講した。いまふり返ってみると、我々六十人はかなりユニークな一団だったように思える。何しろ六十人いて、人づき合いに長《た》けた人間がただの一人もいなかったのだ。我々はみな、基本的に、手紙を書くタイプだった。任務を離れて口をきき合うことはあっても、たいていそれは、使ってないインクはあるかい、と訊《たず》ねるためだった。手紙も書いておらず、授業を受けてもいないとき、めいめいがほぼ一人でわが道を行っていた。私の場合その道は、晴れた日にはたいてい、周囲の風光明媚《ふうこうめいび》な田園に通じていた。雨の日は概して、屋根のある場に、しばしば卓球台から斧《おの》一本分しか離れていない場にとどまって本を読むことになった。

講習は三週間続き、ひどく雨の降る土曜日に終わった。最後の晩の七時、全員がロンドン行きの列車に乗る予定になっていた。ロンドンに着いたら、Dデーのために集められた空輸歩兵師団《くうゆほへいしだん》に配属されるという噂《うわさ》だった。午後三時にはもう、私は本国《アザーサイド》から持ってきた本を詰めたカンバス地のガスマスク入れをはじめとして、持ち物をすべて雑囊《ざつのう》に詰め終えていた（ガスマスク自体は、何週間か前に『モーリタニア』号の船上で、どうせ敵が本当に毒ガスを使ってきたらこんなもの間に合うわけがないと決めて、こっそり舷窓《げんそう》から捨てた）。自分がかまぼこ形のプレハブ兵舎の端の窓辺に長いあいだ立って、斜めに降りしきる気の滅入る雨を見ていたことを覚えている。引き金を引く指が、ごくわずか、目ではわからぬほどわずかに疼《うず》いていた。背後からは、ごりごりごりごり、多くの万年筆が多くのVメール便箋《びんせん》を引っかく、戦友意識とは程遠い音が聞こえた。唐突に、特になんという考えもなく、私は窓辺を離れてレインコートを着て、カシミアのマフラー、ゴムのオーバーシューズ、毛糸の手袋、外地帽《がいちぼう》で武装し（この最後の一品に関しては、いまでも人から、君のかぶり方は角度が独特だったと言われる——両耳がわずかに隠れるようにかぶるのだ）、腕時計を便所の時計に合わせて、濡れた石畳の長い坂道を町まで降りていった。そこらじゅうで生じている稲妻の閃光《せんこう》を私は無視した。打たれるときは打たれる、打たれないときは打たれない。それだけのことだ。

町の真ん中の、おそらく町で一番ずぶ濡れになっている一画《いっかく》で、私は教会の前に立ちどまって掲示板を読んだ。それは主として、黒地に白で書いた数字に目を惹《ひ》かれたせいでもあるが、もうひとつ、軍隊に三年いたせいで私は掲示板読み中毒にかかっていたのである。三時十五分から児童聖歌隊の練習が行なわれる、とその掲示板は告げていた。私は腕時計を見て、それから掲示板に目を戻した。紙が一枚、画鋲《がびょう》で留めてあって、練習に参加する予定の児童の名前が並んでいた。雨のなかに立ってその名を全部読んでから、私は教会に入っていった。

会衆席《かいしゅうせき》には一ダースばかりの大人がいて、うち何人かは小型のゴム靴を、足の裏を上にして膝に載せていた。私はその人たちの横を通って、最前列に腰かけた。説教壇の上には、コンパクトに三列並んだ講堂用の椅子に、二十人ばかりの子供が座っていた。大半は女の子で、歳《とし》は七歳から十三歳くらいまで。折しも、聖歌隊の指導者だろう、ツイードの服を着た巨体の女性が、もっと大きく口を開けて歌いなさいと彼らに忠告している最中だった。あなたたち、小鳥さんが素敵なお歌を、小さなくちばしを大きく大きく開けずに歌う、なんて聞いたことありますか？　どうやら誰も聞いたことはないらしく、一様にぼんやり曇った表情が彼女に向けられた。彼女はさらに、あなたたちみんな、自分が歌う言葉の意味をしっかり頭に入れないといけませんよ、お馬鹿さんのオウムみたいにお口をぱくぱくするだけじゃ駄目ですよ、と言った。それから彼女が調子笛《ちょうしぶえ》でひとつの音を吹くと、子供たちは、未成年の重量挙げ選手の一団のごとくに聖歌集を持ち上げた。

彼らは伴奏なしで歌った。いやむしろ、干渉《かんしょう》なしで、と言う方がこの場合正しい。

声はきれいにメロディを奏《かな》で、感傷にも溺《おぼ》れず、私よりもっとまめに教会へ通うような人間であればすんなり空中浮揚《くうちゅうふよう》を体験してもおかしくない美しさだった。ひどく幼い子供が二人ばかり、テンポをいくぶん引きずって遅らせたが、それとて、難癖《なんくせ》をつけるのは作曲家の母親くらいなものだろうと思えた。それは私が初めて聞く聖歌だったが、十番くらいまで、いやもっとあればいいと思って聞いていた。聞きながら子供たちみんなの顔を眺めたが、とりわけ、一列目の端の席、私から一番近いところに座っている子供の顔をじっくり見た。十三歳くらいの女の子で、まっすぐな、くすんだブロンドの髪は耳たぶの長さで揃《そろ》え、額は繊細に美しく、人生に飽きたような目は、教会内の人数をすでに数えきっていたとしてもおかしくなく思えた。声はほかの子供たちの声とはっきり分かれて聞こえたが、それは単に彼女が私の一番近くに座っていたからだけではない。高い方の音が誰より見事で、響きも一番快《こころよ》く、しっかりしていて、自然とみんなを引っぱっていた。ところがこの若き女性は、自分の歌唱力に、あるいはそもそもこの状況にいささか退屈している様子で、歌の合間に彼女があくびするのを私は二度目撃した。それは淑女《しゅくじょ》の、口を閉じたままのあくびだったが、見逃しようはなかった。鼻孔《びこう》の横のあたりが彼女を裏切っていた。

歌が終わったとたん、聖歌隊の指導者は、牧師さまのお説教のあいだ足をもぞもぞさせる子やお口をきちっと閉じていられない子をめぐる自己の見解を滔々《とうとう》と弁《べん》じはじめた。歌の練習はもう終わりだと判断して、指導者の不協和音的話し声が子供たちの歌声の魔力を損《そこ》なってしまわぬうちにと、私は席を立って教会を出た。

雨はますます激しくなっていた。私は通りを歩いていって、赤十字の娯楽室の窓から中を覗《のぞ》いてみたが、コーヒーのカウンターの前に兵士たちが二列、三列と並んでいるのが見えたし、ガラス越しにでも、別の部屋で卓球のボールが跳《は》ねている音が聞こえた。私は通りを渡って、民間人向けのティールームに入っていった。がらんとした店内には中年のウェイトレスが一人いるだけで、その彼女も、どうせなら濡れていないレインコートを着た客に来てほしいものだという顔をした。私は精一杯上品にコートラックにコートを掛けてから、テーブルに座って紅茶とシナモントーストを注文した。その日、人と口をきいたのは初めてだった。それからポケットを、レインコートのポケットも含めてすべて探り、読み古した手紙を二通やっと見つけた。私はそれをもう一度読み返した。一通は妻からで、シュラフツの八十八丁目店のサービスが低下したことを伝えていた。もう一通は義母からで、「キャンプ」から出られ次第カシミアの糸を送ってほしいとあった。

まだ一杯目の紅茶を飲んでいる最中に、聖歌隊のなかの、私が注目し耳も傾けていた若き淑女がティールームに入ってきた。髪はびっしょり濡れていて、両方の耳のへりが見えていた。すごく小さな男の子が一緒で、見るからに弟とわかるその子の帽子を、彼女は何か実験用の試料《しりょう》でもあるかのように二本指で持ち上げた。しんがりに入ってきた、有能そうな、へたっとしたフェルト帽をかぶった女性はたぶん二人の住込《ガヴ》家庭教師《アネス》だろう。聖歌隊のメンバーは、部屋を横切っていきながらコートを脱ぎ、テーブルを選んだ。私にとって、それはよいテーブルだった――私の真正面、二メートル半か三メートル前。彼女と家庭教師は腰を下ろした。五歳くらいと思《おぼ》しき小さな男の子は、まだ座る気がないらしく、細身《ほそみ》の上着をするっと脱いでそこらへんに放り出した。それから、生まれながらの腕白者《わんぱくもの》特有の無表情《デッドパン》でもって、椅子を何度か引いたり押したりしては家庭教師の顔を眺め、彼女の苛立《いらだ》ちを着々と募《つの》らせていった。家庭教師は声を抑えたまま、お座りなさいと二度三度命じ、悪ふざけはやめるよう伝えたが、男の子は姉に命じられてやっと言うことを聞き、腰を椅子の座部《ざぶ》に当てた。そしてただちにナプキンを手にとって頭にかぶった。姉がそれを取り去り、開いて、彼の膝の上に広げた。

　お茶が出てくるのとほぼ同時に、聖歌隊のメンバーは、私が彼女たち一行をじっと見ている現場を捉えた。彼女もじっと、あの教会内の人数を数える目で私を見返し、それからいきなり、限定付きのささやかな笑みを送ってよこした。ある種の限定付きのささやかな笑みがそうであるように、それは奇妙に晴れやかな笑みだった。私も晴れやかさにおいてだいぶ劣るものの笑みを返し、前歯二本のすきまの、軍隊で入れてもらった間に合わせの真っ黒な詰め物が見えぬよう上唇《うわくちびる》で隠していた。次の瞬間、気づいたときにはもう、若き淑女は、ねたましいほど落ち着き払って私のテーブルのかたわらに立っていた。彼女はタータンのワンピースを着ていた。キャンベル・タータンというやつだと思う。私から見て、雨がざあざあ降る日にうら若い女の子が着るにはうってつけのワンピースに思えた。「アメリカ人って紅茶を見下してるんだと思ってたわ」と彼女は言った。

それは小生意気《こなまいき》な人間の発言ではなく、むしろ、真理を愛する者、もしくは統計を愛する者のそれだった。紅茶しか飲まないアメリカ人もいるんだよ、と私は答えた。そして、よかったらこっちに座りませんかと彼女を誘った。

「ありがとう」彼女は言った。「ではほんの一瞬間だけ」

私が立ち上がって反対側の椅子を引いてやると、彼女はその前方四分の一の部分に、背骨を苦もなく、美しく伸ばしたまま腰かけた。私は自分の椅子に、自らも会話に貢献しようとやる気満々、ほとんど飛ぶようにして戻った。ところが、いざ座ってみると、何も言うことが思いつかなかった。真っ黒な詰め物を隠蔽《いんぺい》したまま、私はもう一度笑みを浮かべた。ほんとにひどい天気ですねえと私は言った。

「ええ、そうね」とわが客人《きゃくじん》は、明らかに世間話を蔑《さげす》む人間の声できっぱり言った。

両手の指をテーブルのへりに、降霊会《こうれいかい》でもやっているみたいにべったり彼女は置いて、それから、ほぼ時を移さず両手を閉じた。どの爪も、一番下までしっかり嚙《か》まれていた。はめている腕時計は軍隊用みたいな感じで、腕時計というより航海に用いる時間記録計《クロノグラフ》に見えた。文字盤は彼女のほっそりした手首にはどう見ても大きすぎた。「あなた、聖歌隊の練習に来てたわね」と彼女は事務的な口調で言った。「見えたわ」

そのとおり、君の歌声はほかの子たちの声とはくっきり分かれて聞こえたと私は言った。とてもいい声をしていると思うと私は言った。

彼女はうなずいた。「わかってます。私《わたくし》、プロの歌手になるの」

「ほんとに？　オペラ？」

「いいえ、とんでもない。ラジオでジャズを歌ってどっさりお金を儲《もう》けるのよ。それで、三十歳になったら引退して、オハイオの牧場で暮らすの」。びっしょり濡れた頭のてっぺんに、彼女は手のひらで触れた。「オハイオはご存知《ぞんじ》？」と彼女は訊いた。

列車で何回か通ったことはあるが本当には知らないと私は言った。私は彼女にシナモントーストを一切れ勧《すす》めた。

「いいえ、結構よ」と彼女は言った。「私、鳥みたいに少食なの」

私はトーストに齧《かじ》りつき、オハイオのあたりにはすごく荒れた土地があると言った。

「知ってるわ。あるアメリカ人から聞きました。あなたは私が会った十一番目のアメリカ人です」

家庭教師はいまや、こっちのテーブルに戻ってくるようしきりに合図を送っていた。そんな人にちょっかい出すのはやめなさい、と言いたげである。ところがわが客人は、何食わぬ顔で椅子を四、五センチ動かし、自分のテーブルとのいっさいの交信を背中で絶った。そして落ち着き払った声で「あなた、丘の上の秘密諜報学校に通ってらっしゃるんでしょ?」と訊いた。

機《き》密《みつ》保《ほ》護《ご》については私も人並みに意識している。保養でデヴォンシャーに来ているのだと私は答えた。

「あらそう」と彼女は言った。「私、昨日生まれた赤ん坊じゃないのよ」

もちろんそうではないと確信している、と私は言った。そして少しのあいだ紅茶を飲んだ。自分の姿勢が若干《じゃっかん》気になって、いくらか背がまっすぐになるよう座り直した。

「あなた、アメリカ人にしてはずいぶん知的に見えるわね」とわが客人は私を見ながら言った。

それはいささか傲慢《ごうまん》な発言だと思う、少し考えればわかるはずだ、君にはふさわしくない一言だと思いたいと私は言った。

彼女は顔を赤らめ、それによって図《はか》らずも、私がそれまで得ようとして得られずにいた社交上の落着きを私は得ることになった。「でもね。これまで私が見たアメリカ人は、たいていみんな獣《けもの》みたいにふるまったのよ。仲間同士で年じゅう殴りあって、誰彼《だれかれ》構わず無礼を働いて、それに――一人なんか何やったかわかる?」

私は首を横に振った。

「一人なんかね、空《から》のウイスキー壜を私の伯母さんの家の窓から外に投げ捨てたのよ。幸い窓は開いてましたけどね。それってどう、知的に聞こえる?」

たしかに格別知的に聞こえはしないが、私はそうは言わなかった。兵士というものは世界中どこでも故郷を遠く離れている者が多いし、いろんな点で恵まれた人生を送ってきた者はごくわずかなのだと私は言った。そのくらいはたいていの人間なら考えればわかることだと思うと私は言った。

「そうかもね」とわが客人は、あまり納得した様子もなげに言った。彼女はふたたび片手を濡れた髪の方に上げて、へたっとした金髪のほつれをつまみ、露出した耳のふちを隠そうとした。「髪がびしょ濡れね」と彼女は言った。「私、見られたものじゃないわ」。彼女は私の方に目を向けた。「私の髪、乾いてるときはけっこうウェーブがかかってるのよ」

「わかるよ、見ればわかる」

「カールしてるっていうんじゃないけど、けっこうウェーブがかかってるの」と彼女は言った。「あなた、結婚してらっしゃるの?」

していると私は答えた。

彼女はうなずいた。「あなた、奥さんのこと深く愛してる？　それともこれって立ち入ったこと伺《うかが》いすぎかしら？」

そう思ったら言うから大丈夫、と私は答えた。

彼女が両手と両手首をテーブルの上でさらに前へ押し出すと、私は彼女が着けている巨大な文字盤の腕時計について何かしたい気に駆られた——その時計を腹に巻いてみてはと勧めてみる、とか。

「私ふだんは、そんなに社交性豊《グリゲアリアス》かな方じゃないのよ」と彼女は言って、その言葉の意味がわかるだろうかと私の方を見た。だが私はわかったというそぶりもわからないというそぶりも示さなかった。「ここへ来たのはあくまで、あなたがとっても寂しそうに見えたから。あなた、とっても繊細な顔してるわ」

そのとおり、本当に寂しい思いでいたのだ、君が来てくれてとても嬉しい、と私は言った。

「私、情け深い人間になるよう努力してるの。伯母さんは私のこと、すごく冷淡な人間だって言うの」と彼女は言って、もう一度頭のてっぺんに触れた。「私、伯母さんのうちで暮らしてるの。伯母さんはとっても優しい人で、私のお母さんが死んで以来、チャールズと私が新しい環境になじめるようあらゆる手を尽くしてくれているの」

「それはよかった」

「お母さんはとっても知的な人だった。多くの面で、とても審美的《しんび》だったし」。彼女はまた新たな鋭さのこもった目で私を見た。「あなた私のこと、すごく冷淡だと思う?」

まったく思わない、それどころかその正反対だと思う、と私は答えた。私は自分の名前を言い、彼女の名前を訊ねた。

彼女はためらった。「私のファーストネームはエズメ。フルネームをお答えするのはひとまず控えておきます。私には爵位《しゃくい》があって、あなたがそういうのに圧倒されてしまうといけないから。アメリカ人って爵位とかに弱いでしょう」

私の場合そういうことはないと思うが、とりあえず爵位を伏せておくのは得策かもしれないと私は言った。

ちょうどそのとき、誰かの温かい息がうなじにかかるのを私は感じた。ふり向くと、危うくエズメの弟と鼻がくっつくところだった。弟は私を無視して、耳をつんざくような高音で姉に言った——「ミス・メグリーがこっちへ来てお茶を飲み終えなさいって!」。伝言を届け終えると、彼は姉と私のあいだ、私から見て右側の椅子に座った。私は興味津々《しんしん》彼を見た。茶色いシェトランドウールの半ズボン、ネイビーブルーのセーター、白いワイシャツ、ストライプのネクタイ、堂々たるいでたちである。彼も私のことを、巨大な緑の目で見返した。「映画の人が横向きにキスするのはなぜ?」と彼は詰問《きつもん》した。

「横向き?」と私は言った。それは幼いころ私自身も首をひねった覚えのある問題である。俳優たちの鼻が高すぎて正面からキスするとぶつかっちゃうんじゃないかな、と私は言った。

「この子はチャールズ」とエズメは言った。「歳のわりにはとっても頭がいいのよ」

「目がほんとに緑だね。そうだよね、チャールズ?」

この質問に相応のうさん臭《くさ》げな目つきをチャールズは私に返し、それから、椅子に座ったまま体をくねくね下に、前に押し出し、やがて頭以外はすっかりテーブルの下に隠れてしまった。頭はレスリングのブリッジ式に椅子の座部に残っている。「オレンジ色だよ」と彼は無理に力の入った声で、天井に向かって言った。そしてテーブルクロスの隅をつまんで、そのハンサムな、無表情《デッドパン》の小さな顔にかぶせた。

「頭がいいときもあるしよくないときもあるの」とエズメは言った。「チャールズ、ちゃんと座りなさい!」

チャールズはその姿勢から動かなかった。息を止めているように見えた。

「この子、私たちのお父さんがいなくなってとても寂しがってるの。お父さんは北アフリカでさ・つ・が・いされたの」

それはお気の毒だという気持ちを私は伝えた。

エズメはうなずいた。「お父さんはこの子のことをとっても可愛がっていた」。感慨《かんがい》にふけるように、彼女は親指の爪の甘皮《あまかわ》を噛んだ。「お母さんによく似てるのよ――チャールズはね。私はお父さんにそっくりなの」。彼女はなおも甘皮を噛んだ。「お母さんはとっても情熱的な人だった。外向型だったのよ。お父さんは内向型だった。でも二人はとっても合っていたわ、表面的にはね。率直に言って、お父さんにはもっと知性ある伴侶《はんりょ》が必要だった。お父さんはとっても才能豊かな天才だったの」

私はひたすら聞く気でさらなる情報を待ったが、続きはなかった。下を向いてチャールズを見ると、今度は顔の側面を椅子に載せていた。私に見られているのを見ると、眠たげに、天使のように目を閉じ、それから舌を突き出して――その付属器たるや驚異的な長さであった――私の国だったら近視の野球審判に対する最高の賛辞となるであろう音を発した。音はティールーム全体を揺さぶった。

「やめなさい」エズメが少しも動じずに言った。「フィッシュアンドチップスの列に並んでたアメリカ人がやるのを見て、それ以来退屈するたびにやるのよ。やめなさい、やめないとミス・メグリーのところに行かせるわよ」

姉の脅《おど》しが聞こえたしるしにチャールズは巨大な目を開けたが、それ以外はべつだん気を張った様子も見せなかった。ふたたび目を閉じて、相変わらず顔の側面を椅子に載せていた。

爵位を日常的に使うようになるまで、その音は——すなわちブーという野次は——控えておいた方がいいのではないか、と私は言ってみた。チャールズも爵位を持っていればの話だけど、と。

エズメは長いこと、どこか医者が患者を見るような目で私を見た。「あなたって乾いたユーモアのセンスがあるのね」と彼女は言った。切なそうな口調だった。「私お父さんに、お前は全然ユーモアのセンスがないって言われたわ。ユーモアのセンスがないから人生に立ち向かう態勢が出来ていないって」

彼女を見つめながら、私は煙草に火を点け、ユーモアのセンスなんて本当に大変な事態になったらなんの役にも立たないと思うと言った。

「お父さんは役に立つって言ったわ」

これは信念の表明であって、私への反論ではない。私はすぐさま話の矛先《ほこさき》を変えた。うなずいて、君のお父さんはたぶん長い目で見ていたのであって僕は短い目（それがどういう意味であれ）で見ているのだと思うと言った。

「チャールズはお父さんがいなくなってこの上なく寂しがっているの」しばらくしてからエズメが言った。「お父さんはこの上なく愛すべき人だった。それにとってもハンサムだった。もちろん人間の外見なんて大した意味ないけど、とにかくハンサムだったのよ。温厚とくしつな性格のわりにはすごく鋭い目をしていて」

私はうなずいた。お父さんはきっと語彙《ごい》も並はずれて豊かだったんだろうねと私は言った。

「ええ、そうよ、そのとおり」と彼女は言った。「古文書《こもんじょ》の収集家だったの――もちろんアマチュアですけど」

その時点で、誰かが私の二の腕をせっつくように叩く――ほとんど殴る――感触がチャールズのいる方角から伝わってきた。私は彼の方を向いた。目下のところいちおうまともな姿勢で座ってはいるが、ただし一方の膝は腿《もも》の下にたくし込んでいる。「壁が隣の壁になんて言った?」と彼はキンキン声で訊いた。「なぞなぞだよ!」

私は考え込むように天井を向いて目をぐるりと転がし、問いを声に出してくり返した。それから、お手上げだという顔でチャールズを見て、降参、と言った。

「角《かど》で会いましょう!」と精一杯の大声でオチが飛んできた。

これはチャールズ本人に一番受けた。耐えがたいほど可笑《おか》しいらしかった。エズメが回っていって、咳《せ》き込んだときのように背中を叩いてやらねばならないほどだった。「さ、もうやめなさい」と彼女は言って、自分の席に戻った。「このなぞなぞ、会う人みんなに言って、そのたびにかならず発作を起こすの。たいていは笑いながらよだれも垂らすわ。さ、もうやめてちょうだい」

「でもこんなに面白いなぞなぞ聞いたの、久しぶりだよ」と私は、やっと少しずつ発作から脱しつつあるチャールズを見ながら言った。この賛辞に応えて、チャールズは椅子の上でずんずん身を沈め、またもテーブルクロスの端で顔を目の下まで覆った。それから、覆っていない両目で私を見たが、その目には、ようやく鎮《しず》まってきたはしゃぎぶりと、本当に面白いなぞなぞを一つ二つ知っている人間の誇りとがみなぎっていた。

「軍隊に入る前はどんな職に就《つ》いてらしたか、伺ってもいいかしら？」とエズメが私に訊いた。

どんな職にも就いていなかった、大学を出て一年しか経《た》っていなかったし、でも自分としてはプロの短篇《たんぺん》作家だと思いたいと私は言った。

彼女は礼儀正しくうなずいた。「活字には？」と彼女は訊いた。

これまで何度も訊かれた、しかしそのたびに引っかかる、どうにも答えがたい質問である。私はまず、アメリカの編集者という人種が、その大半いかに――

「私のお父さんも文章が上手だったわ」エズメがさえぎった。「私、後世《こうせい》のために、父の手紙を何通か取ってあるの」

それは大変な名案だと私は言った。たまたまそのとき、私はまた、巨大な文字盤の、クロノグラフみたいに見える腕時計を見ていた。その時計はお父さんの持ち物だったのかと私は訊いた。

彼女はおごそかな顔で手首を見下ろした。「ええ、そうよ」と彼女は言った。「チャールズと私が疎開《そかい》させられる直前に、父がくれたの」。にわかに人目が気になったかのように、彼女は両手をテーブルから下ろし、「もちろんあくまで、形見《かたみ》の品として」と言った。そして話を別の方向に持っていった。「もしいつか、私のために小説を書いてくださったらとっても嬉しいんですけど。私、すごい読書家なのよ」

できたらぜひそうするよ、と私は答えた。あまり多作な方じゃないけど、と私は言った。

「そんなにタサクなのじゃなくていいのよ！　子供っぽい、下らない話でさえなければ」。彼女は考え込んだ。「私、悲惨をめぐる話がいいわ」

「何をめぐる話？」私は身を乗り出して言った。

「悲惨。私、悲惨というものにとっても興味があるの」

もっと詳しく聞かせてほしいと言いかけたところで、チャールズに腕を思いきりつねられるのを私は感じた。私はかすかに顔をしかめて彼の方を向いた。彼は私のすぐ横に立っていた。「壁が隣の壁になんて言った？」と彼は、親しげな感がなくもない口調で訊いた。

「それはもう訊いたでしょ」とエズメは言った。「さ、もうやめなさい」

チャールズは姉を無視して、足を踏み出し、私の片足の上に乗っかって、鍵となる問いをくり返した。ネクタイの結び目が曲がっているのが目に入った。私はそれを直してやってから、まっすぐ彼と目を合わせて、「角で会おうぜ?」と言ってみた。言った瞬間、後悔した。チャールズの口ががくんと開《ひら》いた。私がその口をぶっ叩いて開かせたような気分だった。彼は私の足から降りて、白く燃える威厳を漂《ただよ》わせ、ふり返りもせず自分のテーブルに歩いていった。

「カンカンに怒ってるわね」とエズメは言った。「怒りっぽい子なの。お母さんが甘やかしがちだったのよ。甘やかさなかったのはお父さんだけ」

私は何度もチャールズの方を見た。戻ってからは大人しく座って、両手でカップを持ってお茶を飲んでいる。こっちを向いてくれたら、と思ったが、いっこうにふり向かなかった。

エズメが立ち上がった。「イル・フォ・ク・ジュ・パルト・オシ(私ももう行かないと)」と彼女は言ってため息をついた。「フランス語はご存知?」

私も自分の椅子から、残念だという思いと、とまどいとが混じった気分とともに立ち上がった。私たちは握手した。思ったとおり、彼女の手は神経質そうな、手のひらが湿った手だった。私は英語で、一緒に話せてとても楽しかったと言った。

彼女はうなずいた。「楽しんでもらえるかなと思ったの」と彼女は言った。「私、歳のわりにけっこう話し上手なのよ」。そしてふたたび、試すように髪に触れた。「髪のこと、ほんとに失礼しました」と彼女は言った。「私きっと、見られたもんじゃなかったわね」

「そんなことないよ！　ウェーブだってもうだいぶ戻ってきたんじゃないかな」

彼女はまたすばやく髪に触った。「あなた、ごく近い将来、またここにいらっしゃると思う？」と彼女は訊いた。「私たち毎週土曜、聖歌隊の練習のあとにここへ来るの」

ぜひそうしたいところだが、残念ながらたぶんもう来られないと思うと私は答えた。

「ということは、作戦行動の話はできないってことね」とエズメは言った。彼女はテーブルのそばから去るそぶりを見せなかった。その上、両足を交叉《こうさ》させ、うつむいて、両方の靴の爪先をきれいに揃えた。それは愛らしいしぐさだった。彼女は白いソックスをはいていたし、足首も足先も可愛らしかった。そして彼女はいきなりさっと顔を上げて私を見た。「私、あなたにお手紙書きましょうか？」と彼女は、いくらか顔を赤くして訊いた。「私、歳のわりにとっても文章は――」

「ぜひお願いするよ」。私は鉛筆と紙を出して自分の名前、階級、認識番号、軍郵便局番号を書いた。

「まず私の方からお便りするわ」と彼女はそれを受けとりながら言った。「その方があなたも気が楽でしょうから」。彼女は紙をワンピースのポケットにしまった。「さようなら」と彼女は言って、自分のテーブルに戻っていった。

私は紅茶をもう一ポット注文し、座って二人を見守った。やがて彼らは、迫害されたるミス・メグリーともども席を立った。チャールズが先頭を行き、片方の脚がもう片方より十センチくらい短い人間のように痛ましく足を引きずっていた。私の方をふり返りはしなかった。ミス・メグリーがあとに続き、それからエズメが、私に手を振りながら出ていった。私は椅子からなかば立ち上がって手を振り返した。それは奇妙に胸を揺さぶられる瞬間だった。

一分もしないうちに、エズメがティールームに、チャールズの上着の袖をつかんで引きずりながら戻ってきた。「チャールズがあなたにお別れのキスをしたいって」

私は即座にカップを置いて、嬉しい話だけどほんとにそう言ってるの？　と彼女に訊いた。

「ええ」と彼女は、ややいかめしい顔で答えた。そしてチャールズの袖を放して、彼を私の方に、ずいぶん乱暴に押し出した。彼は怒りに青ざめた顔で歩み出て、私の右耳のすぐ下に、チュッと大きな音の立つ、濡れたキスをした。そしてこの試練を終えると、出口へと、感傷を排した人生へとまっしぐらに向かっていったが、私はその上着のうしろのハーフベルトをつかんで引きとめ、「壁が隣の壁になんて言った？」と訊いた。

チャールズの顔がパッと輝いた。「角で会いましょう！」と彼は金切り声で言って、部屋から――おそらくは笑いのヒステリーが止まらぬ状態で――飛び出していった。

エズメはふたたび足首を交叉させて立っていた。「あなた忘れないでくださる、私のために小説を書いてくださること？」と彼女は訊いた。「全面的に私一人のためでなくてもいいのよ。なんなら――」

忘れる可能性は万が一にもありえないと私は答えた。誰かのために小説を書いたことは一度もないけれど、いまはまさにそれに取りかかるのにうってつけの時機だと思うと私は言った。

彼女はうなずいた。そして「ものすごく悲惨で感動的な話がいいわ」と提案した。「あなた、悲惨というものはよくご存知？」

そうでもないけれどだんだん知りつつある、いろんな形で、日一日、と私は答えた。君の注文に合わせるようベストを尽くす、と私は言った。私たちは握手した。

「残念だと思わない、私たちがもっと仮借でない状況で出会えなかったこと？」

そのとおり、まったくそのとおり、と私は言った。

「さようなら」とエズメは言った。「あなたが戦争から、機能万全のまま帰ってきますように」

私は彼女に礼を言い、ほかにも二言三言言って、それから、彼女がティールームを出ていくのを見送った。彼女はゆっくりと、考え深げに、もう乾いているかと髪の先に触れながら出ていった。

ここからが物語の悲惨な、あるいは感動的な部分であり、舞台も変わる。登場人物も変わる。私は依然登場しているが、これ以降は、明かすわけには行かぬいくつかの理由ゆえきわめて狡猾《こうかつ》に変装しているため、いかに鋭敏な読者でも私とは認知できぬであろう。

戦勝記念日から何週間か経ったその夜、バイエルンのガウフルトでは目下十時半ごろだった。X三等曹長は、ほか九人のアメリカ兵とともに休戦前から割り当てられている民家の二階の自室にいた。折りたたみ式の木製の椅子に座って、小さな、ごちゃごちゃ散らかった書き物机に向かった彼は、目の前に広げた外地向けペーパーバックの小説をなんとか読もうと苦労していた。苦労しているのは自分のせいであって、小説のせいではなかった。毎月スペシャル・サービスが本を送ってくると、一階に住んでいる連中がたいていまず好きなのを取ってしまうが、結局最後にXのもとに残る本は、たいがい自分でも選びそうな本だったのだ。だが彼は、機能万全のまま戦争を切り抜けたとは言いがたい青年だった。もう一時間以上、同じ段落を三度ずつ読んでいて、いまやそれがセンテンス単位になってきていた。彼はいきなり本を、しおりもはさまずに閉じた。少しのあいだ片手で目を覆い、テーブルの上の裸電球のぎらぎらまぶしい光をさえぎっていた。

テーブルの上の煙草の箱から一本取り出して、わずかに、しかしたえずぶつかりつづける指で火を点けた。ほんの少し深めに座り直して、何も味わうことなく煙草を喫った。もう何週間も前からチェーンスモーキングが続いていた。舌先でほんの少し圧力をかけるだけで、歯茎《はぐき》から血が出た。彼はほとんど一日中その実験をやめなかった。そのささやかなゲームを、時には何時間も続けてやってしまった。少しのあいだ、煙草を喫いながら例によって実験を続けた。やがて、いきなり、よく知った具合に、いつもどおりなんの前触れもなしに心が離脱して、網棚に載せた不安定な荷物のようにぐらぐら揺れるのを感じた気がした。事態を是正《ぜせい》すべく、Xはもう何週間もやってきたことをここでもすばやく行なった――両手をぎゅっと、こめかみに押しつける。少しのあいだ、強く押したままにしていた。髪は散髪が必要だったし、汚れていた。フランクフルトの病院に二週間入院していたあいだは三度か四度洗ったが、ガウフルトに戻ってくる長い、埃《ほこり》っぽい道をジープで走ったときにまた汚れてしまっていた。病院へ彼を迎えに来てくれたZ伍長は、休戦協定も知らぬ顔で、いまだに戦時中の流儀で風防《ふうぼう》ガラスを下ろしてジープを運転した。目下ドイツには新しい隊が何千と来ている。Z伍長が戦時中の流儀で運転するのは、自分はそんな新米連中とは違う、欧州戦線に来たばかりのヒヨッ子と一緒にするなという意思表示だった。

Xは額から手を放して、書き物机の表面にぼんやり目を向けた。机の上には、すべて彼に宛てられた少なくとも二ダースの未開封の手紙と少なくとも五、六個の未開封の小包がごっちゃに載っていた。その瓦礫《がれき》の山の向こうに彼は手を伸ばし、壁に立てかけてある一冊の本を取り出した。それはゲッベルス著の、『未曾有《みぞう》の時代』と題した本だった。何週間か前までこの家に住んでいた一家の、三十八歳の未婚の娘の持ち物だった本である。彼女はナチスの下級党員だったが、軍規則からすれば〈自動的逮捕〉の範疇《はんちゅう》に入る程度に上級ではあった。彼女を逮捕したのはX自身だった。そしていま、今日病院から戻ってきて以来三度目、彼はその女の本を開いて、見返しの白いページに書かれた短い書き込みを読んだ。インクで、ドイツ語で、小さな、どうしようもなく誠実な筆蹟《ひっせき》で、「神よ、人生は地獄です」と書いてあった。そこに至る前の言葉も、そこから続くあとの言葉もない。ページの上に言葉はぽつんと孤立して、部屋を包む病んだ静けさのなか、反論の余地なき、古典的ですらある告発の威信《いしん》を有して見えた。Xは何分かぼんやりそのページを眺めながら、負けいくさとは知りつつ、何とかその言葉に丸め込まれまいとあがいた。それから、この何週間か一度も見せていなかった熱意とともに、ちびた鉛筆を取り上げ、書き込みの下に英語で、「父たちと教師たちよ、『地獄とは何か？』と私は問う。私は思う、それは愛することができぬ苦しみだと」と書いた。その下にドストエフスキーの名を書きかけたが、そのとき、体の全身を走り抜ける恐怖とともに、書いた言葉がまったく判読不能であることに気がついた。彼は本を閉じた。

あわてて何か別の物をテーブルから取り上げた。オールバニーに住む兄からの手紙だった。入院するより前からずっとここにあった手紙だ。封筒を開けて、手紙を最後まで読み通そうといちおう決意したものの、最初の一枚の上半分を読めただけだった。「忌々《いまいま》しい戦争もやっと終わって、お前もきっとたっぷり時間があるだろうから、うちの子供たちに銃剣とか鉤十字章《かぎ》とかを二つ三つ送ってくれないかね……」びりびりに引き裂いてから、クズ籠《かご》に落ちた切れ端を彼は見下ろした。同封してあったスナップ写真を見落としていたことに気がついた。誰かの足がどこかの芝生の上に立っているのが見てとれた。

Xはテーブルの上に両腕を載せて、その上に頭を載せた。頭から足先まで、体中がずきずき痛んだ。あらゆる痛みのゾーンがたがいに依存しあっているように思えた。電球が直列につないであって、一個でも切れたら全部消えてしまうクリスマスツリーになった気分だった。

ドアがばんと乱暴に、ノックの前触れもなしに開いた。Xが首を持ち上げ、回すと、戸口にZ伍長が立っていた。Z伍長はXのジープ仲間であり、Dデー以来、五度の作戦行動を通してずっと一緒だった。Zの部屋は一階にあって、噂話《うわさばなし》か愚痴《ぐち》を誰かに聞かせたくなるとたいていXのところに来た。彼は巨体の、写真映《うつ》りのよい二十四歳の若者だった。戦時中にも、全米に流通する雑誌がヒュルトゲンの森で彼を撮影したことがあった。快く、という以上に積極的に、両手に一羽ずつ感謝祭の七面鳥を提《さ》げたポーズをZは採ってみせた。そしていま彼は、「手紙書いてんの?」と訊いた。「ここ、なんか不気味だぜ」。Zはつねに、天井の照明が灯っている部屋に入ることを好んだ。

Xは椅子に座ったまま体を回して、入れよ、犬を踏まないよう気をつけてな、と言った。

「何を踏むなって?」

「アルヴィンだよ。お前のすぐ足元にいるよ。電気つけたらどうだ、クレイ?」

クレイは電灯のスイッチを探りあて、ぱちんと点けてから、下男《げなん》部屋といった感じの狭い部屋を横切ってきて、ベッドの縁に、部屋の主《ぬし》と向きあって腰かけた。煉瓦《れんが》色の赤毛は櫛《くし》を入れたばかりで、十分な身づくろいに要した水がぽたぽた垂れている。万年筆式にクリップのついた櫛が、くすんだオリーブ色の制服のシャツの右ポケットから見慣れた姿を見せていた。左のポケットの上には、戦闘歩兵章(厳密にはこれを着用する権限は彼にはなかった）、銀星章《ぎんせいしょう》の代わりに青銅星章を五個並べた欧州戦域綬章《じゅしょう》（銀星章なら一個で青銅星章五個に相当する）、そして真珠湾以前の略綬章を着けていた。彼はふうっと大きくため息をつき、「ったく、やってらんないぜ」と言った。べつに意味はない。ここは軍隊なのだ。Zはシャツのポケットから煙草の箱を出して、とんとん叩いて一本抜いてから箱を戻し、ポケットのボタンを留め直した。そして煙草を喫いながら、うつろな顔で部屋のなかを見回した。目はやっとラジオのところで止まった。「へイ」とZは言った。「もうじきすごくいい番組がはじまるぜ。ボブ・ホープとか出るんだ」

Xは新しい煙草の箱を開けて、たったいまラジオを切ったところだと言った。

そう言われてめげた顔も見せず、クレイはXが煙草に火を点けようとするのを見守った。「参ったな」とクレイは、見世物でも見ているみたいに熱っぽく言った。「あんた、自分の手見てみろよ。ぶるぶるぶるぶる震えてさ。わかってる？」

なんとか煙草に火を点けると、Xはうなずいて、お前ほんとに観察眼鋭いなと言った。

「そうでもないって。病院であんた見たときは危うく卒倒するところだったぜ。あんたまるっきり死体に見えたよ。どのくらい痩せた？　何キロ？　知ってる？」

「知らない。俺がいないあいだ手紙はどうだった？　ロレッタから来たか？」

ロレッタはクレイの恋人だった。彼らはできるだけ早い機会に結婚するつもりでいた。ロレッタはまずまず定期的に、三つ連続の感嘆符と不正確な記述から成る楽園通信を送ってきた。戦争中ずっと、クレイはロレッタの手紙を、どんなに親密な内容であれ一通残らずXに読んで聞かせた。というか、親密であればあるほどいい。読み終えるたび、どういう返事を書いたらいいかXに相談した。どういう構成で行くか、どういう細部を加えるか。箔《はく》がつくようフランス語かドイツ語を少し入れてくれと頼んだりもした。

「ああ、昨日来たよ。俺の部屋にある。あとで見せる」とクレイは気がなさそうに言った。そしてベッドの縁でまっすぐ背を伸ばし、息を止めて、長い、朗々《ろうろう》たるゲップを吐き出した。その達成にそれなりに満足した様子で、クレイはまた力を抜いた。「あいつの弟がさ、腰悪くして海軍除隊《じょたい》になるんだ」と彼は言った。「腰が悪いんだとさ。ふざけやがって」。そしてふたたび背を伸ばして、もう一度ゲップを試みたが、今度は水準以下の出来だった。と、クレイがいくぶん真顔《まがお》になった。「ヘイ。忘れないうちに。明日みんな五時に起きてハンブルクかどっかに車で行くんだ。師団全員分のアイゼンハワージャケット取りに行くんだと」

Xは憎々しげにクレイを見て、アイゼンハワージャケットなんか要らないと言った。

クレイは驚いたような、少し傷つきさえしたような顔をした。「いや、あれはいいぜ！　見た目がいいよ。なんで要らないの？」

「理由なんかない。なんで五時に起きなきゃいけないんだ？　戦争は終わったんだぞ」

「知らないよ。昼飯までに戻らなきゃいけないんだ。何か新しい書類があって、昼飯前に書かないといけないんだよ。……なんで今夜書けないんだよってブリングに訊いたんだけどさ。だって書類はしっかり奴の机の上にあるんだぜ。まだ封を切りたくないんだってさ、ふざけやがって」

二人はしばし黙って座ってブリングを呪《のろ》った。

クレイが突如新たな、より大きな興味をもってXを見た。「ヘイ」と彼は言った。「あんたわかってた、顔半分、ぴくぴくひきつってるって？」

ちゃんとわかってる、とXは言って、片手で痙攣《けいれん》を隠した。

クレイは少しのあいだぽかんと彼を見ていたが、やがて、生き生きと、めったにない朗報を携《たずさ》えてきた人間の口調で言った。「ロレッタにさ、あんたが神経衰弱になったって知らせたんだよ」

「そうなのか？」

「ああ。あいつはそういうことにすごく興味があるんだよ。心理学を専攻してるんだ」。クレイはベッドの上に体を長々と伸ばし、靴も載せた。「そしたらなんて言ってきたと思う？　戦争だけで神経衰弱になる人間はいないって。あんたのこと、その人はたぶんもともとずっと不安定だったんだろうって」

Xは両手を橋のようにつないで目を覆い――ベッドの上の光に目がつぶれそうだった――ロレッタの洞察はいつ聞いても喜びの源《みなもと》だと言った。

クレイは彼の方をちらっと見た。「おい、いいか」とクレイは言った。「ロレッタはあんたなんかよりずっと心理学に詳しいんだぞ」

「お前、その臭《くさ》い足、俺のベッドから下ろしてくれる気あるか？」とXは訊いた。

どこに足を置こうと俺の勝手だふうの数秒間、クレイは足をそのままにしていたが、やがてパッと床に戻し、上半身を起こした。「とにかく俺は下に行く。ウォーカーの部屋でラジオ点けてるから」。だがクレイはベッドから立ち上がらなかった。「ヘイ。一階の新入りにさ、バーンスタインにさ、話してたんだ。覚えてるか、俺とあんたでジープでヴァローニュに行って。二時間ばかりずーっと砲撃されて、俺たちあの穴で伏せてたらジープのボンネットに猫が飛び乗ってきて俺がその猫撃っただろ。覚えてるか？」

「ああ――なあクレイ、いいからその猫の話はよせよ。聞きたくない」

「ああわかってる、ただ、さ、ロレッタにそのこと手紙で書いたってだけでさ。そしたら心理学のクラス全員でそれについて議論したんだってさ。教室で。教授とかもしっかり入って」

「結構。俺は聞きたくないんだよ、クレイ」

「ああわかってる、でさ、なんで俺がいきなり猫めがけて撃ったか、ロレッタがなんて言ったと思う？　ロレッタがさ、あなたは一時的に狂気に陥っていたのよだってさ。ほんとだぜ。砲撃とかのせいで」

　汚れた髪を一度指で梳《す》いてから、Xはまた目を覆って光をさえぎった。「お前は狂気だったんじゃない。義務を果たしただけさ。あの状況下で、お前は正々堂々男らしくあの仔猫《こねこ》を殺したんだ」

　クレイは疑わしげにXを見た。「なんの話だよ？」

「あの猫はスパイだったのさ。撃つしかなかったんだよ。すごく頭のいい小人のドイツ人が安物の毛皮かぶってたんだ。だから野蛮だとか残酷だとか卑怯《ひきょう》だとかってことは全然なくて、それどころか――」

「ふざけんなよ！」とクレイは言って、唇をすぼめた。「あんた、たまには誠実になれねえのか？」

　Xは突然吐き気に襲われ、椅子の上でぐるっと体を回してクズ籠をつかみ、間一髪《かんいっぱつ》間に合った。

　事を終えて、身を起こして客の方を向くと、相手は気まずそうに、ベッドとドアの中間あたりに立っていた。Xは謝りかけたが、気が変わって煙草に手を伸ばした。

「降りてってボブ・ホープ一緒に聞こうぜ、なあ」とクレイは一定の距離は保っているもののそれなりに友好的にふるまおうと努めて言った。「気が晴れるぜ。ほんとだよ」

「お前は行けよ、クレイ……。俺は切手のコレクション見るから」

「そうなの？　あんた、切手のコレクションあるの？　知らなかったよ、あんたが――」

「冗談だよ」

クレイはドアの方にゆっくり二歩ばかり進んだ。「俺、あとで車でエーシュタットに行くかも」と彼は言った。「ダンスパーティやってるんだ。たぶん二時くらいまでやってると思う。来るかい？」

「いや、ありがとう……。部屋でちょっとステップの練習するかも」

「オーケー。お休み！　無理すんなよ、な」。ドアがばたんと閉まって、またすぐ開いた。「ヘイ。ロレッタに書いた手紙、ドアの下から入れといてもいいかな？　ドイツ語とかちょっと使ったんだ。ちょっと見てくれるかい？」

「ああ。とにかくいまは放っといてくれ」

「わかった」とクレイは言った。「お袋がなんて書いてきたかわかる？　お袋がさ、戦争中ずっとあんたと俺と一緒で嬉しいってさ。おんなじジープで。あんたとつき合うようになってから俺の手紙、ずっと知的になったたって」

Xは顔を上げて彼の方を見た。そして、精一杯無理して、「ありがとう。お袋さんによろしく伝えてくれ」と言った。

「ああわかった。お休み！」。ドアがばたんと閉まって、今度はもう開かなかった。

Xは長いあいだ座ったままドアを見ていたが、やがて椅子を机の方に回して、床からタイプライターを取り上げた。散らかった机の上に場所を空けようと、開けてない手紙や小包の崩れた山を脇へ押しやった。ニューヨークにいる昔からの友だちに手紙を書いたら、少しは手っとり早く気が晴れるかもしれないと思ったのだ。だが指の震えはますますひどくなっていて、紙をちゃんとローラーに入れることさえできなかった。両手をしばらく脇に下ろしてからもう一度やってみたが、やがて片手で紙をくしゃくしゃに丸めた。

クズ籠を部屋の外に出さないと、と思ったが、何もせずに両腕をタイプライターに載せ、ふたたび頭を休めて目を閉じた。

ずきずきと疼く数分ののちに目を開けると、すぼまった目が、緑の紙で包んだ小さな未開封の小包と向きあっていた。たぶんタイプライターの場所を作ったときに山から滑り落ちたのだろう。宛先が何度か書き換えてあるのが目にとまった。ひとつの面だけでも、古い軍郵便局番号が少なくとも三つ書いてあった。

なんの興味もなしに、差出人の名を見もせず包みを開けた。マッチで火を点けて紐を燃やして開けた。小包を開けるより紐が燃えきるのを見る方が興味があったが、結局開けてみた。

箱のなか、インクで書いた手紙が、ティッシュペーパーで包んだ小さな品物の上に載っていた。Xは手紙を手にとって読んだ。

デヴォン州——町——ロード十七番地
一九四四年六月七日

X軍曹様
文通を始めるにあたり三十八日を要した事をお許し下さい。伯母が連鎖球菌喉《れんさきゅうきんこう》頭炎《とうえん》を患《わずら》って危うく一命は取り留めたものの勢い私の双肩《そうけん》に種々《しゅじゅ》の責任が降りかかる事となり以来とても忙しかったのです。けれども貴方様《あなたさま》の事は頻繁《ひんぱん》に考えて居《お》りましたし念のため申し上げれば一九四四年四月三十日の午後三時四十五分より四時十五分までご一緒したとても快い午後の事も考えて居りました。
Dデーに関し私達はみな大変胸を躍らせ畏怖の念すら感じて居りこれにより迅《じん》

速《そく》に終戦がもたらされどう見ても愚《ぐ》としか言い様のない生活に終止符が打たれることを願うばかりです。チャールズも私も貴方様の事を大変心配して居ります。貴方様がコタンタン半島への最初の突撃を敢行《かんこう》した隊の一員でなかったなら良いがと念じて居ります。どうだったのでしょう？　どうぞ出来るだけ早くお返事下さい。奥様に宜《よろ》しくお伝え下さい。

かしこ
エズメ

追伸　勝手ながら戦闘中貴方様が所持なされるようにと私の腕時計を同封致します。あの束《つか》の間《ま》の交流の最中に貴方様が腕時計を着用なさっていたかどうか確認するのを失念してしまいましたが、この時計は高度に防水で衝撃にも耐え自分の歩く速度を測れる等他にも利点が多々《たた》有ります。この困難な日々にあって貴方様の方が私よりも有効に活用なされるでしょうし幸運のお護《まも》りとして受け取って下さるものと確信致します。

チャールズは目下私から読み書きを教わっている最中で私の見るところこの上なく呑み込みが早く、一言ご挨拶を書き添えたいと申して居ります。時間が出来て気が向かれ次第どうかお返事下さい。

ハローハローハローハローハロー
ハローハローハローハローハロー
ラブアンドキスチャルズ

手紙を置くには、ましてエズメの父親の腕時計を箱から持ち上げるには、ずいぶん時間がかかった。やっとそれを箱から出してみると、文字盤のガラスが輸送中に割れてしまったことが目に入った。ほかは壊れていないだろうか、と思ったが、ねじを巻いて確かめてみる勇気はなかった。ふたたび長いあいだ、ただそれを手に持ってじっと座っていた。やがて、突然、ほとんど恍惚《こうこつ》というに近い気分とともに、眠気《ねむけ》が訪れた。

ねえエズメ、人間ほんとに眠くなれるならね、いつだって望みはあるのさ、もう一度機――き・の・う・ば・ん・ぜ・んの人間に戻る望みが。

可憐なる口もと　緑なる君が瞳

　電話が鳴ると、銀髪の男は若い女に、この電話は出ない方がいいか、とひどく慇懃《いんぎん》な口調で訊いた。女は遠くからの声を聞くように男の声を聞き、顔を彼の方に向けたが、一方の、明かりに近い方の目はぎゅっと閉じていて、開いた方の目は、どれだけわざとらしいかはともかくおそろしく大きく、ほとんどスミレ色に見えるくらい青かった。早く決めてくれるかな、と銀髪の男は促し、彼女は右の前腕《まえうで》をついて、おざなりに見えぬ程度のすばやさで体を起こした。そして額《ひたい》にかかった髪を左手でかき上げ、「どうかしら。わからないわ。あなた、どう思う?」と言った。どっちでも大して変わらないんじゃないかな、と銀髪の男は言い、彼女の体を支えている腕の下、肘《ひじ》の上あたりに自分の左手をさし入れ、二の腕の温かい肌と胸郭《きょうかく》とのあいだに指をもぐり込ませていった。そして男は右手を電話の方に伸ばした。手探りせずに受話器を取るには体をいくぶん持ち上げねばならず、そのせいで後頭部《こうとうぶ》がランプシェードの角をかすった。その瞬間、明かりはいつにも増して、いささか生々しくはあれ、男の白髪まじりの、というか大半は白髪の髪を見栄《みば》えよく照らし出した。目下のところ乱れてはいるものの、見るからに散髪したて、というか手入れしたてという感じで、襟足《えりあし》とこめかみは型どおり短く刈ってあるが、横や上は長めという以上に長く残してあって、いくぶん「人目を惹《ひ》く」ふうでさえあった。「もしもし」と男はよく通る声で受話器に向かって言った。若い女は前腕で体を支えたまま男を見守った。女の両目は気を張っているとか考えているとかいうより単に開《あ》いているだけという感じで、主として目それ自体の大きさと色を映し出していた。

男の声が——まるっきり生気《せいき》のない、だがどこか傍若無人《ぼうじゃくぶじん》に、ほとんど下品に興奮した声が——向こう側から聞こえてきた。「リー？　起こしちゃったかい？」

銀髪の男はちらっと左の若い女を見た。「誰？」と男は訊いた。「アーサーか？」

「うん——起こしちゃったかい？」

「いやいや、寝床に入って本を読んでたところさ。どうかしたのかい？」

「ほんとに起こしちゃったんじゃないのかい？　嘘《うそ》いつわりなく？」

「大丈夫——全然そんなことない」と銀髪の男は言った。「実際、このところ平均せいぜい四時間くらいしか——」

「なありー、電話したのはさ、ジョーニーがいつ帰ったか知ってるかい？　ひょっとしてエレンボーゲン夫妻と一緒に帰ったところとか見てないか？」

　銀髪の男はふたたび左を、とはいっても今度は若い女から離れた高いところを見た。女は青い目の若いアイルランド人警官みたいな顔で男を見ている。「いや、見なかったよ、アーサー」と男は、部屋の奥の薄暗がりの、壁と天井が交わるあたりに目を据《ず》えて言った。「君と一緒に帰ったんじゃなかったのか？」

「いや違う。とんでもない。じゃあいつが帰ったところ、全然見てないんだな？」

「うん、見てないよ、アーサー」と銀髪の男は言った。「実際、今夜はまるっきりなんにも見てないんだよ。中に入ったとたん、あのフランスだかウィーンだかから来た奴につかまってものすごい長話になっちまってさ。ああいう外国の連中ってみんな、ただで法律のアドバイスもらおうと待ち構えてるんだよな。なんで？　どうした？　ジョーニーが見つからないのか？」

「それがさぁ。どうなのかな。よくわかんないんだよ。君も知ってるだろう、あいつ酔っ払うと見境《みさかい》なくなるだろ。よくわからん。もしかするとただ――」

「エレンボーゲンの二人には電話したのか？」銀髪の男は訊いた。

「ああ。まだ家には戻ってない。よくわからん。とにかくさ、あの二人と帰ったかどうかも定かじゃないわけでさ。ひとつだけわかってる。ひとつだけわかってることがある。俺はもうこれ以上心配するのはやめる。本気だよ。今回は本気なんだ。もう手を引く。五年だぜ。ったく」

「わかったわかった、ちょっと落ち着けよ、アーサー」銀髪の男は言った。「まず第一に、エレンボーゲンの連中のことだ、きっと三人でタクシーに乗って、ちょっとヴィレッジにでも寄っていこうってことにしたのさ。きっと三人で、いまにもそこに――」

「俺なんとなく、あいつがどっかの野郎とキッチンでいちゃついてたんじゃないかって気がするんだよ。そういう気がするんだ。あいつはいつも、酔っ払うとどこかの野郎とキッチンでネッキングやり出すんだ。俺はもう手を引く。今度は絶対本気だからな。ったく五年も――」

「いまどこにいるんだ、アーサー?」銀髪の男は訊いた。「家か?」

「ああ。家だよ。狭いながらも楽しい我が家だよ。ったく」

「とにかくさ、少し落ち着――どうしたんだ――酔ってるのか?」

「よくわからん。そんなのどうやってわかるってんだ?」

「わかったわかった、じゃ聞けよ。いいか、リラックスしろ。とにかくリラックスするんだ」銀髪の男は言った。「エレンボーゲンの二人のことは君だって知ってるだろ。おおかた何があったかっていうと、おおかた最終列車に乗り遅れたのさ。三人ともきっといまにもそこへなだれ込んでくるさ、気のきいたナイトクラブ風のジョー――」

「車で行ったんだよ」

「どうしてわかる？」

「ベビーシッターに聞いた。あの子とはいままで何度か、才気煥発《さいきかんぱつ》なる会話を交わしたからね。俺たち昵懇《じっこん》の仲なのさ。まるっきり似た者同士なんだよ」

「わかった。わかったよ。それがどうした？　まずは腰を落ち着けて、リラックスしろよ、な？」銀髪の男は言った。「たぶんいまにも三人で踊るようになだれ込んでくるさ。絶対だって。リオーナはああいう人間なんだし。ああいうのはまったく、なんて言うのかねえ——みんなニューヨークへ来ると、うっとうしいコネチカット式の陽気さふりまくんだよな。それはわかってるだろ」

「ああ。わかってる。わかってるよ。でもどうなのかなあ、よくわからんよ」

「もちろんわかってるさ。頭を使えよ。二人できっと、ジョーニーを無理矢理引っぱってって——」

「いいかおい。あるわけないだろ、ジョーニーを引っぱってくなんて。ほいほい自分から行くんだよあいつは。寝言言うなよ、引っぱってくだなんて」

「誰も寝言なんか言っちゃいないよ、アーサー」銀髪の男は静かに言った。

「わかってる、わかってるよ！　悪かった。俺さ、頭おかしくなってきてるんだよ。本当にさ、俺、君のこと起こしちゃったんじゃないか？」

「だとしたら言うから大丈夫、アーサー」銀髪の男は言った。そしてぼんやりとした動作で、若い女の二の腕と胸部のあいだから左手を抜いた。「なあいいか、アーサー。僕の忠告、聞く気あるか？」と彼は言って、送話器のすぐ下のコードを指でつまんだ。「これ、本気だぞ。忠告聞く気あるか？」

「ああ、あるよ。よくわからん。ったく、俺のせいで君も眠れないよな。俺もういっそあっさり剃刀《かみそり》で——」

「おいちょっと聞け」銀髪の男は言った。「まずはじめに——いいかこれ、本気だぞ——ベッドに入ってリラックスしろ。たっぷり寝酒《ナイトキャップ》作って、蒲団《ふとん》に——」

「ナイトキャップ！　冗談だろ？　ったく、俺もうこの二時間で一クォートは行ってるんだぜ。ナイトキャップ！　俺もうどうしようもなく酒回ってて、まっすぐ歩こうにも——」

「わかった。わかったよ。じゃあとにかくベッドに入れ」銀髪の男は言った。「それで、リラックスするんだ——聞いてるか？　言ってくれよ。起きてカッカしてて、何かの足しになるか？」

「ああ、わかってる。心配する気なんかないんだけどさ、あいつは信用できない女なんだよ！　ほんとだぜ。ほんとに信用できないんだよ。信用するったって、せいぜい——せいぜいいないんなのかわかんないね。あああ、もう意味ないって！　俺頭おかしくなってきてんだよ」

「わかった。もう忘れろ。忘れちまえよ。僕のためだと思って、何もかも頭から追い出してくれるか？」銀髪の男は言った。「もしかして君は、というか正直思うんだけど君は、ごくささいなことを——」

「俺が何するかわかるか？　俺が何するかわかるか？　言うのも恥ずかしいけどさ、俺が毎晩もう少しで何やらかすかわかるか？　仕事から帰ってきて？　知りたい？」

「アーサー、聞けよ、こんな話いくらしても——」

「ちょっと待て——言うからさ、話すから。俺はね、家じゅうの戸棚を開けて回りたくてたまらなくてさ、それを必死にこらえるんだよ——ほんとだぜ。毎晩帰ってきたら、ろくでもない奴らがうようよいるんじゃないかって思っちまうんだよ。エレベータ係。配達人。警官——」

「わかった。わかったよ。少し頭冷やそうぜ、アーサー」銀髪の男は言った。そして不意にちらっと、自分の右側、さっき火を点けた煙草が水平に載っている灰皿の方に目をやった。でもどうやら火は消えているようだったので、手に取りはしなかった。「まず第一に」と彼は受話器に向かって言った。「いままで何回も何回も言ったとおり、アーサー、そこがまさに君が一番間違ってるところなのさ。自分が何やってるかわかってるか？　君が何やってるか言ってやろうか？　君はわざわざ——いいか、これ本気だぞ——君はわざわざ自分を拷問《ごうもん》にかけてるんだ。それればかりか、わざわざジョーニーをそそのかして——」彼はそこで言葉を切った。「君はすごく運がいいんだぞ。あんなに素晴らしい女性はいない。本当さ。なのに君は、彼女に少しでもセンスがあることを認めようとしない——そもそも脳味噌があることだって——」「脳味噌《のうみそ》だって！　冗談だろ？　あいつに脳味噌なんかないよ！　あいつは動物なんだ！」

銀髪の男は鼻孔《びこう》を拡《ひろ》げ、かなり深く息を吸い込むように見えた。「僕たちはみんな動物さ」と彼は言った。「根はみんな動物だよ」

「そんなことあるもんか。俺は動物じゃないぞ。訳わかんなくなってる馬鹿でしょうもない二十世紀人かもしれんけど、動物じゃないぞ。冗談じゃない。俺は動物じゃない」

「なあ、アーサー。こんな話いくらしても——」

「脳味噌。それってさ、ものすごく笑える話なんだぜ。だってあいつさ、自分がインテリだと思ってるんだぜ。そこが笑えるのさ、大笑いだよ。新聞の演劇欄読んで、目がつぶれるくらいテレビ見て、だからインテリだっていうのさ。知ってるか、俺が誰と結婚してるか？　知りたいか、俺が誰と結婚してるか？　俺はだね、存命中最高の、いまだ才能を発揮せざる、いまだ発見されざる、女優、小説家、精神分析医、いまだ認められざる万能の天才ニューヨーク・セレブリティと結婚してるんだよ。知らなかっただろ？　ほんと笑えるぜ、喉《のど》かき切っちまいたいくらいだぜ。コロンビア大学公開教育講座のボヴァリー夫人。ボヴァ——」

「誰だって？」銀髪の男が、苛立ったような声で訊いた。

「ボヴァリー夫人、テレビ鑑賞法講座を受講。ったく、君にも見せてやり——」

「わかった。わかったよ。こんな話いくらしてもなんにもならないだろ」銀髪の男は言った。彼は若い女の方を向いて、指二本を口に近づけ、煙草をくれという合図を送った。「まず第一に」と彼は受話器に向かって言った。「君はものすごく頭のいい男なのに、人間関係の機微《きび》となるとおよそありえないくらい鈍感だ」。そして若い女が彼のうしろに手を伸ばして煙草を取れるよう、背をまっすぐにした。「これ本気で言ってるんだぜ。そのことは君の私生活にも表われているし、君の——」

「脳味噌。ったく、参っちまうぜ！　やってらんないよ！　君、あいつが何かを言い表わすのを聞いたことあるか——たとえば誰か男を？　いつかさ、何もすることがなかったらさ、頼むからあいつに、誰か男を言い表わしてみろって言ってくれよ。あいつは男なら誰だってかならず『すっごく魅力的』って言うのさ。どんなに歳《とし》とった、薄汚い、脂ぎった——」

「わかったよ、アーサー」銀髪の男はきつい口調で言った。「こんな話まるっきりなんにもなりやしない。なんにもならない」。彼は火の点いた煙草を若い女から受けとった。女は二本に火を点けたのだった。「ついでに訊くけど」と彼は鼻孔から煙を吐き出しながら言った。「今日の仕事はどうだった？」

「え？」

「今日の仕事はどうだった？」と銀髪の男はもう一度言った。「裁判、どんな具合だった？」

「ああ、その話か！　ったく、わからんよ。ひどかった。こっちがあと二分で最終弁論をはじめようってところでさ、原告の弁護士のリスバーグが、証拠としてベッドシーツの束抱えた頭おかしいメード引っぱってきてさ――シーツ一面南京虫《なんきんむし》のシミだらけなんだよ。ったく！」

「で、どうなった？　負けたのか？」銀髪の男が煙草をもう一口喫《す》いながら訊いた。

「裁判長、誰だったかわかるか？　マザー・ヴィットリオだよ。あいつが俺にいったいなんの恨みがあるのか、さっぱりわからんね。こっちがまだ口を開きもしないうちからギャアギャア言ってくるんだ。あんな奴相手じゃ、理屈なんて通りやしない。不可能だよ」

若い女が何をしているのかと、銀髪の男は首を回してみた。女は灰皿を手に取って二人のあいだに置いている最中だった。「じゃあ負けたのか、どうなんだ？」と彼は受話器に向かって言った。

「え？」

「だからさ、負けたのか？」

「ああ、負けた。そのことも話そうと思ってたのさ。パーティの席じゃあわただしくて話そうにも話せやしない。でさ、どう思う、負けたって聞いたら、ジュニアの奴キレるかな？　俺としちゃどっちだっていいんだけどさ、どう思う？　キレるかな？」

左手で操《あやつ》って、銀髪の男は煙草の灰を灰皿の縁《ふち》にそっと積んだ。「かならずしもキレはしないいんじゃないかな、アーサー」と彼は静かな声で言った。「ただまあ、飛び上がって喜ぶってこともなさそうだな。あのホテル三軒、うちの事務所でいつから担当してるか知ってるか？　先代のシャンリーが一から――」

「ああ知ってる、知ってるよ。ジュニアに五十回くらい聞かされたよ。あんなに麗《うるわ》しい話は聞いたことないね。そうとも、裁判は負けたさ。だけどまず第一に、それは俺の責任じゃない。第一に、あの頭おかしいヴィットトリオが裁判中ずっと俺をねちねちいびるわけでさ。で、おまけに低脳のメードが出てきて南京虫だらけのシーツをみんなに回して――」

「誰も君のせいだとは言ってないさ、アーサー」銀髪の男は言った。「ジュニアがキレると思うかって訊くから、僕としてはただ正直に――」

「わかってる。それはわかってるさ……どうなんだろうなあ。まったくなあ。いっそ軍隊に戻ろうかな。そのこと、話したかな？」

　銀髪の男はふたたび若い女の方に、おそらくは自分の表情がいかに辛抱強く禁欲的かを見せようとして首を回した。だが女はそれを見逃した。たったいま膝で灰皿をひっくり返してしまい、こぼれた灰を指であわてて掃《は》き集めている最中だったのである。彼の方に目を上げたときはすでに一秒ばかり手遅れだった。「いや、聞いてないよ、アーサー」と銀髪の男は受話器に向かって言った。

「そうなんだよ。戻るかもしれない。まだわかんないけどな。そりゃまあ何がなんでも戻りたいってわけじゃないし、戻らなくて済むなら戻りやしないけど。でもそうするっきゃないかもしれない。よくわからん。少なくとも、何もかも忘れられる。またもう一度ヘルメットと、あのでっかい机と、たっぷり広い蚊帳《かや》もらったら、ひょっとして――」

「君のその頭に少しばかり分別を叩き込んでやりたいよ、ほんとにそうしたいね」銀髪の男は言った。「君みたいにものすごく――君みたいに頭がいいはずの男が、まるっきり子供みたいな喋り方じゃないか。これ、心の底から言ってるんだぜ。君はごくごくささいなことをひとかたまり、雪だるまみたいに膨らませて、頭のなかをそいつで一杯に埋め尽くして、もうほかのことはなんにも――」

「あいつと別れるべきだったんだ。わかるか、去年の夏、そのこと本気で持ち出したときにさっさとケリつけるべきだったんだ——わかるか？　なんで別れなかったかわかるか？　なんで別れなかったか知りたいか？」

「アーサー。もうよせよ。こんな話、いくらしたってなんにもならないぜ」

「ちょっと待てって。なんでだか話すから！　なんでそうしなかったか知りたいか？　ばっちり話してやるよ。あいつが可哀想《かわいそう》だって俺は思ったのさ。要するにそれに尽きる。あいつが可哀想だって俺は思ったわけさ」

「うーん、どうかなあ。そういうのは僕が口出すことじゃないけども」銀髪の男は言った。「でも僕から見てだよ、君はひとつ忘れてるように思えるんだよ、ジョーニーが大人の女性だってことをさ。よくわからないけど、僕から見て——」

「大人の女性！　君、頭おかしいんじゃないのか？　あいつは大人の子供だよ、ったく！　いいか、俺がひげを剃《そ》ってるとするだろ——いいか聞けよ——俺がひげを剃ってるとする、そうするとあいつがいきなりアパートメントの反対側から呼ぶ。どうしたのかと思って行ってみるわけさ——ひげ剃りの真っ最中で、顔じゅうに石鹸《せっけん》の泡つけて。で、なんの用だかわかるか？　あいつはね、あたしって頭いいかしら、って訊くんだよ。ほんとだぜ。どうしようもないんだよ、あいつは。寝顔見てるとよくわかるね。ほんとだよ」

「そりゃまあ、そういうことは君が誰より——そういうのは僕が口出すことじゃないけども」銀髪の男は言った。「だけどポイントはだよ、とにかくさ、君が建設的なことをなんにも——」

「俺たちは合っていないんだ、それに尽きる。要するにそれだけの話なんだよ。まるっきり合ってない。あいつに何が必要かわかるか？　あいつに必要なのはな、何も言わない、たまに寄ってきてしこたまぶん殴ってくれるだけの大男さ——ぶん殴ったらまた戻って新聞を読み終える奴さ。そういうのがあいつには必要なんだ。俺じゃてんで弱すぎる。結婚したときからそのことはわかってたんだ——ほんとさ、しっかりわかってたよ。君は利口だから結婚なんてしないけど、誰でも結婚する前に、あるときふっと、したら将来どうなるかひらめくものなのさ。俺はそれを無視したんだ。ぴっかぴかひらめいたのを全部無視したんだ。俺は弱いんだよ。要するにそれに尽きる」

「君は弱くないさ。頭を使わないだけさ」と銀髪の男は言って、新しく火を点けた煙草を若い女から受けとった。

「絶対弱いさ！　絶対弱いって！　そりゃわかるさ、自分が弱いか弱くないかくらい！　弱くなかったら、こんな目に遭わされて大人しく——ふん、話したってなんになる？　絶対弱いさ……君、俺のせいで一晩じゅう眠れないよな。さっさと電話切ったらどうだ？　ほんとだよ。切っちまえよ」

「切ったりしないよ、アーサー。人間として可能であるなら、君を助けたいんだよ」

銀髪の男は言った。「実際、君の最大の敵は君自身――」

「あいつは俺に敬意を持ってないんだ。俺のことを愛してさえいない。基本的には、詰まるところ結局、俺もうあいつのことを愛しちゃいない。よくわからん。愛してるとも言えるし、してないとも言える。変わるんだよ。揺れ動くんだ。ったく！　今度こそ断固とした態度で行くぞと、準備万端《ばんたん》ってたびに、なぜかいつも外で食事する羽目になって、あいつが白い手袋か何かして店に入ってくるわけさ。よくわからん。じゃなけりゃ俺が、プリンストンの試合見に初めて二人でニューヘイヴンまで出かけたときのことを思い出しちまうんだ。パークウェイを降りてすぐパンクしちゃってさ、ものすごく寒くて、俺がパンク直してるあいだあいつは懐中電灯で照らしてくれて――な。わかんないよ。じゃなきゃ俺が昔――ったく、恥ずかしいったらないぜ――俺が昔、つき合いはじめたころにあいつに送った詩のことを思い出しちまう。『君が色は薔薇《ばら》　白き／可憐《かれん》なる口もと　緑なる君が瞳《ひとみ》』。ったく、恥ずかしいったらないぜ。昔はこんな詩であいつのことを思い浮かべたのさ。あいつの瞳は緑じゃない――貝殻みたいな色さ――でもなぜか思い浮かべたんだ……よくわからん。話してなんになる？　俺、頭おかしくなってきてるんだ。なあ、電話切っちゃってくれよ。ほんとにさ」

銀髪の男は咳払《せきばら》いして、言った。「切るつもりなんかないよ、アーサー。ただひとつだけ――」

「あいつが一度、俺にスーツを買ってくれたことがある、自分の金で。そのこと話したっけ？」

「いや、あのさ――」

「一人でトリプラーズだかどっかに入って買ってくれたんだよ。俺は一緒に店に行きもしなかった。あいつにもいいとこあるってことさ。おかしいのはさ、それがけっこうぴったりだったんだよ。ズボンの尻のところはちょっと詰めて、裾《すそ》もちょっと短くしてもらったけどな。あいつにもいいとこあるってことさ」

銀髪の男はもう一息耳を澄ましていた。それから、いきなり、若い女の方を向いた。ちらっと一瞬ではあれ、女に向けたその表情は、電話の向こう側で突如生じている事態を十分に伝えていた。「なあアーサー。おい。それはよくないよ」と彼は受話器に向かって言った。「それはよくないよ。絶対。なあ、いいか。心の底から言う。ここはひとつ、服を脱いでベッドに入ってくれるかい？　リラックスしてくれるか？　ジョーニーはさ、きっとあと二分で帰ってくるよ。彼女にそんなとこ見られたくないだろ？　エレンボーゲンの二人もきっと一緒にドヤドヤ入ってくるよ。三人にそんなとこ見られたくないだろ？　な？」。彼は耳を澄ました。「アーサー、聞いてるか？」

「俺のせいで、君一晩じゅう寝れないよな。俺って何をやっても――」

「君のせいで寝れない、なんてこと全然ないさ」と銀髪の男は言った。「そんなこと全然考えなくていいよ。さっきも言ったとおり、どのみち一晩平均四時間くらいしか眠ってないし。でさ、僕がやりたいことはだね、もし人間として可能であるならばだ、僕は君を助けたいんだよ」。彼は耳を澄ました。「アーサー？　いるのか？」

「いるよ。ちゃんといる。いいか。とにかくどのみち一晩じゅう君を起こしちゃってるしさ。君んとこに一杯やりに行ってもいいかな？　どうだ？」

　銀髪の男は背中をのばして、空いている方の手のひらを頭のてっぺんにあて、「え、いまってこと？」と言った。

「そう。いや、だから、君がよければだけどさ。すぐ帰るから。ただちょっとどこかで落ち着きたいかなって――よくわからん。行ってもいいかな？」

「いいけどさ、いいんだけど、でもそれはよした方がいいと思うよ、アーサー」と銀髪の男は頭から手を下ろしながら言った。「そりゃもちろん歓迎だけどさ、ここはやっぱり、君はそこにとどまって、リラックスして、ジョーニーがただいまぁって帰ってくるのを待つべきだと思うんだよ。ほんとにそう思うよ。君はだよ、彼女がただいまぁって帰ってきた瞬間に、君は、きっちりそこにいるべきなんだ。僕の言ってることと正しいか、間違ってるか？」

「うん、正しいよ。よくわからん。ほんとにさ、わかんないよ」

「僕はわかるよ。ちゃんとわかる」銀髪の男は言った。「いいか。もう何も考えずにベッドに入って、リラックスしろよ。それでさ、あとで、もし気が向いたら、電話をくれよ。話したかったらさ。とにかく心配するなって。それが肝腎《かんじん》なんだ。聞いてるか？　そうしてくれるかい？」

「わかった」

銀髪の男はなおもしばらく受話器を耳につけていたが、やがてそれを本体に戻した。

「なんて言ったの？」若い女がすぐさま訊いた。

彼は灰皿から自分の煙草を取り上げた――というより、喫い終えた煙草喫いかけの煙草の山からそれを選び出した。一口喫って、「ここへ一杯やりに来たいって」と言った。

「やあねえ！　あなたなんて言ったの？」と若い女は訊いた。

「聞こえただろ」と銀髪の男は言って、女の方を見た。「聞こえてただろ。そうだろ？」。彼は煙草を押しつぶして消した。

「あなた最高だったわ。もう完璧」と若い女は彼を見つめながら言った。「ああ、あたし犬みたいな気分！」

「まあ、厄介《やっかい》な状況ではあるな」銀髪の男は言った。「完璧だったかどうか自信はないね」

「完璧だったわよあなた。最高だった」若い女は言った。「あたし、力抜けちゃった。まるっきり体じゅうから力抜けちゃった。見てよ！」

銀髪の男は彼女を見た。「というか実際、ありえない状況だよな」と彼は言った。「何もかもおよそ常軌《じょうき》を逸《いっ》していて、こんな話――」

「ダーリン――ちょっとそこ」と若い女は早口で言って、身を乗り出した。「あなた、火が点いてるみたいよ」。女は指の腹でさっと振り払うように彼の手の甲をはたいた。「違った。ただの灰だったわ」。彼女はまたうしろに体を戻した。「いいえ、あなた最高だった」と彼女は言った。「ああ、あたしほんとに犬みたいな気分！」

「たしかに実に、実に厄介な状況ではある。奴は明らかに、死ぬほどつらい――」

いきなり電話が鳴った。

銀髪の男は「げっ！」と言ったが二度目のベルが鳴る前に受話器を取った。「もしもし？」と彼は言った。

「リー？　寝てたかい？」

「いやいや寝てない」

「あのさ、知らせようと思ってさ。ジョーニーがたったいま帰ってきたんだ」

「えっ？」と銀髪の男は言って、明かりは彼の背後にあるのに左手で目を覆った。

「そうなんだよ。たったいま帰ってきたんだ。君と話し終えて十秒後くらいにさ。あいつがトイレに入ってるあいだに君に電話しようと思ってさ。あのさ、ものすごく感謝してるよリー、ほんとだよ――わかるだろ。君、寝てなかったよな?」

「いやいや。まだ単に――いやいや」銀髪の男は、指を目の上にかざしたまま言った。そしてえへんと咳払いした。

「そうなんだよ。どうなってたかっていうと、どうやらリオーナがぐでんぐでんに酔っ払って、わあわあ泣き出したんで、ボブがジョーニーに、一緒に来てくれよ、どっかで三人で一杯やってなんとか収めたいからって頼んだんだな。よくわかんないけど。わかるだろ。すごく込み入ってるんだよ。まあとにかく、帰ってきたわけでさ。えらい騒ぎだよなあ。ほんとにさ、これって俺ニューヨークのせいだと思うんだ。俺思うんだけどひょっとして俺たち、いろんなことがうまく行ったらさ、コネチカットに家買おうかと思うんだ。べつにそんな遠くにじゃなくてさ、ちょうどまっとうな暮らしができるくらい離れたあたりに。あいつは植物とかそういうの大好きだし。自分の庭とか持てたら、もうとことん舞い上がると思うんだよ。わかるかい。だってさ、君は別だけどさ、あとは俺たち、ニューヨークで知りあいっていったって神経症の奴らばっかりだしさ。これじゃまともな人間だっていずれおかしくなっちまう。わかるかい?」

銀髪の男はなんとも答えなかった。かざした手の下の目は閉じられていた。

「とにかくさ、今夜そのことあいつと話そうと思うんだ。まあ明日かな。まだちょっと醒《さ》めてないみたいだから。根はほんとにまっとうな奴なんだよ。だから俺たちなんとか立て直すチャンスがほんとにあるんだったらさ、試しもしないなんて愚かだと思うんだよ。ついでにさ、俺、南京虫の一件もなんとかしようと思うんだ。いろいろ考えてたんだ。どうかなって考えたんだけどさ、リー。どうだろう、俺ジュニアんとこにじきじきに話しに行ったらさ、なんとか――」

「アーサー、悪いんだけど、もしよかったら――」

「いやつまり君にまた電話したのは仕事クビになるんじゃないかって心配だからとかそういうことじゃなくてさ、そこのところはわかってほしくてさ。心配なんかしてないから。俺としてはどうでもいいんだから。ただ俺としては、そんなにものすごく苦労せずにジュニアにわかってもらえるんだったらさ、やってみないなんて馬鹿だと――」

「なあ、アーサー」と銀髪の男は相手をさえぎり、手を顔から離した。「悪いけどなんだか急に頭が痛くなってきたんだ。こんな頭痛どっから来たのかな。ひとまず切り上げてもいいかな？　明日朝また話そう――な？」。彼はもう一息耳を澄まして、それから電話を切った。

今度もすぐに若い女が話しかけてきたが、彼は答えなかった。代わりに火の点いている煙草を——女の煙草を——灰皿からつまみ上げて、口へ持っていこうとしたが、煙草は指から滑り落ちてしまった。女は何かに火が点かないうちに男がそれを拾うのを手伝おうとしたが、じっとしてろと彼に言われて手を引っ込めた。

ド・ドーミエ＝スミスの青の時代

もしそんなことが意味をなすなら――実のところ全然なさないのだけれど――僕としてはこの文章を、その価値がどれほどのものかは措《お》くとして、少しでも野卑《やひ》なる要素がこの文章の随所にあるのならなおさら、いまは亡きわが野卑なる義父ロバート・アガドゲイニアン・ジュニアに献《ささ》げたい気持ちに駆られる。ボビー――とみんな、僕ですら彼のことを呼んでいた――は一九四七年に血栓症《けっせんしょう》で、もちろんいくつか後悔の種はあっただろうが不平不満は何ひとつなしに死んでいった。ボビーは冒険心に富む、おそろしく人を惹きつける、そして太っ腹の人物であった（こうした悪漢小説風の形容句を彼に与えまいと何年も苦労してきた反動として、いまはこの文章にそれらを記しておくことが僕には生死に関わる問題に思える）。

僕の両親は一九二八年の冬に僕が八歳のとき離婚し、母は二八年の晩春《ばんしゅん》にボビー・

アガドゲイニアンと再婚した。翌年、ウォール街の株式が暴落して、夫婦で持っていたすべてをボビーは失ったが、どうやら一本の魔法の杖《つえ》だけは失わなかったらしい。いずれにせよ、ほぼ一夜にして、ボビーは死せる株式仲買人、兼、抜《ぬ》け殻《がら》同然の道楽《どうらく》者《もの》から、生きた、資格はいささか怪しい、アメリカ各地の独立系画廊や美術館の作る協会の代理人兼鑑定人に変身を遂げた。その数週間後の一九三〇年初頭、我々いささか雑多な三人家族は、ボビーの商売に好都合ということでニューヨークからパリに引っ越した。当時僕はクールな、ほとんど氷のように冷たい十歳であったから、この大移動も、自覚するかぎりなんのトラウマも被《こうむ》らずに受け容《い》れることができた。僕を揺さぶったのはむしろ、その九年後、母が亡くなった三か月後になされたニューヨークへの移動である。それは本当に、おそろしく僕を揺さぶった。

ボビーと二人でニューヨークに着いて一日か二日あとに起きた象徴的な出来事を僕は覚えている。レキシントン・アベニューを走るひどく混みあったバスのなかに僕は立ち、運転手席のそばの琺瑯《ほうろう》びきの柱につかまって、うしろの男と尻をくっつけあっていた。四つ角をいくつか過ぎるあいだに、運転手は何度も、前方入口付近に固まった僕たち乗客に向かって、「奥へつめて下さい」とぶっきらぼうに命じていた。その要求に応えようと努めた者もいたし、努めない者もいた。とうとう、赤信号に勢いを得て、我慢も限界に達した運転手はぐいっと顔を回し、真うしろにいた僕を見上げた。

僕は十九歳、帽子もかぶらないタイプの若僧で、べったりとした、黒い、特に清潔でもないヨーロッパふうのオールバックの髪を、ひどいにきびに荒らされた三センチ幅の額の上に保っていた。運転手は抑え込んだ、ほとんど慎重と言っていい口調で僕に声をかけた。「さ、あんた《オールライト、バディ》、そのケツ動かしてもらおうか《レッツ・ムーヴ・ザット・アス》」。たぶん、「あんた《バディ》」が決め手だったのだと思う。軽く身を乗り出すことすらせず——すなわち、相手はそうしたようにせめて会話を内密で穏便《ド・ボン・グー》なものにとどめようともせず——僕はフランス語で、お前は無礼で浅はかで高慢ちきな大馬鹿野郎だ、僕がどれほどお前を嫌悪《けんお》するかお前には絶対わかるまいと運転手に告げた。それから、かなり高揚した気分で、奥へつめようと歩いていった。

　事態はますますひどくなった。一週間ぐらい経ったある午後、ボビーと二人でいつまでとも決めずに滞在していたリッツ・ホテルから出てみると、ニューヨーク中すべてのバスの座席が取り外され街路に据えられて途方もなく大規模な椅子取りゲームが行なわれている最中のように見えた。あれでもし、マンハッタン教会から特別免除を与えられて、僕が席につくまでほかのゲーム参加者はみな恭《うやうや》しく立っていることが保証されたなら、僕としても仲間入りする気になったかもしれない。そうした計らいはいっさい予定にないことが明らかになると、僕はより直接的な行動に訴えた。この街から人間が一掃されますよう、独りきりに——ひ・と・り・き・り・に——なれますよう、そう祈ったのだ。そしてニューヨークにおいて、唯一この祈りだけは、どこか途中で失われたり遅延《ちえん》されたりすることはまずない。またたく間に、僕が触れるものすべてが堅牢《けんろう》な孤独に変わった。毎日午前と午後早くは、少なくとも体は、四十八丁目とレキシントン・アベニューの角にある美術学校に通ったが、どの授業も僕には忌《い》まわしいものでしかなかった。（パリを発つ前の週、僕はフライブルク画廊主催の全国青少年展で金賞を三つ獲得していた。アメリカへ向かう船旅の最中も、特別室の鏡を見ては、自分がエル・グレコと気味悪いほど似ていることに目をとめたものだった。）週三日は夕方に歯医者の椅子に座り、わずか数か月のあいだに前歯三本をはじめ八本の歯を抜かれた。平日残り二日の午後は、おおむね五十七丁目に集まった画廊をぶらぶら回って過ごし、一連のアメリカ人の作品に対するあざけりの声を抑えるのに一苦労だった。夕方はたいてい本を読んだ。『ハーヴァード古典叢書《そうしょ》』を全巻——購入し、意地で五十巻すべてを読破した。夜はほぼ決まって、ボビーと二人で使っている部屋のツインベッドのあいだにイーゼルを立てて絵を描いた。一九三九年の日記によれば、ひと月のうちに十八点の油絵を仕上げている。うち十七点はいみじくも自画像だった。けれど時おり、わが画神《ミューズ》が気まぐれを起こすのか、絵の具をうっちゃって漫画を描いた。そのうち一作はいまだに持っている。歯医者で治療を受けている男が、洞穴《ほらあな》のように口を開けている漫画である。その舌は合衆国財務省発行の百ドル札そのままであり、残念そうな顔の歯医者がフランス語で、「臼歯《きゅうし》は何とかなりそうですが、舌は抜くしかありませんねえ」と言っている。自分ではこれが大のお気に入りだった。ルームメートとして、ボビーと僕は、たとえば、おそろしく協調性に富んだハーヴァード大四年生とおそろしく感じの悪い地元の新聞配達少年とが同室するのに較《くら》べて、とりわけうまくやっているわけでもやっていないわけでもなかった。何週間かが過ぎるなかで、自分たち二人が同じ死んだ女性に恋しているという事実が徐々に見えてきたことも何ら足しにはならなかった。実際、その発見からは、お先にどうぞアルフォンス式の気味悪い関係が生じた。バスルームの入口で鉢合わせしたときなど、僕らは快活な笑顔を交わすようになったのだ。

ボビーと二人でリッツにチェックインしてから十か月くらい経った、一九四〇年五月のある週、ケベック発行の新聞で（僕はフランス語の新聞や雑誌を大枚《たいまい》はたいて十六点購読していたのだ）、モントリオールの通信制美術学校の経営陣によって出された四分の一段広告を僕は見つけた。その広告は、資格を有するすべての教師に、カナダで最新かつもっとも進歩的な通信制美術学校の求人募集にただちに応募するよう勧《すす》めて――というか、これ以上強《フォルトマン》くに勧めようはないという勢いで強《し》いて――いた。

応募者はフランス語と英語両方に堪能《たんのう》であることが求められ、節度ある生活習慣を保ち人格的に非難の余地なき方のみ応募していただきたい、とあった。レザミ・デ・ヴュー・メートル（古典巨匠愛好者たち）の夏期講習は六月十日に開講となる。応募にあたって作品サンプルはアカデミー芸術、商業芸術の両方をカバーしているものとし、東京帝国芸術院前会員、校　長《ディレクトゥール》ムッシュー・I・ヨショト宛てに郵送のこと。

　これを読んだとたん僕は、ほとんど耐えがたいほど豊かな資格を自分が有している気になって、ボビーのベッドの下からヘルメスベビー・タイプライターを引っぱり出し、フランス語でムッシュー・ヨショト宛てに、長い、およそ慎《つつし》みを欠いた手紙を、美術学校の午前の授業を全部さぼって書いた。書き出しの段落からして三ページほどに及び、ほとんど煙を発しかねない勢いだった。小生は二十九歳でオノレ・ドーミエの甥《おい》の息子であります、と僕は書いた。妻を亡くして南仏のささやかな地所《じしょ》をあとにし、アメリカ在住の病身の親類のもとに（一時的に、と強調しておいた）滞在すべく到着して間もない身であります。絵は幼少時から描いておりました。パブロ・ピカソの忠告に従って――パブロは両親の最古かつ最愛の友人の一人でありました――展覧会には一度も出品しておりませんが、今日小生の油絵や水彩画の何点かが、パリでもっとも立派な、断じて成り上がり《ヌーヴォ・リシュ》ではないいくつかの家庭に飾られており、当世もっとも畏《おそ》れられている批評家数人から相当の注目を獲得《ガニエ》いたしました。癌性潰瘍《ユルセラシオン・カンセルーズ》による、妻の早すぎる、悲劇の死に接して（と僕は書いた）、もう二度と絵筆を執《と》るまいと真剣に考えましたが、先日来、経済的損失に見舞われましたため、真剣な決意《レゾリュシオン》も変更を余儀なくされました。パリの代理人経由で作品サンプルを取り寄せますので――むろん可及的速やかに《トレ・プレッセ》手紙で指示を出す所存であります――到着次第レザミ・デ・ヴュー・メートルに提出させていただこうと存じます。敬具、ジャン・ド・ドーミエ＝スミス。

　偽名を考えるのにも、手紙全体を書くのと同じくらい時間がかかった。

　手紙は透写《とうしゃ》用のトレーシングペーパーに書いたが、封筒はリッツの封筒を使った。それから、ボビーの机の一番上の引き出しからくすねた速達用切手を貼って、ロビーにあるメインの郵便投入口に持っていった。途中、郵便係のところに立ち寄って（この男は明らかに僕を忌み嫌っていた）、今後ド・ドーミエ＝スミス宛ての郵便に注意するよう指図《さしず》しておいた。そして二時半ごろ、四十八丁目の美術学校の一時四十五分開始の解剖学の授業にもぐり込んだ。このとき初めて、クラスメートたちがいちおうまともな連中に見えた。

　その後四日間、空いている時間は全部使い、本来は自分のために使うべきでない時間もいくらか使って、アメリカの商業芸術の典型的実例であるつもりのサンプルを一ダースかそこら僕はでっち上げた。主として淡彩画《たんさいが》で通し、だが時おり力を誇示すべく線画にも手を広げて、公演初日の夜にリムジンから歩み出てくる夜会服の人々を僕は描《か》いた。ほっそりとした、背筋のまっすぐ伸びた、おそろしくシックなカップルである彼らは、生涯明らかに一度も腋《わき》の下をめぐる不注意ゆえに他人に苦痛をもたらしたことのない――実際、たぶん腋の下なんてものを持っていない――人たちだった。

白いディナージャケットを着た若き巨人たちを僕は描いた。青緑色のプールぞいに並んだ白いテーブルに彼らは座り、安価な、だが見るからに超ファッショナブルなブランドのライウイスキーで作ったハイボールを振りかざして、たがいを祝福してにぎやかに乾杯しあっていた。血色のよい、広告板映りのよさげな子供たちを僕は描いた。歓喜と健康に包まれた彼らは、空になった朝食のボウルを掲げて、屈託《くったく》なくお代わりをねだっていた。声を上げて笑っている、胸がぴんと上を向いた若い娘たちを僕は描いた。彼女たちが何ひとつ憂《うれ》いなく水上スキーを楽しめるのも、歯ぐきの出血、にきび、見苦しい体毛《たいもう》、欠陥あるもしくは不十分な生命保険といったアメリカ全土を覆う悪から十全に護《まも》られているおかげなのだ。僕はまた、ぼさぼさの髪、悪い姿勢、手に負えない子供たち、不満を抱く夫、荒れた（とはいえほっそりした）手、汚れた（とはいえ巨大な）キッチン等々に苛《さいな》まれる危険にさらされながらも、やがてしかるべき薄片《フレーク》石鹼に手を伸ばして万事めでたしとなる主婦を描いた。

サンプルが出来上がると、ただちに、フランスから持ってきた非商業的な自作五、六点と一緒にムッシュー・ヨショトに送った。あわせて、ごくさりげない調子のつもりのメモを添え、自分がいかにして、ロマン主義的伝統そのままに、ただ一人、さまざまな面で逆境にありながらも、己《おの》が芸術の冷たい、白い、他人を寄せつけぬ頂《いただき》にたどり着いたのか、人間味あふれる物語をごく簡潔に綴《つづ》っておいた。

その後の数日はおそろしく落ち着かなかったが、週が終わる前に、ムッシュー・ヨショトから、僕をレザミ・デ・ヴュー・メートル講師として採用する旨《むね》の手紙が来た。僕はフランス語で書いたのに返事は英語で来た（のち僕が推測したところでは、フランス語は知っているが英語は知らないムッシュー・ヨショトは、なぜかこの手紙の執筆を、いちおう英語が使えるマダム・ヨショトに委《ゆだ》ねたと思われる）。夏期講習はおそらく一年で一番忙しい講座であり、開講日は六月二十四日ですとムッシュー・ヨショトは述べていた。したがって貴殿《きでん》が身辺《しんぺん》を整理されるのにほぼ五週間あるわけです、と彼は指摘し、貴殿が最近被《こうむ》られた精神面・財政上の打撃とも言うべき事態につきましては心より同情申し上げますと綴っていた。六月二十三日日曜日にレザミ・デ・ヴュー・メートルにおいでいただき、仕事の内容を把握していただくとともに他の講師たちとも揺るがぬ友となっていただければと存じます（やがてわかったことだが、「他の講師」とは総勢二名、ムッシュー・ヨショトとマダム・ヨショトであった）。残念ながら当校では新規採用の講師に旅費を支給しておりません。初任給は週二十八ドルで、決して高給でないことは私どもも承知しておりますが、住居と滋養《じよう》ある食事は提供いたしますし、貴殿のなかに真の教師精神を感じとった私と致しましては、貴殿が精力的に落胆なさることはないものと期待しております。正式の受諾《じゅだく》を伝える電報を心待ちにし、貴殿のご到着を晴ればれしい思いとともに待ち焦がれております。敬具、貴殿の新たな友にして雇用者、東京帝国芸術院前会員I・ヨショト。

正式の受諾を伝える僕の電報は五分以内に送られた。奇妙なことに、興奮のあまりか、あるいは電報を送るのにボビーの電話を使っている疚《やま》しさゆえだったという可能性も大きいが、とにかく僕は文面を極力切りつめ、十語以内に抑えた。

その晩、いつものように七時にオーヴァル・ルームでボビーと顔を合わせると、ボビーに連れがいるのを見て僕はムッとした。僕が最近学校の外で何をやっているか、ボビーには一言も、匂わせてすらいない。この決定的な大ニュースを、僕は一刻も早く伝えてボビーをあっと言わせたかった。でもそのためには二人きりになる必要がある。連れというのはひどく魅力的な、当時まだ離婚して数か月しか経っていない若い女性で、ボビーは最近彼女としじゅう一緒に過ごしていたので僕も何度か会っていた。どこから見てもチャーミングなこの女性が、僕と仲よくしようと努めてくれて、僕が鎧《よろい》を——少なくとも兜《かぶと》だけでも——脱ぐよう促そうと為《な》してくれるさまざまな努力を、僕はすべて、チャンスが生じ次第（つまり、明らかに彼女には年上すぎるボビーをまくことができ次第）すぐに彼女のベッドに飛び込んでこいという遠回しの合図と受けとっていた。その晩の夕食のあいだ、僕はずっと喧嘩腰《けんかごし》で、口数も少なかった。やっとのことで、コーヒーを飲んでいる最中、新しい夏の計画の概要を僕は素《そ》っ気《け》なく明かした。言い終えると、ボビーがきわめてまっとうな質問を二つ三つ口にした。僕は冷ややかに、過度に簡潔に、非の打ちどころなき皇太子然として答えた。

「まあ、すごいじゃない！」とボビーの連れは言って、テーブルの下で僕からモントリオールの住所をこっそり渡されるのを淫乱《いんらん》に待った。

「この夏は私とロードアイランドに行くんだと思っていたが」とボビーは言った。

「ダーリン、興《きょう》ざめなこと言うものじゃないわ」とミセス・Xがボビーに言った。

「そんなつもりはないさ、もう少し詳しく知りたいだけだよ」とボビーは言った。でもそのそぶりから、彼がすでに頭のなかで、ロードアイランドまでの列車の予約を個室《コンパートメント》から下段寝台に変えていることが僕にはわかる気がした。

「こんなに素敵な、こんなに名誉な話初めてだわ」とミセス・Xは僕に熱っぽく、目に堕落《だらく》の光をぎらぎらみなぎらせて言った。

モントリオールのウィンザー駅のプラットホームに降り立った日曜日、僕はダブルのベージュのギャバジン・スーツ（僕のひどく自慢のスーツである）、ネイビーブルーのフランネルのシャツ、黄色い無地のコットン・タイ、茶と白の靴、パナマ・ハット（これはボビーの持ち物であり僕には少し小さかった）、そして赤っぽい茶の口ひげ（三週間前から）というなりをしていた。ムッシュー・ヨショトが迎えにきてくれていた。ひどく小柄な、一五〇センチもない人物で、だいぶ汚れたリンネルのスーツを着て、黒い靴をはき、黒いフェルト帽のつばを全面的に折り返してかぶっていた。僕と握手しながらにこりともせず、思い出すかぎり何か言いもしなかった。その表情は——それを言い表わすべく出てきた言葉はサックス・ローマーの『フー・マンチュー』シリーズ仏訳から借用したつもりだった——解きえぬ《アンスクリュタブル》謎であった。僕の方はなぜか満面の笑みを浮かべていた。僕はその笑みを弱めることも、いわんや止めることもできなかった。

　ウィンザー駅から学校まではバスで数キロの道のりだった。道中、ムッシュー・ヨショトが全部で五語口にしたかどうかも怪しいものである。彼の沈黙にもかかわらず、それともまさにその沈黙ゆえか、僕はひっきりなしに喋りつづけた。脚を組んで、一方のくるぶしを膝に載せ、手のひらに浮かぶ汗をたえず靴下に吸収させていた。なぜか僕は、すでについた嘘（ドーミエとの血縁関係、亡き妻、南仏のささやかな地所）を単に反復するのみならず、それをさらに詳しく補足せねばという思いに駆られていたのである。やっとのことで、そうした胸の痛む回想から自分を救ってやるべく（実際、本当に胸が少し痛みはじめていた）僕は話題を切り換えた――両親の最古にして最愛の友、パブロ・ピカソ。気の毒なピカソ《ル・ポーヴル・ピカソ》、と僕は彼を呼んだ。（ちなみにピカソを選んだのは、アメリカで一番有名なフランスの画家が彼だと思ったからである。僕はカナダを大ざっぱにアメリカの一部と見ていた。）ムッシュー・ヨショトの前で、僕は墜《お》ちた巨星に対して自《おの》ずと湧《わ》き出る同情も十分に示しつつ、何度彼に「ムッシュー・ピカソ、あなたはどこに行こうとしているのです《ウ・ア・レ・ヴ》？」と問うたかを想起してみせた。この上なく的《まと》を射《い》たその問いに応えて、かの巨匠は決まって、ゆっくりと、鉛のような足どりでアトリエの向こう側に行き、「旅芸人の一家」の小さな複製を見ては、とっくの昔に失った栄光に思いをはせるのだった……。ピカソの問題点は――と、バスを降りながら僕はムッシュー・ヨショトに講釈した――誰の忠告も、もっとも親しい友の忠告すら聞かないことだったのです。

一九四〇年、レザミ・デ・ヴュー・メートルは、モントリオールのヴェルダン地区、すなわちもっとも魅力に乏しい地域の、小さな、いかにも貧弱そうな、三階建ての、要するに安アパートの二階を占めていた。下の階は整形医療器具店だった。広い部屋がひとつと、ごく小さな、閂《かんぬき》もない便所、レザミ・デ・ヴュー・メートル自体はそれですべてだった。にもかかわらず、中に入ったとたん、僕にはそこが素晴らしく見栄えのいい場所に見えた。それには大きな訳があった。「講師室」の壁には、額縁に入った絵がびっしり飾ってあったのだ。すべて水彩画で、すべてムッシュー・ヨショトの作品。僕はいまでも時おり、一羽の白いガンがひどく青白い空を飛んでいる姿を夢に見る。試みとしても稀《まれ》に見る大胆さの、成果としても見事な技巧として、空の青さが、というか空の青さの気分が、鳥の翼に映し出されている。それはマダム・ヨショトの机のすぐうしろに飾ってあった。その絵が、質としてそれに迫るほか一、二点の絵とあわせて、部屋を作っていた。

マダム・ヨショトは美しい黒とサクランボ色の絹の着物を着ていて、ムッシュー・ヨショトと僕が講師室に入っていったときは柄《え》の短い箒《ほうき》で床を掃いていた。銀髪の女性で、間違いなく頭ひとつぶん夫より背が高く、目鼻立ちは日本人というよりマレー人を思わせた。彼女が掃除をやめて歩み出てくると、ムッシュー・ヨショトが僕と彼女を簡単に引きあわせた。彼女はどこから見ても、ムッシュー・ヨショト同様に、下手をするとそれ以上に解きえぬ謎に思えた。次にムッシュー・ヨショトは、あなたのお部屋にご案内しますと言って、つい最近まで息子が使っていたのですがブリティッシュ・コロンビアの農場へ働きに行ったものですからと（フランス語で）説明した（バスでの長い沈黙のあとでは、いちおう継続的に喋ってくれるだけで大いに有難く、僕は快活な顔でそれを聞いた）。息子の部屋に椅子がないことを――クッションがあるだけだという——ムッシュー・ヨショトは謝りかけたが、僕はすかさず、僕にとってそれは天の賜物《たまもの》に等しいのだという印象を与えようと努めた。（実際、椅子は嫌いなんですとまで言ったと思う。とにかくものすごく緊張していたから、息子の部屋は昼も夜も水が三十センチたまっているのですと言われたとしてもワッと嬉しそうに叫んだことだろう。きっと、僕には珍しい足の病気がありまして一日八時間足を濡らしておかないといけないんです、とでも言ったにちがいない。）ムッシュー・ヨショトのあとについて軋《きし》む木の階段をのぼり、部屋に向かった。歩きながら、僕は自分が仏教を学ぶ者であることをあからさまに強調した。彼もマダム・ヨショトも長老派のクリスチャンであることを僕はあとで知った。

その夜遅く、マダム・ヨショトの日本風—マレー風夕食がいまだ塊《かたまり》を成して胸骨《きょうこつ》をエレベータのように上下しているなか、眠らずにベッドに横になっていると、ヨショト夫妻のどちらかが、壁のすぐ向こう側で、眠ったままうめき声を上げはじめた。それは甲高い、か細い、切れぎれのうめきで、大人からというより、悲劇的な異常を抱えた幼児か、小さな奇形の動物から出ているように聞こえた（これは毎夜の定期公演になった。ヨショト夫妻のどちらから、いわんやなぜ、それが発しているのかは最後までわからずじまいだった）。仰向《あおむ》けの姿勢でそれを聞いているのに耐えられなくなると、僕はベッドから出て、スリッパをはき、闇のなかをクッションのあるところまで行ってそのひとつに座った。二時間ばかりあぐらをかいて煙草を喫い、スリッパの甲で消しては吸殻をパジャマの胸ポケットに入れた（ヨショト夫妻は煙草を喫わず、建物のどこにも灰皿はなかった）。午前五時ごろになって僕はやっと眠りについた。

六時半にムッシュー・ヨショトが僕の部屋のドアをノックし、六時四十五分に朝食だと告げた。よく眠れましたか、とドア越しに訊くので「ウイ！」と答えた。それから服を着た。青いスーツ（開校日に講師が着るにはこれが適切と思えたのだ）、前に母からもらったサルカの赤いネクタイ。顔も洗わずにヨショト家のキッチンへと廊下を急いだ。マダム・ヨショトは調理台に向かって魚の朝食を作っている最中だった。ムッシュー・ヨショトはBVDにズボンという格好でキッチンテーブルにつき、日本語の新聞を続んでいた。僕を見て、彼はとり立てて意味なく会釈《えしゃく》した。二人ともいまで以上に解きえぬ謎に見えた。まもなく、ある種の魚が、僕の前の、へりにわずかに、しかしはっきりとケチャップが凝固《ぎょうこ》した跡の残る皿の上に置かれた。マダム・ヨショトが英語で——その訛《なま》りは意外にも大変チャーミングだった——卵の方がいいでしょうかと訊くので、僕は「ノン、ノン、マダーム——メルシ！」と言った。卵は食べないんです、と僕は言った。ムッシュー・ヨショトは僕の水が入ったコップに新聞を立てかけ、僕たち三人は黙って朝食を食べた——すなわち彼ら二人が食べ、僕は黙って規則正しく呑み込んだ。

食事が済むと、キッチンから出もせずにムッシュー・ヨショトはカラーなしのシャツを着てマダム・ヨショトはエプロンを外し、三人でいささかぎこちなく一列に階段を下りて講師室に行った。ムッシュー・ヨショトの広々とした机の上の乱雑な山のなかに、一ダースくらいか、ひょっとしたらもう少しあっただろうか、未開封の、巨大に膨らんだマニラ紙封筒があった。僕の目にそれらの封筒は、あたかも新入生のような、ブラシを掛けて櫛《くし》を入れたばかりのような姿に見えた。ムッシュー・ヨショトは部屋の奥の、孤立した側にある机を指し示し、あれが貴方《あなた》の机です、お座りくださいと言った。それから彼は、マダム・ヨショトをかたわらに従え、封筒をいくつか破って開けた。二人が封筒の雑多な中身を、どうやら何らかの方法に則《のっと》って吟味し、時おり日本語で相談しているあいだ、僕は部屋の向こう側に青いスーツとサルカのタイ姿で座り、気を張っていると同時にのんびり気長にしているように見えるよう、この組織にとってなぜか必要不可欠な存在に見えるよう努めていた。ニューヨークから持ってきた柔らかいデッサン用鉛筆を何本か上着の内ポケットから出して、極力音を立てぬよう留意しつつ机の上に並べた。一度、ムッシュー・ヨショトがちらっと僕の方に目を上げたので、僕はキラッと、過度に愛想《あいそ》のいい笑顔を返した。それから、二人は突然、一言も言わず、僕の方を見もせず、それぞれの机に向かい腰を据えて仕事をはじめた。七時半ごろだった。

九時ごろ、ムッシュー・ヨショトが眼鏡を外し、椅子から立って、一束の紙を手に持って、ぱたぱたと僕の机まで歩いてきた。それまで一時間半、胃がゴロゴロ音を立てぬよう努める以外僕はまったく何もしていなかった。彼が近づいてくると僕はさっと立ち上がり、不遜《ふそん》なほど背が高く見えぬようわずかに腰をかがめた。持ってきた紙束を彼は僕に渡し、フランス語で書いたコメントを英語に訳してもらえまいかと頼んだ。「ウイ、ムッシュー！」と僕は言った。彼は軽く一礼し、ぱたぱたと自分の机に戻っていった。僕は柔らかいドローイング用鉛筆の行列を一方の脇に押しやり、万年筆を取り出して、仕事に——ほとんど傷心《しょうしん》というに近い気持ちで——取りかかった。

本当にすぐれた画家はたいていそうだが、ムッシュー・ヨショトも、教えるセンスのいい二流の画家に較べて教え方が特に上手いわけではなかった。トレーシングペーパーを活用して生徒のドローイングの上に自分のドローイングを重ねてみせ、ドローイングの裏にコメントを書き込むことによって、一応の才能を持った生徒には、豚小屋と認識できる場所にいる、豚と認識できる動物の描き方を教えることは十分できたし、趣《おもむき》ある豚小屋にいる趣ある豚の描き方を教えることすらできたが、いくらがんばっても、美しい豚小屋にいる美しい豚の描き方は（そしてもちろん、このほんのちょっとした技術上の情報こそ、出来のいい学生たちが通信教育を通して何より求めているものなのだ）教えられなかった。言うまでもあるまいが、意識的にせよ無意識的にせよ知識を出し惜しみしていたのではないし、才能を浪費したくないなどという気持ちがあったのでもない。要するにムッシュー・ヨショトは、そういうものを他人に与えることのできない人間だったのである。僕にしてみれば、この無情な真実はなんら驚きではなかったから、べつに不意打ちを喰《く》った気はしなかった。とはいえその事実は、僕が座っている位置とも相《あい》まって、いわばじわじわ効いてきた。そろそろ昼食時間だというころには、手の側面の汗で翻訳を汚さぬようにするにも相当の注意が必要だった。しかも、事態をますます気の滅入るものにしようとするかのように、ムッシュー・ヨショトの筆蹟《ひっせき》はおそろしく判読困難だった。とにかく、昼休みになると、僕はヨショト夫妻と食事を同席するのを断った。郵便局に用事がありますので、と言って、ほとんど駆けるようにして階段を下りて表に出て、ものすごい早足で、方向も何も考えずに、見慣れない、ぱっとしない通りばかりから成る迷路をさまよった。一軒の軽食堂に行きあたると、中に入って「コニーアイランド・レッドホット」四本を泥のようなコーヒー三杯で流し込んだ。

レザミ・デ・ヴュー・メートルへの帰り道、ムッシュー・ヨショトが午前中僕をもっぱら翻訳者として使ったのには何か個人的な、当てつけのようなものがあったんじゃないか、と僕は自問しはじめた。はじめそれは、前にも覚えのあるたぐいのごく軽い思いにすぎず、いちおう対処のしかたも心得ている程度のものにすぎなかったが、やがて全面的なパニックへと変わっていった。フー・マンチューの奴、僕がもろもろの付属物や仕掛けに加えて、十九歳の口ひげをつけていることをはじめから見抜いていたのか？　そうかもしれないと思えてくると、ほとんど耐えがたい気持ちになった。それにまた、僕の正義感もじわじわ蝕《むしば》まれていった。金賞を三つも取って、ピカソのごく親しい友人でもある（本当にそうなのだと僕は思いはじめていた）この僕が、翻訳者として使われている。罪と罰の釣合いが全然とれていない。まず僕の口ひげは、たしかにチョボチョボではあれ、百パーセント本物なのだ。ゴム糊でくっつけたわけではない。急ぎ足で学校に戻りながら、僕は自分を勇気づけるかのように指でひげに触った。けれども、事態全体について考えれば考えるほど、足はどんどん速くなっていき、しまいには、いまにも四方から石が飛んでくるんじゃないかと思っているみたいにほとんど小走りになっていた。

　食事に出ていたのはせいぜい四十分くらいだったが、僕が戻ったときにはもうヨシヨト夫妻はどちらも机に向かっていた。二人とも顔も上げず、僕が入ってきたのを聞いたそぶりも見せなかった。僕は汗をかき、息も切らして、自分の席に着いた。その後十五分か二十分、じっと体をこわばらせて座り、多種多彩な真新しいピカソ逸話を頭のなかで紡《つむ》いで、万一ムッシュー・ヨショトが突如立ち上がってやって来て僕の仮面を剝《は》ごうとした場合に備えた。そして、事実ムッシュー・ヨショトは突如立ち上がってやって来た。僕も椅子から立って、新たなピカソ談を盾《たて》に、必要とあらば真っ向から相手と対峙《たいじ》する肚《はら》を固めたが、ぞっとしたことに、彼が目の前まで来たころには、もう話の筋を見失っていた。そこで僕はこの瞬間を選んで、マダム・ヨショトの頭上に掛かった空を飛ぶガンの絵に対する賞賛の念を口にした。絶賛の言葉を僕は連発した。パリに知りあいがいましてね、麻痺《まひ》で体が不自由な大金持ちなんですが、この絵にだったらいくらでも出しますよ。もしよかったらすぐにでも連絡を取ってみます。だが幸いムッシュー・ヨショトは、この絵は目下親類を訪ねて日本に行っているいとこの所有品なのだと答えた。そして、それは残念ですねなどとこっちが言う間もなく、彼は僕に――僕をムッシュー・ドーミエ＝スミスと呼んで――生徒の作品をいくつか直してもらえまいかと頼んできた。そして自分の机に行き、三つの巨大な、たっぷり膨らんだ封筒を持って戻ってきて僕の机の上に置いた。それから、僕が呆然と立ってひっきりなしにうなずき、さっき戻したドローイング鉛筆はどこかと上着を探っているのをよそに、学校の教授法を（というか、教授法がないことを）ムッシュー・ヨショトは説明した。彼が自分の机に戻ってから、僕が気を取り直すまでには何分かの時間を要した。

僕に割り当てられた三人の生徒は、いずれも英語を使う人物だった。一人目は二十三歳のトロント在住の主婦で、画家としての名はミス・バンビ・クレイマーだと書いていて、郵便の宛名もそのようにしてほしいと指示してあった。レザミ・デ・ヴュー・メートルの新入生はみな質問票に記入して写真を同封するよう求められていたが、ミス・クレイマーは光沢仕上げ、二〇センチ×二五センチの、足首飾り《アンクレット》とストラップレスの水着と白いズックの水兵帽という格好の写真を同封していた。質問票への回答によれば、好きな芸術家はレンブラントとウォルト・ディズニー。いつの日か彼らと競いあえるようになるのがたったひとつの夢です、と彼女は書いていた。サンプル・ドローイングは写真に従属するかのようにクリップで留めてあった。どのドローイングにも人目を惹くところがあった。一枚は忘れがたかった。その忘れがたい一枚は、派手な水彩で描かれ、「彼等の過失《あやまち》を赦《ゆる》せ」と題がついていた。三人の少年が、奇妙な見かけの水のほとりで釣りをしていて、誰かの上着が「釣り禁止！」の看板に掛かっていた。前景にいる、一番背の高い少年は、片足に骨軟化症《こつなんかしょう》を、もう一方の脚に象皮病《ひびょう》を患《わずら》っているように見えた。明らかにこの技法は、少年が両足をわずかに開いて立っていることを表わすために自覚的に使われていた。

二人目の生徒は五十六歳、オンタリオ州ウィンザー在住の「社交写真家」で、名はR・ハワード・リッジフィールド。数年来、妻から「絵描き業」にも手を広げるようせっつかれてきたと書いていた。好きな芸術家はレンブラント、サージェント、「タイタン」（ティツィアーノの英語表記 Titian の言い違い）、ただし自分は彼らの路線で行く気はないと明記していた。

絵画の芸術っぽい面より諷刺《ふうし》的な面に興味があると述べていて、その信条を裏打ちすべく相当な数の創作ドローイングと油絵を提出していた。そのうちの、彼の代表作と僕が考える一枚は、僕にとってその後ずっと、「スウィート・スー」や「恋人と呼ばせて」の歌詞同様に容易に想起可能でありつづけてきた。純潔な若い乙女を見舞った、よくある日常的な悲劇を皮肉ったその絵は、肩より下まで伸びた金髪の、牛の乳房なみの胸をした乙女が、教会の、あろうことか祭壇の陰で牧師に強姦《ごうかん》されている情景を描いていた。どちらの人物の衣服も生々しく乱れていた。実のところ僕は、諷刺的な含意《がんい》よりもむしろ、そこに注がれた職人的な技量の方にずっと強い感銘を受けた。ちなみに、二人が何百キロも離れて暮らしていることを知らなかったら、リッジフィールドは絵の素材というごく実際的な次元でバンビ・クレイマーの助力を仰いだにちがいないと確信したかもしれない。

十九歳の当時、ごく稀な状況を例外として、いかなる危機においても、僕の体のなかでつねに真っ先に部分的もしくは全面的に麻痺したのは、ユーモアを解《かい》する骨だった。リッジフィールドもミス・クレイマーも僕からさまざまな反応を引き起こしたが、二人とも僕をこれっぽっちも笑わせはしなかった。三度か四度、彼らの提出物を吟味している最中に、立ち上がってムッシュー・ヨショトに公式に抗議しに行きたい誘惑に僕は駆られた。でもその抗議がいかなる形をとることになるのか、自分でもよくわからなかった。たぶん彼の机に行ったところで、金切り声でこう叫ぶだけなんじゃないかと思った気がする――「僕は母親が死んで、母のチャーミングな夫と一緒に暮らさなきゃならなくて、ニューヨークでは誰もフランス語を喋らなくて、あんたの息子の部屋には椅子がひとつもないんだ。こんな頭のおかしい二人にどうやって絵を教えろっていうんです?」。結局、黙って絶望を甘受《かんじゅ》することにかけては年季を積んできたのが物を言って、僕は何の苦もなく席にとどまった。そして三人目の生徒の封筒を開けた。

三人目の生徒は聖ヨセフ修道会の尼僧《にそう》で、名をシスター・アーマといい、トロント郊外の修道院付属小学校で「料理と絵画」を教えていた。彼女の提出物に関しては、どう言い表わしたらいいのか、取っかかりすら僕には思いつかない。ひとまず、シスター・アーマが自分の写真の代わりに(何の説明もなしに)修道院のスナップ写真を送ってきたことを指摘しておこう。それに、いま思えば質問票の、年齢を書き込む欄も空白になっていた。その一項を除けば、彼女の質問票は、この世のいかなる質問票も値しないほどの綿密さで書き込まれていた。ミシガン州デトロイトで生まれ育ち、父親はそこで「フォード社の自動車の検査係」をしていた。学歴は高校一年までで、絵画に関して公式の教育は受けていない。いま絵を教えているのも、シスターなんとかが他界してジンマーマン神父から(この名前は僕の歯を八本抜いた歯医者と同じだったので特に目を惹かれた）代役を命じられたからだという。「料理のクラスには仔《こ》猫《ねこ》ちゃんが34人いて絵画のクラスには18人います」と彼女は書いていた。趣味は主《しゅ》を愛し主の御言葉《みことば》を愛すること、それに「木の葉を集めること、でも落葉を拾うだけです」。一番好きな画家はダグラス・バンティングとあった（長年にわたりこの名を追跡して数多くの袋小路《ふくろこうじ》に行きあたったことを僕は潔く認めよう）。仔猫ちゃんたちは「走っている人を描くのが大好きでこれだけは私は大の苦手なのです」ということで、上手に描けるようになるよう一生懸命がんばりますからどうぞお手柔らかにお願いいたします、と彼女は書いていた。

封筒にはサンプルは全部で六点しか入っていなかった。（そしてどの作品にも署名が入っていなかった。ごくささいな事実だが、そのときはものすごく新鮮に思えたものだ。バンビ・クレイマーとリッジフィールドの作品はすべて署名してあるか、あるいは——なぜかこっちの方がもっと苛立《いらだ》たしかった——イニシャルが入っていたのだ。）十三年経ったいまも、シスター・アーマのサンプル六点を僕はすべてはっきり覚えている。そればかりか、うち四点は、僕自身の心の平静のためにはいささかはっきり覚えすぎているのではないかと思えることもしばしばである。一番出来がよいのは茶色い包装紙に描いた水彩画だった。（茶色い紙というのは、特に包装紙は、絵を描く上でも非常に気持ちよく、なごめるものである。壮大なこと、仰々しいことをめざす気がしない折に包装紙に頼ってきた画家は数多い。）シスター・アーマのその絵は、大きさは限定されているにもかかわらず（二五センチ×三〇センチ）、アリマタヤのヨセフの庭の墓に運ばれるキリストの姿をきわめて克明に描いていた。前景右端で、ヨセフの召使と思《おぼ》しき二人の男が、いささかぎこちなく運搬作業に携《たずさ》わっている。アリマタヤのヨセフは二人のすぐうしろに続いており、状況を考えるといささかふんぞり返りすぎに見えた。そのうしろに、分《ぶん》をわきまえてしかるべく距離を置いたガリラヤの女たちが歩き、おそらくは勝手に入ってきた哀悼者《あいとうしゃ》、野次馬、子供らの群れがそれに混じりあい、さらには三匹の雑種犬が不敬にも元気よく跳《は》ね回っていた。僕にとってその絵で一番重要な存在は、前景左の、絵を見る者とまっすぐ向きあっている女性だった。右手を頭上に上げた彼女は、必死に誰かに――子供にか、夫にか、あるいは絵を見ている者にか――合図を送って、何もかも放り出して早くこっちへ来いと促していた。群衆のなかの、前方にいる二人の女性には後光《ごこう》が差していた。手元に聖書がないので、二人の身元についてはごく大まかな推測しかできなかった。それでもマグダラのマリアはすぐわかった。少なくとも僕としてはすぐわかったという確信があった。彼女は前景中央にいて、見たところ一人だけ群衆から距離を置いて、両腕を脇に垂らして歩いていた。悲しみを表に出すようなことはまったくせず、実際、外から見るかぎりでは、最近故人と羨《うらや》むべき関係を持った人物にはおよそ見えなかった。

その顔は、絵のなかのほかのすべての顔同様、安価な既製品の肌色絵具で描かれていた。シスター・アーマ自身、その色では不十分だと思ったことは痛々しいほど明らかで、何とかその色を和らげようと誰の教えも受けぬまま健気《けなげ》に奮闘していた。それ以外、絵に重大な欠陥はなかった。あとは何を非難したところで揚《あ》げ足とりでしかない。その絵は、いかなる決定的な意味においても、芸術家の作品だった。高度な、きわめて高度かつ系統立った才能に貫かれ、想像を絶する長時間の精魂《せいこん》込めた作業が注ぎ込まれていた。

もちろん、僕はとっさに、シスター・アーマの封筒を持ってムッシュー・ヨショトのところへ飛んでいこうと思った。だが今度もまた、僕は席を離れなかった。シスター・アーマが自分の許《もと》から連れ去られてしまう危険を冒したくなかったのだ。結局僕は、ただ単に封筒をていねいに閉じて机の端に置き、その晩じっくりこれに取り組もうと決めた。そう思うと胸がときめいた。それから、午後の残りずっと、自分にこれほどの寛容さがあったとは驚いてしまうほど寛容に、ほとんど善意の気持ちとともに、R・ハワード・リッジフィールドがお上品かつ卑猥《ひわい》に描いてきた男性・女性のヌード（性器抜き）をトレーシングペーパーで直す作業に励んだ。

夕食近くになると、シャツのボタンを三つ開けて、シスター・アーマの封筒を、泥棒はむろんヨショト夫妻すら——用心に越したことはない——押し入ることのできぬ場所に隠した。

暗黙の、しかし厳格に定められた手順が、レザミ・デ・ヴュー・メートルのすべての夕食を貫いていた。五時半になるとマダム・ヨショトはただちに机から立ち上がって夕食を作りに三階へ行き、ムッシュー・ヨショトと僕は六時きっかりに――一列縦隊《じゅうたい》で――あとに続く。いかなる寄り道も、どれほど生理的に肝要であれ衛生上重要であれ許されなかった。だがその晩、シスター・アーマの封筒の温かさを胸に感じて、僕はこれ以上はないというくらいリラックスしていた。実際、夕食のあいだもずっと、この上なく社交的だった。僕もつい先日聞かされたばかりなんですがねと、本来なら万一に備えて取っておくようなとびっきりのピカソ談を惜しげもなく披露した。ムッシュー・ヨショトは日本語の新聞をほとんど下げもせず、聞いているそぶりも見せなかったが、マダム・ヨショトはちゃんと反応しているように見えた。少なくとも反応していないようには見えなかった。とにかく彼女は、僕の話が終わると、その日の朝に卵の方がいいかと訊いて以来初めて僕と口をきいた。お部屋に本当に椅子は要らないのですか、と僕に訊ねたのである。僕はすぐさま「ノン、ノン――メルシ、マダーム」と答えた。クッションが壁際《かべぎわ》に並べてあって背をまっすぐ伸ばすいい練習になります、と僕は言った。そして立ち上がり、自分の背がいかに曲がっているかを彼女に見せた。

夕食が済むと、ヨショト夫妻は日本語で、おそらくは何か刺激的な話題について話しはじめたので、では失礼しますと僕は言って立ち上がった。ムッシュー・ヨショトは僕のことを、そもそもこいつはどうやってここへ来たのかと訝《いぶか》しむような目で見たが、とにかく首を縦に振ったので、僕はそそくさと廊下を歩いて自分の部屋に戻った。天井の明かりを点けて、ドアを閉めると、ポケットからドローイング用の鉛筆を取り出し、それから上着を脱いで、シャツのボタンを外し、シスター・アーマの封筒を両手に持ってクッションに座った。午前四時過ぎまで、必要な物を一通り目の前の床に広げて、シスターの当面の芸術上の欠点と思える要素と取り組んだ。

まずやったのは、鉛筆で十点あまりスケッチを作ることだった。紙を取りに講師室へ下りてゆく代わりに、自分の便箋《びんせん》を両面とも使って描いた。それが済むと、長い、ほとんど終わりのない手紙を書いた。

物を取っておくことにかけては、僕は生涯ずっと、極度に神経症的なカササギに匹《ひっ》敵《てき》するほどでありつづけてきた。だから、一九四〇年六月のその夜にシスター・アーマに宛てて書いた手紙の最後の下書きもいまだに持っている。それを一言一句ここに再録することも可能だが、その必要はあるまい。手紙の大半、まさに半端《はんぱ》でない量は、彼女がかの代表作においてどこでどう——特に色に関して——若干《じゃっかん》の問題に陥っているかを論じていたのだから。僕はまた、これだけは最低不可欠と思える画材をいくつか挙げ、大体の値段も記《き》した。ダグラス・バンティングとは誰なのか、その人の作品はどこで見られるのかを僕は訊ねた。ひょっとしてあなたは（確率はごく低いとは承知していたが）アントネッロ・ダ・メッシーナの絵はご覧になったことがありますか、と彼女に訊ねた。どうかあなたの年齢を教えてください、と彼女に頼み、教えていただいたら誰にも漏《も》らしませんから、とくどくど請けあった。そのことをお訊ねするのはひとえに、お歳《とし》がわかればより効果的に教えることができるからです、と書いた。そしてほとんど間《ま》を置かず、修道院では面会は許されているのでしょうか、と訊ねた。

手紙の最後の数行（もしくは最後の数百平方センチ）は、構文、句読点などもそのままにここで再現されるべきだと思う。

……因《ちな》みに、若《も》し貴女《あなた》がフランス語をお使いになるようでしたらお知らせ戴《いただ》けますでしょうか。私はフランスのパリで青春の大半を過ごした為フランス語の方がずっと正確に言いたいことが言えますので。

修道院の生徒たちに教える為に走っている人間の描き方に関心がお有りとのことなので、私が描いたスケッチを何点か、お役に立つこともあろうかと思い同封致します。ご覧の通り急いで描いたものでありおよそ完璧とは言えず胸を張ってお見せできる代物《しろもの》ではありませんが、ご関心の事柄に関し基礎的な点は伝わるかと思います。生憎《あいにく》当校の校長は何ら系統立った教授法を持ち合わせておりませんので、貴女が既に極めて高い次元まで達していらっしゃることを嬉しく思います。他の生徒さん方は私が思うに大変発達が遅れており概して愚鈍《ぐどん》と言わざるを得ず、この方々に私がどう対処するよう校長が期待しているのか見当もつきません。

残念ながら私は懐疑論者ですが、アッシジの聖フランチェスコに関しては、一定の距離を置いてではあれ大いに敬服していることは言うまでもありません。眼球の片方を赤熱《せきねつ》の鉄で今にも焼かれるというところで、彼（アッシジの聖フランチェスコ）が何と言ったかは貴女もよくご存知《ぞんじ》でしょう。彼はこう言いました、「兄弟たる炎よ、神は貴方を美しく、強く、有用に造り給《たも》うた。どうか私にも礼を尽くして下さいますよう」。私が思うに貴女の多くの絵は多くの快《こころよ》い面でそうした彼の物言いを彷彿《ほうふつ》とさせます。因みにひとつお訊ねしたいのですが、前景の青い衣裳《いしょう》を着た若い婦人はマグダラのマリアでしょうか？　無論さっきまでお話ししていた貴女の絵のことです。若しそうでなければ、私は情けない思い違いをしていたことになります。まあそれは一向に珍しいことではないのですが。

レザミ・デ・ヴュー・メートルの生徒でいらっしゃる限り何でもご自由に私にお申しつけ戴ければと思います。率直に申し上げて貴女には大いに才能がおありだと思いますし何年も経たぬうちに貴女が天才の域に達したとしても私は少しも驚かないでしょう。こうした点に関し嘘偽《うそいつわ》りの励ましを申したりは致しません。前景の若い婦人がマグダラのマリアかどうかお訊ねするのもそれがひとつの理由なのです。何故《なぜ》なら、もしそうだとすれば、あそこでは貴女の宗教上の性向《せいこう》以上に、芽生えかけたご自分の創造的才能が前面に出ていると申し上げざるを得ないからです。ですがこれは私が思うに恐れるには及ばぬことです。

日々を健《すこ》やかに過ごされますよう、心よりお祈り申し上げております。

敬具

（署名）

レザミ・デ・ヴュー・メートル講師

ジャン・ド・ドーミエ＝スミス

追伸　申し忘れましたが当校では隔週月曜に作品を提出することになっております。第一回の課題として、戸外のスケッチを何枚か作成戴けますでしょうか。あくまでのびのび、無理せずにお描き下さい。修道院ではどれくらいの時間ご自分の絵画活動に使うことを許されるのか、当然こちらでは計りかねますので、その点もお知らせ戴ければと思います。また、勝手ながらお勧めした画材もぜひご購入下さい。なるべく早く油絵にも手を染めて戴きたいので。こう申し上げてよければ貴女はいつまでも水彩画のみに留まり油絵に入らずにいらっしゃるには情熱的すぎる方だと思います。これはあくまで客観的な発言であって批判めいた含みは一切ありません。むしろ賛辞として申し上げているのです。それから、手元にお持ちのこれまでの作品をすべてお送り下さい。是非拝見したいので。貴女からの次の提出物が届くまで、私にとって耐え難い日々が続くであろうことは言うまでもありません。

越権行為めいたことをお許し戴ければ、ひとつお訊ねしたいのですが、尼僧でいらっしゃることは満足の行く生き方でしょうか。勿論《もちろん》精神的な意味合いにおいてです。率直に打ち明けますと、『ハーヴァード古典叢書』第36、44、45巻（貴女もご存知でしょうか）を読んで以来私は趣味として様々な宗教を学んできました。特に惹かれるのはマルチン・ルターです。無論彼が新教徒であったことは承知しております。どうか気を悪くなさらないで下さい。私はいかなる教義も唱道《しょうどう》致しません。そのように生まれついてはいないのです。最後になりますが面会時間についてもお忘れなくお知らせ下さい。目下認識している限りでは私は週末ずっと自由であり、いつかの土曜にたまたま近くまで出かけることもあるやもしれませんから。また、フランス語がある程度お使いになれるかどうかも忘れずお知らせ下さい、既に申し上げた通りこれまで雑多にして概《おおむ》ね無配慮な教育を受けてきた為英語ですとあらゆる点におきましてどうにも不自由でありますので。

僕は午前三時半ごろ外へ出て、シスター・アーマ宛ての手紙とドローイングを投函《とうかん》しに行った。それから、文字どおり歓喜に包まれて、動かぬ指で服を脱ぎ、ベッドに倒れ込んだ。

眠りに落ちる直前に、あのうめき声が、ヨショト夫妻の寝室の壁を通って聞こえてきた。僕は頭のなかで、朝になってヨショト夫妻が二人で僕のところにやって来てどうかお願いですから私たちの秘密を聞いてください、もろもろの恐ろしい細部まで逐《ちく》一《いち》聞いてください、と頼み込んでくるさまを想像した。その場の情景がくっきり目に浮かんだ。僕はキッチンテーブルで二人にはさまれて座り、それぞれの話を聞く。僕はひたすら聞き、聞き、聞くだろう、両手で頭を抱えて——そしてとうとう、もはやそれ以上耐えられなくなると、マダム・ヨショトの喉に手をつっ込んで、彼女の心臓を取り出し、鳥を温めるような具合に手で温めてやる。そうして、万事解決したら、僕はヨショト夫妻にシスター・アーマの作品を見せ、僕の悦《よろこ》びを彼らと共有するのだ。

事実が明らかになるときにはいつも、もうとっくに手遅れだ。幸福と悦びの一番大きな違いは、幸福は固体で悦びは液体だということである。翌朝ムッシュー・ヨショトがさらに二人新しい生徒の封筒を手に僕の机に立ち寄ると、僕の悦びは早くも器《うつわ》から滲《し》み出しはじめた。そのとき僕はバンビ・クレイマーのドローイングに手を入れていて、シスター・アーマへの手紙を無事投函したという思いに支えられてしごく上機嫌に仕事に励んでいた。だがそんな僕も、バンビやR・ハワード・リッジフィールドよりもっと画才のない人間がこの世に二人存在するという奇怪な事実に対してはおよそ心の準備ができていなかった。徳が自分のなかから抜け出ていくのを感じながら、この学校のスタッフに加わって以来初めて、僕は講師室で煙草に火を点けた。それがいくらか足しになったように思えてバンビの作品に戻っていったが、三口か四口喫ったところで、目を上げて向こうを見ずとも、ムッシュー・ヨショトがこっちを見ていることを僕は感じとった。そして、それを裏付けるかのように、ムッシュー・ヨショトの椅子がうしろに引かれる音が聞こえた。いつものとおり、彼がやって来ると僕は立ち上がって出迎えた。ひどく苛立たしいささやき声で、ムッシュー・ヨショトは、私個人としては喫煙に反対ではないのですが残念ながら学校の方針として講師室は禁煙になっているのですと説明した。僕がくどくど詫《わ》びるのを彼は鷹揚《おうよう》に手を振ってさえぎり、自分とマダム・ヨショトがいる側へ戻っていった。僕は本気でパニックに陥った。これから十三日間、シスター・アーマの次の提出物が届くはずの月曜まで、いったいどうやって正気を保てるのか？

それが火曜午前のことで、その日残りの勤務時間と、翌二日の勤務時間すべて、僕はとにかく忙しくするように努めた。バンビ・クレイマーとR・ハワード・リッジフィールドのドローイングを一点残らず、いわばばらばらに分解し、真新しい部品を使って組み立て直した。彼ら二人のドローイング技術向上に向けて、屈辱的な、異様に低水準の、しかし実は建設的な練習課題を何ダースも考案した。二人に長い手紙を書いた。R・ハワード・リッジフィールドには、しばらくは諷刺を控えていただけまいか、とほとんど拝《おが》み倒すように要請した。バンビには、彼女の気持ちを最大限に配慮した表現で、当面「彼等の過失を赦せ」と同類の題をつけたドローイングは提出を見合わせてほしいと頼んだ。そして木曜の午後なかば、ひどくピリピリした気分で、新しい生徒のうちの一方に取りかかった。この生徒はメイン州バンゴアに住むアメリカ人男性で、質問票には、やたらとくどい、真っ正直な誠実さをもって、一番好きな画家は自分自身だと書いていた。写実＝抽象派、と彼は自らを規定していた。学校での仕事が終わると、火曜の夕方に僕はバスに乗ってモントリオールの都心に出かけ、三流の映画館に入って漫画特集の上映作品を全部観た。それはおおむね、猫たちが代わるがわる鼠《ねずみ》の徒党からシャンパンコルクの砲撃を浴びるのを目撃する営みだった。水曜日の夕方は部屋のクッションを集めて三段に積み、シスター・アーマのキリスト埋葬の絵を記憶を頼りにスケッチしようと試みた。

　木曜の夕方は奇妙であった、奇怪ですらあった、と言いたいところだが、実のところ木曜の夕べに関しチラシを飾れるような形容句を僕は何ひとつ持ち合わせていない。夕食後レザミを出て、どこへだかわからないが出かけた——映画を観に行ったのかもしれないし、長い散歩に出ただけかもしれない。思い出せない。そしてこのときばかりは、僕の一九四〇年の日記も役に立ってくれない。僕が必要としているページは、まったくの空白なのだ。

　とはいえ、なぜ空白なのかははっきりわかっている。どこでその夕べを過ごしたにせよ、帰ってきて——もう暗くなっていたことは覚えている——学校の外の歩道で僕は立ちどまり、整形医療器具店の照明の灯ったウィンドウを覗いてみた。と、そのとき、何とも恐ろしいことが起きた。ひとつの思いが、圧倒的な力で僕を襲ったのだ——いつの日かどれだけクールに、あるいはまっとうに、あるいは優雅に人生を生きられるようになるにせよ、僕はしょせんいつまでも、琺瑯の溲瓶《しびん》とおまるの並ぶ、値下げ札のついたヘルニアバンドを装着した視力を持たぬ木製ダミーの神がかたわらに立つ庭の訪問者でしかないだろう、と。明らかにそれは、数秒以上耐えうる思いではなかった。覚えているかぎり、僕は三階の自室まで駆け上がっていき、服を脱いで、日記を開けもせず、むろん書きもせずベッドに入ったのである。

何時間も、横になったままぶるぶる震えていた。隣の部屋のうめき声に耳を澄まし、わが最良の生徒のことを考えようとがんばった。修道院に彼女を訪ねていく日を思い浮かべようとした。彼女が僕を出迎えにこっちへ——高い金網の方へ——やって来るのが見えた。彼女は内気で美しい十八の娘で、まだ最後の誓いも立てておらず、自ら選びとったピエール・アベラール風の男性とともに俗世《ぞくせ》に出ていく自由をいまだ有している。僕たち二人がゆっくりと、何も言わずに、修道院の敷地の奥の緑深い方へ歩いていくのが僕には見え、そして突然、なんの罪もなく、僕は彼女の腰に手を回す。でもそれはあまりにも恍惚に満ちた情景であり、とどめておくのは不可能だった。僕はとうとうその像を手放し、眠りに落ちた。

金曜の午前全部と午後の大半を費やして、トレーシングペーパーを使い、メイン州バンゴアに住む男が高価なリンネル紙に明確な意図をもって描いた男根のシンボルの森を、何とか木々として認識可能な形に変えようと悪戦苦闘していた。精神的、霊的、肉体的に午後四時半ごろにはいい加減麻痺状態に陥っていて、ムッシュー・ヨショトがしばし僕の机にやって来たときも半分しか立ち上がらなかった。彼は僕に何かを手渡した。並のウェイターがメニューを渡すような、ごく機械的な渡し方だった。それはシスター・アーマの修道院の女子修道院長からの手紙だった。シスター・アーマがレザミ・デ・ヴュー・メートルで学ぶことを許可した決定を、不可抗力ゆえジンマーマン神父が撤回せざるをえなくなったとムッシュー・ヨショトに告げる手紙だった。この変更のせいで貴校にご迷惑や混乱が及ぶとしたら誠に申し訳なく存じます、と修道院長は書いていた。受講料第一回支払い分の十四ドルは教区宛てに返還して下さるものと切《せつ》に希望いたします、と彼女は書いていた。

観覧車が燃える現場から足を引きずって家に帰りながら、鼠はきっと、最新の、成功間違いなしの猫殺しの計画を練るにちがいない。僕は何年もそう確信してきた。女子修道院長からの手紙を読んで、もう一度読んでから、何分もそれをぼんやり見つめていた末に、僕はがばっと身を起こし、残り四人の生徒に手紙を書いて、画家になろうという気は捨てなさいと彼らに忠告した。彼ら一人ひとりに、あなたには育《はぐく》むに値する才能などこれっぽっちもありません、こんなことをしていてもあなた自身の、そして学校の貴重な時間を無駄にするだけです、と僕は書いた。四通の手紙は全部フランス語で書いた。書き終えるとただちに外へ出て、ポストに入れた。満足感は長続きしなかったが、続いていたあいだはすごく、すごく気持ちがよかった。

夕食のためにキッチンへの行進に加わる時間が来ると、今夜は失礼しますと僕はヨショト夫妻に断った。気分がすぐれないもので、と僕は言った。（一九四〇年、僕は真実を告げるときより嘘をつくときの方がはるかに自信たっぷりに言えた。だから、気分がすぐれない、と言ったときムッシュー・ヨショトが疑わしげな目で見たことを僕は確信した。）そして自分の部屋に上がっていって、クッションに座った。間違いなく一時間は座ったまま、窓のブラインドの、陽に照らされた一個の穴をぼんやり眺めて、煙草を喫いもせず上着を脱ぎもネクタイを緩めもしなかった。それから、いきなり立ち上がって、私物の便箋をたっぷり出してきて、床を机代わりにシスター・アーマ宛ての二通目の手紙を書いた。

僕は結局その手紙を投函しなかった。以下の文面は、現物からじかに写しとったものである。

カナダ、モントリオール
一九四〇年六月二十八日

シスター・アーマ様

若しかして私は、先日の手紙の中で何か醜悪なこと、若しくは不敬なことを申し上げ、それがジンマーマン神父の目に触れ、何らかの形で貴女を不快な目に遭わせてしまったのでしょうか？　若しそうだとしたら、どうかせめて、教師と生徒の関係のみならず友人としての関係をも貴女と築きたいという熱意ゆえ思わずほとばしり出てしまった言葉を撤回する機会を与えて下さるよう切にお願い申し上げます。度を超えたお願いでしょうか？　そうとは思えません。

有体《ありてい》に申し上げます。画家としての基礎をまだ或《あ》る程度学ばなければ、貴女は一生涯、極めて興味深い画家ではあっても偉大な画家にはなれないでしょう。私が思うに、それはあってはならない恐ろしいことです。事態がどれほど深刻か、貴女にはお分かりでしょうか？

ジンマーマン神父が退学を強いたのは、貴女が有能な尼僧となる妨げになると考えたからかもしれません。そうだとしたら、幾つもの面で余りに性急な決断だと言わざるを得ません。絵を描くことは尼僧であることの妨げにはなりません。私自身、邪《よこしま》な修道士のような暮らしをしているのです。芸術家であることが貴女に悪影響を及ぼすとしても、それはせいぜい、貴女が常にほんの少し不幸になるということくらいです。しかしながら、私が思うにこれも別に悲劇的な事態ではありません。私の人生で最高に幸福であった日は、何年も前、十七歳だった時のことです。私は母との昼食の待ち合わせに向かう途中でした。母は長患《ながわずら》いから回復して、その日久しぶりに街へ出ようとしていたのです。私は恍惚というに近い幸福を感じていました。と、突然、角を曲がってアヴニュ・ヴィクトル・ユゴー（パリの通りの名です）に入っていったところで、私はまったく鼻のない男と鉢合わせしました。こうした要素をお考え戴きたいのです。是非ともお考え戴きたい。ここには深い意味が隠れているのです。

或《ある》いはまた、ジンマーマン神父が貴女の入学を取り消したのは、ひょっとすると受講料を払う余裕が修道院にないからかもしれません。率直に申し上げてこれが理由であればと願っています。もしそうなら私としても気が楽になりますし、現実的な意味合いにおいてもこちらの方が望ましい。もし本当にそのような事情であるなら、一言言って下されば、いつまででも無料でご教授致します。この点に関し、詳しくご相談できるでしょうか？　それと修道院の面会日をもう一度お訊ねして宜《よろ》しいでしょうか？　宜しければ七月六日、今度の土曜の午後三時から五時の間に（正確に何時かはモントリオール・トロント間の列車の時刻次第です）修道院をお訪ねして構いませんでしょうか？　大いなる不安と共にお返事お待ちします。

敬意と賞賛の念を込めて

敬具

（署名）

レザミ・デ・ヴュー・メートル校講師

ジャン・ド・ドーミエ＝スミス

追伸　先日の手紙で、貴女の宗教的絵画の前景にいる青い衣服の若い婦人はあの罪人《つみびと》マグダラのマリアでしょうか、と軽々しくお訊ねしてしまいました。若しまだお返事をお書き戴いていないなら、どうぞお答えにならないままでいらして下さい。私の思い違いだという可能性もあるわけですし、人生ここまで至ってわざわざ幻滅を招き寄せようとは思いません。知らぬままでいることを選びとりたいと思います。

今日でも、いまこの瞬間も、自分がレザミにタキシードを持っていったことを思い出すと僕は思わず縮み上がってしまう。でもとにかく本当に持っていったのであり、シスター・アーマへの手紙を書き終えたあと、僕はそのタキシードを着たのである。この一件全体が、僕が酔っ払うことを要求しているように思えたのであって、僕はそれまで一度も酔っ払ったことがなかったから（飲みすぎて、金賞三つ等々を獲得した手が震えるのが心配だったので）、この悲劇的事態にふさわしい盛装をせねばと思ったのだ。

ヨショト夫妻がまだキッチンにいるうちに、僕はこっそり階段を下りてウィンザー・ホテルに電話した。ニューヨークを出る前に、ボビーのお友だちのミセス・Xからここを勧められていたのだ。テーブルを予約した。一名、八時。

七時半ごろ、タキシードですっかりめかし込んだ僕は、部屋のドアから顔をつき出し、ヨショト夫妻がそのへんをうろついていないか確かめた。なぜか僕は、彼らにタキシード姿を見られたくなかったのだ。二人とも見当たらなかったので、急いで階段を下りて外に出て、タクシーを探した。シスター・アーマへの手紙は上着の内ポケットに入っていた。僕はそれをディナーの最中に、願わくば蠟燭《ろうそく》の光で読むつもりだった。

何ブロックも歩いたが、タクシーは一台も見当たらなかった。空車だろうがなかろうが、とにかく一台たりとも走っていない。多難な道行きだった。ヴェルダン地区はお世辞にもお洒落《しゃれ》な地域とは言えない。通りですれ違う人がみんな僕をじろじろ、おおむね非難の目で見ている気がしてならなかった。とうとう、月曜日に「コニーアイランド・レッドホット」を貪《むさぼ》り食った食堂の前に来ると、僕はウィンザー・ホテルの予約をうっちゃってしまうことにした。そして食堂に入って、隅っこのブースに席を取り、左手で黒いタイを隠しながらスープとロールパンとブラックコーヒーを注文した。仕事に向かう途中のウェイターだろう、とほかの客たちが考えてくれればと思った。

二杯目のコーヒーを飲みながら、シスター・アーマ宛てのまだ投函していない手紙を取り出し、もう一度読んだ。内容が若干乏しいように思えたので、急いで帰って少し手を加えようと決めた。そしてシスター・アーマに会いに行く計画についても考え、もう今晩のうちに列車の予約をしてしまった方がいいのではと思案した。これら二つの思いを抱えて——どちらの思いも僕に必要な励ましを与えてはくれなかったが——食堂を出て、早足で学校に戻った。

約十五分後、およそありえないことが僕の身に起きた。こういう言い方は、いかにも計算してクライマックスに持っていこうとしている感じがして、なんとも不愉快に響くだろうとは自覚している。でも事実は全然そうではなかったのだ。僕はこれから、とてつもない体験を、現実を超越していたといまなお思える体験を語ろうとしている。できることなら、これを純粋な神秘体験の一例、あるいは神秘体験すれすれの例として片付けてしまっているように見えるのは避けたいと思う（そう努めないとすればそれは、聖フランチェスコと、そこらへんのやたらピリピリした、ほんの気まぐれで病《びょう》者《じゃ》に接吻《せっぷん》するだけの連中との霊的飛躍の違いは単に程度の差でしかない、とほのめかしたり唱えたりするのと同じことになってしまうと思うのである）。

九時の薄明かりのなか、通りの反対側から学校の建物に近づいていくと、整形医療器具店に明かりが点いていた。ウィンドウのなかに生きた人間がいるのを見て、僕は驚いてしまった。三十歳くらいのでっぷりした若い女性で、緑と黄と藤色のシフォンのワンピースを着ていた。木製のダミーのヘルニアバンドを彼女は取り替えていた。僕がウィンドウの前まで来たときは、ちょうど古いバンドを取り外したところにちがいなく、それを左の腋の下に抱えて（彼女の右の横顔が僕の方を向いていた）新しくダミーにつけたバンドを締めている最中だった。僕は立ちどまってすっかり見とれていたが、やがて彼女はハッと、誰かに見られていることをまず感じ、それから見てとった。僕はすかさずにっこり笑い、ガラスの向こう側の薄明かりのなかでタキシード姿で立っている男に悪意がないことを伝えようとしたが、無駄だった。女性が示した狼狽《ろうばい》はおよそ常軌《じょうき》を逸《いっ》していた。彼女は赤面し、外した方のヘルニアバンドを落としてしまい、うしろに下がって洗浄トレーの山を踏んづけ、次の瞬間、彼女の両足が宙に浮いた。僕はとっさに彼女の方に手を伸ばして、指先をしこたまガラスにぶつけた。彼女はどさっと、スケートをする人みたいに尻もちをついた。そして僕の方を見ずにすぐまた立ち上がった。まだ赤らんでいる顔から片手で髪を払い、ヘルニアバンドを締めつける作業を再開した。ちょうどそのとき、僕にその体験が訪れた。突如（そしてこの話を、僕はしかるべく自意識過剰《かじょう》になって語っているつもりである）、太陽が昇ってきて僕の鼻柱の方へ秒速一億五千万キロの速さでやって来た。僕は目がくらみ、心底怯えて、よろけぬようガラスに手をあてねばならなかった。その状態はほんの数秒しか続かなかった。視力が戻ってくると、若い女性はもうウィンドウから姿を消していて、あとにはえも言われぬ美しさの、二重に神の祝福を受けた琺瑯の花々がゆらめく花畑が残されていた。

僕はウィンドウの前から退き、あたりを歩きはじめた。界隈《かいわい》を二周して、やっと膝が崩れなくなった。それから、店のウィンドウをもう一度見る冒険は避け、建物に入って階段をのぼり自分の部屋に行き、ベッドに横になった。何分か、あるいは何時間かが経ってから、僕はフランス語でこう簡潔に日記に記した——「僕はシスター・アーマに、彼女自身の運命に従う自由を与えようと思う。すべての人間は尼僧なのだ《トゥ・ル・モンド・エ・チュヌ・ノンヌ》」

その夜寝床に入る前、僕はついさっき放校にしたばかりの生徒四人に手紙を書き、彼らを復学させた。教務上の手違いがありまして、と僕は書いた。実際、文面はひとりでに湧いてくるように思えた。取りかかる前に下の階から椅子を持ってきたことも一因だったかもしれない。

こう述べるのはアンチクライマックスもいいところに思えるが、レザミ・デ・ヴュー・メートルはその後一週間と経たぬうち、免許が不十分という理由で（というか実はまったくなんの免許も持っていないという理由で）閉校になった。僕は荷物をまとめ、ロードアイランドにいる義父ボビーに合流して、美術学校の新学期がはじまるまでの七、八週間を、夏に活動するすべての動物のなかでもっとも興味深い種、すなわち〈ショートパンツのアメリカン・ガール〉の調査観察に費やした。

よかれ悪しかれ、シスター・アーマとは二度と連絡を取らなかった。

でも時たま、バンビ・クレイマーからはいまだに連絡がある。このあいだ知らせてきたところでは、クリスマスカードのデザインにまで手を広げたそうである。もしまだあのセンスを失っていないなら、きっとなかなかの見ものだろう。

テディ

「なぁにがうららかな日だ、今すぐ鞄《かばん》から降りないとただじゃ済まんぞ。ほんとだぞ」とマカードル氏は言った。氏はツインベッドの奥の側、舷窓《げんそう》に遠い方のベッドから喋っている。ため息というよりはべそをかいたみたいな声を漏らしながら、いまいましげに上側のシーツを蹴飛ばし、陽焼《ひや》けした弱々しげな体が突如いかなる覆いにも耐えられなくなったかのように足首を出した。仰向けに横になった体にはパジャマのズボンをはいているだけで、火の点いた煙草を右手に持っている。頭はほんの少し、ヘッドボードの付け根の部分に居心地悪く、ほとんど自虐《じぎゃく》的に収まる程度に持ち上がっている。枕と灰皿はどちらも床の上、自分のベッドと妻のベッドとのあいだにあった。体を起こさずに、むき出しの、ピンクに腫《は》れた右腕だけ伸ばして、氏は煙草の灰を大ざっぱにナイトテーブルのあたりにはたき落とした。「やれやれ、これで十月かよ」と氏は言った。「これが十月の陽気だって言うんなら、八月の方がまだマシだ」。

そして頭を右側の、テディの方に戻し、喧嘩腰に目を光らせた。「さあさあ」と氏は言った。「何のために喋ってると思ってるんだ？　健康のためか？　さっさと降りなさい」

　両親のキャビンの、開いた舷窓から外をもっとよく見ようと、新品に見える牛革のグラッドストンバッグの広い方の面にテディは乗っていたのだった。おそろしく汚れた、足首まである白いスニーカーを靴下なしではいて、長すぎるし尻も最低一サイズ大きすぎるシアサッカーの半ズボン、右肩に十セント貨大の穴があるさんざん洗濯されてくたびれたTシャツ、それらと不釣り合いに立派な黒いワニ革のベルト。そして彼は散髪を切実に必要としていた——首筋のあたりは特に、ほぼ大人の大きさになった頭部と葦《あし》のように細い首とを持つ男の子のみが持ちうる切実さで。

「テディ、聞こえたのか？」

　テディは舷窓から顔を出す男の子がえてしてやりがちなほど遠くまで、あるいは危なっかしく、顔を出しているわけではなかったが——実際、両足はべったりグラッドストンの表面に貼りついている——さりとてごく無難に軽く身を傾けているだけというのでもなく、顔はキャビンの中より外にある度合の方がだいぶ大きかった。そうはいっても、父親の声は十分聞こえるはずだ。ほかの声ならいざ知らず、この父親の比類なき声ならば。マカードル氏はニューヨークで昼間のラジオ番組の主役を三つこなしている人物で、いかにも三流の主演男優といった感じの声をしていた。自己陶酔《とうすい》的に太くてよく通るその声は、同じ部屋に誰と居合わせようと、必要とあらば子供相手でも、自分の方が男らしいことをいますぐ証明する態勢が整っていた。職業上の雑事から解放されているあいだ、声は概して、自らの圧倒的な声量に聞き惚《ほ》れているか、静かさと落着きとの芝居じみた混合に心酔《しんすい》しているかだった。目下のところは、声量の方が優勢だった。

「テディ。いい加減にしなさい――聞こえないのか？」

グラッドストンに載った足は見張りの姿勢に保ったまま、腰から上だけテディはふり向き、混じりけなしの、ひたすら問うだけの視線を父親に向けた。その目は薄茶色で、全然大きくはなく、ほんのわずか寄り目だった。左目の方が、右より寄りが大きい。醜いというほど寄ってはいないし、一目見ただけではかならずしも目につくとは限らなかった。まあいちおう一言触れておこうかという気にさせられるという程度であり、それもあくまで、じっくり真剣に考えた末に、うーんもう少しまっすぐの方がいいかなとか、もっと奥まっている方が、もっと茶色い方が、もっと離れた方がいいかなとか思うに至る経緯との関連において触れられるにすぎない。いまのままで、その顔は、きわめて間接的で伝わるのに時間がかかるたぐいの美しさとはいえ、本物の美しさが持つ衝撃力を具えていた。

「いますぐ鞄から降りなさい。何回言わせるんだ?」とマカードル氏は言った。

「そのままそこにいなさい、ダーリン」と、朝早《あ》くは明らかに鼻腔《びこう》に若干の問題を抱えているマカードル夫人が言った。彼女の目は開いていたが、それもいちおうかろうじてという程度だった。「百分の一センチでも動いちゃ駄目よ」。夫人は右を下にして横たわり、枕に載せた顔は左側、テディと舷窓の方を向き、背中を夫に向けている。上のシーツはまず間違いなく裸であろう体にきつく引き寄せられて、腕から何からぴっちりあごまで彼女を包んでいた。「ぴょんぴょん跳ねなさい」と彼女は言って、目を閉じた。「パパの鞄つぶしちゃいなさい」

「それはすさまじく聡明な発言だ」とマカードル氏は静かさ落着き混合声《ごえ》で、妻の後頭部に向けて言った。「僕が二十二ポンドはたいて鞄を買って、その上に乗らないでくれとこの子に礼儀正しく頼む、すると君がぴょんぴょん跳ねなさいって言うわけだ。それってどういうつもりなんだ? 笑えってのか?」

「歳《とし》相応より六キロ半軽すぎる十歳の男の子も支えられないような鞄、あたしのキャビンには要らないわよ」とマカードル夫人が目も開けずに言った。

「僕が何したいかわかるか?」マカードル氏は言った。「君の頭を蹴り割ってやりたいよ」

「やれば?」

マカードル氏はがばっと片肘《かたひじ》をついて身を起こし、ナイトテーブルのガラス面で煙草をもみ消した。「そのうちほんとに――」と氏は陰険な声で言いかけた。「そのうちほんとにあなた、悲劇的な、あまりに悲劇的な心臓発作起こすわよ」とマカードル夫人は最低限のエネルギーで済ませた声で言った。そして腕を外に出すことなく、上側のシーツをもっときつく体の周りと下に引き寄せた。「ささやかな、趣味のいいお葬式が執《と》り行なわれて、みんながあの赤いドレスの素敵な女性は誰だいって訊くのよ、あそこの最前列に座ってオルガニストといちゃついて、これがお葬――」「君の言うこと、あまりに面白くて全然笑えないぜ」とマカードル氏が言って、ふたたび力なく仰向けに横たわった。

このささやかなやりとりのあいだ、テディは外に向き直ってふたたび舷窓の外を見ていた。「けさ三時三十二分に『クイーン・メアリ』とすれ違ったんだよ、もし誰かそういうことに興味あればだけど」と彼はゆっくり言った。「たぶんないだろうけど」。その声は、小さな男の子の声が時おりそうであるように、奇妙に、美しく荒削りだった。言い回しの一つひとつが、ミニチュアのウイスキーの海に浸された古《いにしえ》の小島のようだった。「ブーパーが忌み嫌ってるあのデッキ係が黒板に書いてたんだ」

「なぁにが『クイーン・メアリ』だ、さっさと鞄から降りろ」と父親が言った。そして頭をテディの方に向けた。「さあ降りろ。床屋にでも行ってこい」。彼はまた妻の後頭部を見た。「まったく、えらくませて見える子だな」

「お金持ってない」とテディは言った。そして両手を舷窓の枠にもっとしっかり据えて、並んだ指の上にあごを下ろした。「ねえママ。ダイニングルームで僕たちの隣に座る人知ってる？　すごく痩せてる人じゃなくて。もう一人の、同じテーブルの人。うちのウェイターがトレーを置くすぐ横にいる人」

「うんうん」マカードル夫人は言った。「テディ。ダーリン。ママあと五分寝かせてちょうだい、いい子だから」

「ちょっと待ってよ。これ、面白い話なんだよ」とテディは指の上に載せたあごを上げず、目も海から離さずに言った。「あの人さっきジムにいたんだ、スヴェンが僕の体重量《はか》ってくれてるときに。それで寄ってきて、僕に話しかけてきたの。こないだの録音聞いたんだって。四月のじゃないよ。五月の方。ヨーロッパへ出かける直前にボストンでパーティに行ったら、ライデッカー調査団の誰か——誰だかは言わなかった——と知りあいの人が来てて、その人があのときのテープ借り出してて、みんなの前でかけたんだって。あの人すごく興味持ったみたい。バブコック教授の友だちなんだって。自分も大学の先生みたい。夏はずっとダブリンで、トリニティ・カレッジにいたんだって」

「そうなの？」マカードル夫人は言った。「パーティでテープかけたわけ？」。横になったまま、彼女は眠たげな目をテディの両脚の裏側に据えた。

「だと思うよ」テディは言った。「それで、あの人僕のことずいぶんスヴェンに話してさ。僕が立ってる目の前で。ちょっと気まずいよね」

「どうして気まずいの？」

テディはためらった。「『ちょっと』気まずいって言ったじゃない。限定したよ」

「なぁにが限定だ、早く鞄から降りろ」と、たったいま新しい煙草に火を点けたマカードル氏が言った。「三つ数えるぞ。いち、まったく……にぃ……」

「いま何時？」マカードル夫人がいきなりテディの両脚の裏側に訊いた。「ブーパーと十時半から水泳レッスンじゃなかった？」

「まだ時間あるよ」テディは言った。「――ヴルーン！」。彼はいきなり頭をそっくり舷窓の外につき出し、数秒間そのままそこに保ってから、「いま誰かがゴミバケツ一杯のオレンジの皮を窓から投げ捨てた」と報告するあいだだけ中に引っこめた。

「窓《ウィンドウ》から。ウィンドウから」マカードル氏が嫌味ったらしく言って、煙草の灰をはたき落とした。「舷窓《ポートホール》からだよ、ポートホールから」。氏は妻の方をちらっと見た。「ボストンに電話してくれ。早く、調査団を電話でつかまえるんだ」

「あなたってほんとにウィットあるわね」マカードル夫人が言った。「なんでそんなにがんばるの?」

テディは頭の大半を中に引っこめた。「綺麗《きれい》に浮くよ、オレンジの皮」と彼はふり向かずに言った。「面白い」

「テディ。これで最後だぞ。三つ数えるぞ、それでも降りなかったら——」

「浮くことが面白いんじゃないよ」テディは言った。「皮があそこにあるのを僕が知ってるってことが面白いんだよ。もしさっき見てなかったら、あそこにあることも僕は知らないだろうし、あそこにあることを知らなかったら、あれが存在するってことも言えないわけでさ。これって完璧な例だよね、物事が——」

「テディ」とマカードル夫人がさえぎった。「シーツの下の体は少しも動いて見えなかった。「ブーパー探してきてちょうだい。あの子どこにいるの? また今日も陽なたうろうろされちゃ嫌だわ、あんなにひどく陽焼けしてるんだから」

「ちゃんと覆ってるよ。オーバーオール着させたから」とテディは言った。「いくつか沈みかけてる。あと何分かしたら、浮いてる場所は僕の頭のなかだけになるね。それってけっこう面白いよね、見ようによってはそもそもそこで浮きはじめたとも言えるんだから。もし僕がここに全然立ってなかったら、それとも誰かが来て僕の頭切り落としたりしてたら——」

「あの子いまどこ?」マカードル夫人は訊いた。「ねえテディ、ちょっとママの方見てよ」

テディはふり向いて母親を見た。「何？」と彼は言った。

「ブーパー、いまどこ？　またデッキチェアのとこでうろうろしてよその人の邪魔してたりしたら嫌だわ。あのすっごく嫌な男の人なんかが――」

「大丈夫だよ。カメラ持たせたから」

マカードル氏ががばっと片肘《かたひじ》で起き上がった。「カ、メ、ラ持たせた？」と氏は言った。「いったいどういうつもりだ？　おれのライカだぞ！　六歳の子があれ持ってそこらへん遊び回ってるなんて冗談じゃ――」

「落とさないようにちゃんと持ち方教えたよ」とテディは言った。「当然、フィルムも抜いたし」

「カメラ持ってこい、テディ。聞こえたか？　いますぐその鞄から降りて、五、分、以、内、にこの部屋にカメラ持ってくるんだ――じゃなけりゃ天才少年行方不明って羽目になるからな。わかったか？」

テディはグラッドストンの上で足をくるっと回して、降りた。かがみ込んで左のスニーカーの紐《ひも》を結び、それを片肘ついたままの父親が風紀《ふうき》委員みたいに見ていた。

「ブーパーにママが来いって言ってたって言ってね」マカードル夫人が言った。「さ、こっち来てママにキスして」

スニーカーの紐を結び終えると、テディは母親の頰《ほ》っぺたにおざなりのキスをした。母もシーツの下から左腕を、何としてもテディの腰に巻きつけようとするかのように引っぱり出したが、すっかり出したころにはテディはもう先へ進んでいた。向こう側に回って、二つのベッドのあいだのスペースに入っていく。前にかがんで、左の腋《わき》の下に父親の枕を抱え、右手で本来ナイトテーブルにあるべきガラスの灰皿を拾ってまた背を伸ばした。そして灰皿を左手に移しかえ、ナイトテーブルの前まで行って、右手の側面で父親の煙草の吸殻や灰を灰皿に掃き落とした。そうして、灰皿を本来の場所に戻す前に、前腕の裏側を使って、ガラスの天板《てんいた》から灰の薄膜《うすまく》を拭《ぬぐ》い去った。そしてその前腕をシアサッカーの半ズボンで拭《ふ》いた。それから灰皿を天板の上に、おそろしく慎重に、灰皿というものはナイトテーブル上面のぴったり中心に置かれるべきであってそうでなければまったく置く意味はないのだと考えているかのような手つきで置いた。その時点で、ずっと見守っていた父親が、唐突に見るのをやめた。「枕、要らないの?」テディが訊いた。

「要るのはカメラだよ、君」

「その姿勢じゃあんまり楽じゃないでしょ。無理だよね」とテディは言った。「ここに置いとくよ」。彼は枕をベッドの足の方、父親の足からたっぷり離れた位置に置いた。そしてキャビンから出ていきかけた。

「テディ」母親が体を回しもせず言った。「ブーパーに言ってちょうだい、水泳レッスンの前にママが来なさいって言ってたって」

「放っといてやれよ」とマカードル氏が言った。「あの子がちょっとでも自由でいるのを、君、妬《ねた》んでるみたいじゃないか。君があの子をどう扱うかわかってるか？　教えてやるよ。君はね、あの子をべらぼうな犯罪者みたいに扱ってるのさ」

「べらぼうな《ブルーミン》！　キュートねえ！　あなた、めっきりイギリス人みたいになってきたわよ」

　テディは戸口にしばしとどまって、ドアの把手《とって》をゆっくり左右に回して何やら考え深げに実験していた。「このドアから出ていったら、僕はもう、僕を知っている人たちの頭のなかにしか存在しないかもしれない」と彼は言った。「僕はオレンジの皮になるかもしれない」

「なあに、ダーリン？」とマカードル夫人がキャビンから、右を下にして横になったまま訊いた。

「さあ行った行った。ライカ、さっさと持ってこいよ」

「こっちへ来てママにキスして。おっきい、素敵なキス」

「あとでね」とテディはぼんやりした様子で言った。「疲れたから」。彼は外に出てドアを閉めた。

戸口のすぐ外に、船の日刊新聞が置いてあった。片面に印刷しただけの、光沢紙《こうたくし》一枚のみの新聞である。テディはそれを手に取り、長い通路を船尾に向かってゆっくり歩いていきながら読みはじめた。向こうの端から、巨体の、糊のきいた白い制服を着た金髪女性が、茎《くき》の長い赤いバラを何本か挿《さ》した花瓶《かびん》を手にこっちへやって来た。テディとすれ違うとき、女性は左手を出してテディの頭のてっぺんにさっと触れ、「誰かさん、床屋行かなくちゃね！」と言った。テディは新聞からいちおう顔を上げたが、女性はそのまま行ってしまい、テディもふり返らなかった。テディは新聞を読みつづけた。通路の端まで来ると、階段の踊り場の上にある聖ジョージと竜を描いた巨大な壁画の前で新聞を四つに畳《たた》み、左の尻ポケットに入れた。それから、一階上のメインデッキに通じる、絨毯《じゅうたん》を敷いた、広い、一段一段が浅い階段をのぼっていった。一度に二段ずつ、だがゆっくりと、手すりにつかまりながら、あたかも階段をのぼるという行為が彼にとって——多くの子供にとってそうであるように——それ自体でそれなりに楽しい営みであるかのように、きちんと全身を使ってのぼった。メインデッキの踊り場に出て、まっすぐ乗務員長《パーサー》のデスクに行くと、海軍の制服を着た綺麗な若い女性がそこに座っていた。女性は謄写版《とうしゃばん》で刷《す》った紙をホッチキスで留めているところだった。

「すみません、今日のゲームは何時にはじまるかわかります？」テディは女性に訊いた。

「え、なあに？」

「今日のゲームは何時にはじまるかわかります？」

若い女性はにっこり、口紅の目立つ笑顔を見せた。「ゲームって何、坊や？」

「ほら、あれ。昨日とおとといやってた、抜けてる単語を埋める言葉のゲーム。要するに文脈を読みとるゲームですよね」

若い女性は三枚の紙をホッチキスに挿し込む作業を中断した。「ああ、あれね」と彼女は言った。「たぶん夕方近くまではじまらないと思うけど。四時くらいじゃないかしら。あれって坊やにはちょっと難しすぎない？」

「いいえ、そんなことないです……ありがとうございました」とテディは言って立ち去りかけた。

「ちょっと待って坊や！　あなた、お名前は？」

「シオドア・マカードル」とテディは言った。「あなたは？」

「あたしの名前？」と女性はにっこり笑って言った。「マシューソン少尉よ」

彼女がホッチキスをがちゃんと押すのをテディは見守った。「少尉だってことはわかってました」と彼は言った。「よくわかんないけど、人に名前訊かれたら、フルネーム言うものじゃないかな。ジェーン・マシューソンとか、フィリス・マシューソンとか」

「あら、そうなの？」

「だから、そう思うっていうだけで」テディは言った。「よくわかんない。軍服を着てる人は違うのかもしれないですね。とにかく教えてくれてありがとうございます。さよなら！」。そして回れ右して、プロムナードデッキへの階段を、やはり二段ずつ、ただし今回はかなり急いでいる様子でのぼっていった。

あちこち探した末に、上のスポーツデッキでブーパーが見つかった。使われていない二つのテニスコートのあいだの、陽のあたる開けた場所――ほとんど空き地という広さだ――に彼女はいた。しゃがみ込んだ姿勢で、陽を背に受け、軽いそよ風に絹のような金髪をはためかせて、シャッフルボードの円盤を十個あまり、一点で接した二つの山に忙しく積み分けていた。一方の山は黒い円盤、一方は赤い円盤。胸当て付きの綿の半ズボンをはいた、ひどく小さい男の子が彼女の右側に、もっぱら傍観者として立っていた。「ねえ見て！」とブーパーは、近づいてくる兄に向かって命じるように言った。そしてべったり前方に体を伸ばし、己《おのれ》の成果を誇示しそれを船上のほかすべてのものから隔てるかのように、両腕で二つの山を囲い込んだ。「マイロン」と彼女はかたわらの連れに、つっけんどんな声で言った。「あんたがそこにいたらみんな影になっちゃって、お兄ちゃんが見れないじゃない。さっさとどきなさいよ」。マイロンがどくまで彼女は目を閉じ、十字架を背負う者のごとくに顔をしかめて待った。

テディは二山の円盤の前に立って、じっくり見下ろした。「よくできてるね」と彼は言った。「綺麗に対称をなしてる」

「この子ね」ブーパーがマイロンをあごで指して言った。「バックギャモン聞いたことないんだって。家にないんですって」

テディはちらっと、感情を交えぬ目でマイロンを見た。「あのさ、カメラは？」と彼はブーパーに言った。「パパがすぐ持ってこいって」

「この子、ニューヨークに住んでもいないのよ」とブーパーはテディに伝えた。「それでね、パパは死んだんだって。朝鮮戦争で」。彼女はマイロンの方を向いた。「そうでしょ？」と彼女は問いつめるように言ったが、答えを待ちはしなかった。「これでママが死んだらみなし児よね。この子、そのことも知らなかったのよ」。彼女はマイロンを見た。「そうでしょ？」

マイロンは何とも答えず、腕を組んだ。

「あんたみたいな馬鹿、見たことないわ」とブーパーは彼に言った。「あんた、この海の上で一番の馬鹿よ。知ってた？」

「そんなことないよ」とテディが言った。「君は馬鹿じゃないよ、マイロン」。そして妹に向かって言った。「なあ、ちょっとのあいだちゃんと聞いてくれ。カメラはどこ？　いますぐ要るんだよ。どこにある？」

「あっち」とブーパーは、いかなる方角も示さずに言った。そして二つの山をさらに手元に引き寄せた。「巨人が二人いればいいのよ」と彼女は言った。「巨人二人でくたくたになるまでバックギャモンやって、疲れたらあの煙突にのぼってこの円盤みんなに投げつけて殺しちゃえばいいのよ」。彼女はマイロンの方を見た。「巨人なら親だって殺せちゃうのよ」と彼女は訳知り顔でマイロンに言った。「それでも死ななかったら、どうしたらいいかわかる？　マシュメロに毒塗って食べさせるのよ」

　ライカは三メートルばかり離れたところ、スポーツデッキを囲む手すりのそばにあった。排水用の溝に、横向けに転がっていた。テディはそこへ行って、ストラップをつかんで取り上げ、首に掛けた。それから、すぐにまた外した。そしてブーパーのところに持っていった。「ブーパー、頼みがある。これ、持っていってくれないか」と彼は言った。「もう十時だから、日記書かないといけないんだ」

「あたし忙しい」

「それにさ、ママがすぐ来なさいって」とテディは言った。

「嘘ばっかり」

「嘘じゃないよ。ほんとだよ」とテディは言った。「だからこれも一緒に持っていってくれよ……ね、ブーパー」

「ママはなんの用?」とブーパーは問いつめた。「あたし、ママ、ママのところなんか行きたくない」。彼女はぴしゃっと、赤い山から一番上の円盤を取ろうとしていたマイロンの手を叩いた。「触るんじゃないわよ」と彼女は言った。

テディはライカに付いたストラップをブーパーの首に掛けた。「冗談抜きでさ。これすぐパパのところに持っていってくれよ。で、あとでプールで落ち合おう」と彼は言った。「プールで十時半ぴったりに会おう。じゃなきゃ着替えする場所のすぐ外で。ちゃんと時間守るんだよ。Eデッキだからね、忘れちゃ駄目だよ、充分余裕もって来るんだよ」。テディは回れ右して、立ち去った。

「お兄ちゃんなんか大っ嫌い! この海の上の人みんな大っ嫌い!」とブーパーは兄の背中に向かって叫んだ。


スポーツデッキの下、サンデッキの広々とした船尾側の、掛け値なしに戸外そのものの場に、七十五脚かそれ以上のデッキチェアが開かれて七、八列に並べてあった。あいだの通路は、デッキ係が日光浴中の乗客の持ち物(編み物袋、ハードカバーの小説、陽焼けローション、カメラ)に不可避的につまずいてしまう事態を辛うじて回避しうる程度の幅になっている。テディがそこに着くと、あたりは混みあっていた。彼は一番奥の列からはじめて、列から列を順々に、一つひとつの椅子の前で立ちどまって、誰かが座っていてもいなくてもそれぞれの肘掛けに付いた名札を読んでいった。横になっている乗客のうち、声をかけてくるのは——つまり、自分のチェアを一心に探している十歳の男の子に対して大人が時に言いがちな決まり文句を口にするのは——一人か二人だけだった。彼の年若さ、ひたむきさは一目瞭然《いちもくりょうぜん》でも、その物腰《ものごし》全体にはおそらく、多くの大人が進んで声をかけたくなるような、思わず見下した物言いをしたくなるようなキュートな物々しさが欠落していた。あるいは十分でなかった。服装もその一因だったかもしれない。彼のTシャツの肩の穴はキュートな穴ではなかった。シアサッカーの尻の生地の過剰も、半ズボン自体の長さの過剰も、キュートな過剰ではなかった。

マカードル家の、クッションを敷いてすぐに座れるようになっている四つのデッキチェアは、前方二列目の真ん中に並んでいた。テディはそのうちのひとつの、意図したかどうかはともかく両隣に誰も座っていない席を選んで座った。そしてむき出しの、陽焼けしていない両脚を、足先をくっつけて前方の脚載せ台に載せ、ほとんど間《ま》を置かず右の尻ポケットから小さな何の変哲《へんてつ》もないノートを取り出した。それから、ただちに気持ちを一点に集中し、あたかもここには自分とノートしか存在しないかのように——陽光もなく乗客もいなくて船もないかのように——ページをめくりはじめた。

ごく稀《まれ》な鉛筆の書き込みを例外として、すべての記述がボールペンで書き込んであるらしかった。字体は今日アメリカの小学校で教えられている手書き体であって、昔ながらのパーマー法ではない。読み易い、気取った感じもない字だった。筆蹟《ひっせき》で目を惹くのはその淀《よど》みない流れだった。いかなる意味においても――少なくとも表面的な意味において――単語にせよセンテンスにせよ子供が書いたようには見えなかった。一番最近の項と思える記述を、テディはかなりの時間を費やして読んだ。長さは三ページちょっとに及んでいた。

一九五二年十月二十七日の日記
シオドア・マカードル所有
四一二Aデッキ

すみやかにシオドア・マカードルに届けて下さった発見者には相応かつ快い謝礼をお渡しする。

パパの軍隊の認識票を探し出して可能な限り常時《じょうじ》着用してみること。べつに死にはしないしパパも喜ぶはず。

暇と忍耐があるときにマンデル教授の手紙に返事を書くこと。これ以上詩集を送らないでくださいと頼むこと。だいたいもうすでに1年分くらいあるんだから。だいたいもう詩なんてうんざりなんだから。男が一人浜辺を歩いていて不運にも頭にココナツが落ちてくる。頭が不運にもぱっくり二つに割れる。やがて男の妻が歌を歌いながら浜辺を歩いてきて2つの破片を見てそれが誰だか気づいて手に取る。言うまでもなく妻はひどく悲しんでわあわあ痛ましく泣く。詩にうんざりしたのもまさにそういうところだ。これでもし妻が2つの破片を手に取って、プンプン怒って「やめなさい！」とどなりつけたら。でも教授への返事ではそんな話は出さないこと。いかにも顰蹙《ひんしゅく》を買いそうだし、それに教授の奥さんは詩人なのだ。

スヴェンのニュージャージー州エリザベスの住所を聞き出すこと。彼の奥さんと会うのは面白そうだし、犬のリンディもしかり。しかし自分で犬を飼いたいとは思わない。

ウォカワラ博士に腎炎《じんえん》の見舞状を書くこと。新しい住所はママに訊く。

明日朝食前の瞑想《めいそう》をスポーツデッキでしてみること、ただし意識を失うべからず。同様に、ダイニングルームであのウェイターがまたあの大きなスプーンを落としても意識を失うべからず。パパがすごく怒っていた。

明日図書館へ本を返しに行くときに調べる言葉と表現――

　　腎炎
　　浩瀚《こうかん》
　　貰《もら》い馬の口を覗《のぞ》くな
　　狡猾《こうかつ》
　　三頭政治

図書館員にもっと友好的に接すること。向こうが慣れなれしくしてきたら何か当り障《さわ》りのない話題を持ち出す。

テディはいきなり短パンのサイドポケットから小さな弾丸形ボールペンを取り出し、キャップを外して書きはじめた。椅子の肘掛けではなく、右脚の太腿《ふともも》を台に使った。

一九五二年十月二十八日の日記

届先、謝礼は一九五二年十月二十六、二十七日の記載に同じ

けさ瞑想したあと以下の人たちに手紙を書いた。

ウォカワラ博士
マンデル教授
ピート教授
バージェス・ヘイク・ジュニア
ロバータ・ヘイク
サンフォード・ヘイク
ヘイクお祖母《ばあ》ちゃん
ミスター・グレアム
ウォルトン教授

パパの認識票のありかをママに訊いてもよかったけれど多分そんなもの着けなくたっていいでしょうにと言われるだろう。パパが持ってきているのは確かだ。鞄に入れるのを見たから。

人生とは僕が思うに貰い馬だ。

ウォルトン教授が僕の両親を批判するのはすごく品《ひん》がないことだと思う。他人はかくあるべしと勝手に決める人だ。

今日起きるか、もしくは、一九五八年二月十四日僕が十六歳のときに起きるだろう。口にするのも馬鹿げている。

この最後の項を書き入れたあとも、テディはページに集中しつづけ、まだ続きがあるかのようにボールペンを構えたままでいた。

彼を興味津々《しんしん》観察している人間が一人いることに、どうやら本人は気づいていないらしかった。デッキチェア最前列からさらに前方四、五メートル、陽光まぶしい頭上五、六メートルの高さ、スポーツデッキの柵から一人の若い男がじっと見守っていたのである。十分ほど前から観察は続いていた。そしていま男は何らかの決断に達しつつあるのか、柵に載せていた片足をいきなりさっと下ろした。そして少しのあいだ、テディの方を見たまま立っていたが、やがてその場を去って視界から消えた。が、一分と経たぬうち、デッキチェアが居並ぶ列のただなかに、一人直立したひどく目立つ姿で現われた。三十歳くらいか、あるいはもう少し若いか。通路をまっすぐテディめざして歩きはじめ、邪魔な影を人々の小説のページの上に投げかけ、編み物袋など個人の持ち物を（見渡すかぎり立って動いている姿は彼のものだけであることを考えると）ずいぶんと無遠慮にまたいでいった。

誰かが自分の椅子の足元に立っているという事実を――それを言えば、誰かが自分のノートに影を投げているという事実も――テディは意識していない様子だった。だが彼の一、二列うしろの列の何人かはもう少し気が散りやすかった。彼らは若い男を、おそらくはデッキチェアに座って誰かを見上げる人々だけがなしうる見上げ方で見た。だが男にはある種の落着きが具わっていた。その落着きを、いつまででも――ひとつだけ、どれかのポケットにどちらかの手を入れてよいというごくささいな条件さえ満たされていれば――保っていられそうな気配が彼にはあった。「やあ、こんちは！」と男はテディに向かって言った。

テディが顔を上げた。「こんちは」と彼は言った。そして半分ノートを閉じ、あとはひとりでに閉じるに任せた。

「ちょっと座ってもいいかな？」と若い男は、無尽蔵《むじんぞう》の人なつっこさを感じさせる口調で訊いた。「これ誰かの椅子？」

「ええとこの四脚、うちの家族のです」とテディは言った。「でも両親はまだ起きてませんから」

「まだ起きてない？　こんな日にかい」と若い男は言った。もうすでにテディの右側の椅子に体を沈めていた。椅子は肘掛け同士が触れあうくらいくっつけて並べてあった。「それって冒瀆《ぼうとく》だよ。純然たる冒瀆だ」と男は言った。そして脚を前に投げ出した。太腿のあたりが異様にずっしりしていて、それ自体ほとんど独立した人体のように見えた。服装はおおむね、船旅に出る東部人の定番から成っていた。髪はてっぺんが平らな角刈り、靴ははき古しのブローグズ、この両端のあいだの諸アイテムはどれも定番とはいえいささか雑な組み合わせで、バフカラーのウールソックス、チャコールグレーのスラックス、ボタンダウンのシャツ、ノーネクタイ、イエールかハーヴァードかプリンストンの大学院の人気ゼミで適度に古びさせたみたいに見えるヘリンボーン・ジャケット。「いやあ、最高の天気だなあ」と男はつくづく嬉しそうに、目を細めて太陽を見上げながら言った。「天気となると、僕はまるっきりのカモでさ」。そして彼はずっしりした両脚を足首で交叉《こうさ》させた。「実際僕、ごく普通の雨の日を個人的屈辱と見る奴として通ってるくらいでさ。だからこれって、僕にはまさしく天与《てんよ》の賜物《たまもの》なんだよ」。その話し声は普通に言えば「育ちがよさそう」ということになるのだろうが、と同時に、妙によく通る声でもあり、そこにはあたかも彼が、自分が口にすることは何であれ、テディのいる地点からでもうしろの列にいる人々からでも（かりに彼らが聞いているとして）まず間違いなくいい感じに——知的に、洒脱《しゃだつ》に、時には愉快に、あるいは刺激的にすら——聞こえるはずだと自分一人で合点《がてん》したような響きがあった。男は斜めにテディを見下ろして、にっこり笑った。「君と天気はどう？」と彼は訊いた。その笑顔は人好きがしないわけではなかったが、あくまで社交的、会話的な笑みであり、いかに間接的にではあれ結局は彼自身のエゴにつながっていた。「天気のせいで法外に取り乱したりしたこと、あるかい？」と男はにこにこ笑ったまま訊いた。

「べつに個人的に受けとったりはしませんね、そういうことをお訊ねだとしたら」とテディは言った。

若い男は声を上げて笑い、頭を椅子の背に戻した。「結構、結構」と男は言った。「ついでながら僕の名前はボブ・ニコルソン。こないだジムではたしかそこまでは言わなかったよね。もちろん君の名前は知ってるけどね」

テディは体の重心を一方の腰に移して、ノートをそっと短パンのサイドポケットにしまった。

「君が書いているところ見てたよ——上から」とニコルソンは物語でも語るように上を指さして言った。「すごいね。実に精力的な書きっぷりだ」

テディは相手を見た。「ちょっとノートに書いてたんです」

ニコルソンはなおもにこにこ笑ってうなずいた。「ヨーロッパはどうだった？」と彼はうち解けた口調で訊いた。「楽しかったかい？」

「ええ、おかげさまで」

「みんなでどこへ行ったの？」

テディはいきなり手を伸ばして、片脚のふくらはぎをぼりぼり搔《か》いた。「うーん、全部は挙げられませんね。車でずいぶん回りましたから」。そして元の姿勢に戻った。「でも母親と僕は主にスコットランドのエジンバラとイングランドのオックスフォードにいました。その二か所でインタビュー受けさせられたってことはジムで言いましたよね。主にエジンバラ大学で」

「いや、それは聞かなかったな」とニコルソンは言った。「そういうこと、やったのかなって思ってたけど。どうだった？　やたら絞《しぼ》られるの？」

「え？」

「どうだった？　面白かった？」

「面白いときも、面白くないときもありましたね」とテディは言った。「ちょっと長くいすぎたんです。父親はほんとはこの船よりもう少し前にニューヨークに戻りたかったんです。でもスウェーデンのストックホルム、オーストリアのインスブルックから僕に会いにくる人がいて、待ってなきゃならなくて」

「いつだってそうなるんだよな」

テディは初めてまっすぐ相手を見た。「あなた、詩人ですか?」と彼は訊いた。

「詩人?」とニコルソンは言った。「いやいや、とんでもない。残念ながら。なんで?」

「よくわかりません。詩人っていつも天気をすごく個人的に受けとめるから。いつも自分の感情を、感情のないものに押し込んでますよね」

ニコルソンはにこにこ笑って、上着のポケットに手を入れ、煙草とマッチを取り出した。「そりゃまあ詩人はそれが専売特許だろうからね」と彼は言った。「感情が商売道具みたいなものじゃないかな」

テディにはどうやらその言葉が聞こえなかったか、あるいは聞いていないようだった。ぼんやりと、スポーツデッキに立つペアの煙突を、あるいはその上を見ていた。

ニコルソンは煙草に火を点けるのにいくぶん手間どった。北から微風が吹いていたのである。彼は椅子の背にもたれて、言った。「みんなパニックに陥ったらしいね——」

「『やがて死ぬけしきは見えず蟬《せみ》の声』」とテディが出し抜けに言った。「『この道やゆく人なしに秋の暮《くれ》』」

「何だい、それ？」とニコルソンはにこにこ笑って訊いた。「もう一度言ってくれよ」

「日本の詩です。感情ばっかりじゃないでしょ」とテディは言った。そしていきなり前にかがみ込み、頭を右に傾けて、右耳を手で軽く叩いた。「昨日の水泳レッスンのときの水がまだ残ってて」と彼は言った。そして耳をもう二度ばかり叩いてから深く座り直し、両腕を左右の肘掛けに載せた。むろんそれは普通の大人サイズのデッキチェアであり、それに座ったテディは見るからに小さく見えたが、と同時に、完璧にリラックスしているように、一種静謐《せいひつ》ささえたたえているように見えた。

「みんなパニックに陥ったらしいね、ボストンの学者連中」とニコルソンはテディをじっと見ながら言った。「あの最後の激論のあとにさ。ライデッカー調査団の連中ほとんどみんなそうだったって聞いたよ。君にも言ったよね、僕が六月にアル・バブコックとじっくり話したってことは。実のところ、君のテープを聞いたその夜に奴と話したんだ」

「ええ、こないだ伺《うかが》いました」

「みんなパニックしたらしいね」とニコルソンはしつこく言った。「アルから聞いたところでは、君はある晩遅くに連中と自由討論をやって、みんなにすごいショックを与えた――あのテープを録音したのと同じ夜だよね」。彼は煙草を一口喫った。「僕が理解したかぎりでは、君はちょっとした予言をいくつかやって、それでみんなパニックした。そうなのかい？」

「感情豊かであることをなんでみんなそんなに大事に思うのか、知りたいですね」とテディは言った。「僕の母親と父親も、いろんなことをすごく悲しいとか、すごくむかつくとか、すごく——すごく不当だとか思わなければ人間じゃないと思ってます。父親は新聞を読んでもすごく感情的になります。僕のことは人間じゃないと思ってます」

ニコルソンはかたわらに煙草の灰をとんとはたいた。「じゃ君には、感情がないってこと？」と彼は言った。

テディは答える前に考えた。「あるとしても、使った記憶はないですね。それがなんの役に立つのかわからないです」

「君、神は愛しているんだよね？」とニコルソンは、いささか過度の静かさを込めて訊ねた。「それがいわば、君のよりどころじゃないのかい？　あのテープを聞いて、アル・バブコックの話を聞いたかぎりでは——」

「ええ、もちろん愛しています。でも情緒的に愛してるわけじゃありません。情緒的に愛さなくちゃいけないなんて神は一言も言ってません。もし僕が神だったら、情緒的に愛されたいなんて思いませんね。そんなの当てにならないですから」

「君、両親のことは愛してるよね？」

「ええ、愛してます——すごく」とテディは言った。「でもあなたは、あなたがその言葉に持たせたい意味で僕がその言葉を使うよう仕向けたがっています——わかりますよ」

「結構。じゃ君はどういう意味でその言葉を使いたい？」

テディはじっくり考えた。「『親和性《アフィニティ》』って言葉の意味わかります？」と彼はニコルソンの方を向いて訊いた。

「大まかには」とニコルソンはそっけなく言った。

「僕は両親に対してすごく強い親和性を持っているんです。二人とも僕の親なんだし、僕たちはみんなたがいのハーモニーの一部なんだし」とテディは言った。「生きているあいだは二人に楽しい時を過ごしてほしいですね……楽しく過ごすのが好きな人たちですから。でも二人とも、僕とブーパー——って僕の妹ですけど——をそういうふうには愛していません。つまり、僕たちをありのままには愛せないみたいなんです。僕たちを少しずつ変えつづけられるのでないと愛せないみたいなんです。僕たちを愛するのとほとんど同じくらい、自分たちが僕たちを愛する理由を愛していて、たいていのときはむしろそっちをより愛してるんです。そういう愛し方、あんまりよくないですよね」。彼はまたニコルソンの方を向いて、わずかに身を乗り出した。「いま何時かわかります？　十時半に水泳レッスンがあるんで」

「まだ大丈夫だよ」とニコルソンはまず腕時計を見もせずに言った。それからカフスを押し上げた。「まだ十時十分過ぎだ」と彼は言った。

「ありがとう」とテディは言って、元の姿勢に戻った。「あと十分くらい会話を楽しめますね」

ニコルソンは片方の脚をデッキチェアの側面から垂らし、かがみ込んで、吸殻を踏んで消した。「僕が理解するところでは」と彼は元の姿勢に戻りながら言った。「君はヴェーダンタ哲学の輪廻《りんね》説を、相当堅固《けんご》に信奉しているようだね」

「あれは説じゃありません、あれはもっと確とした——」

「わかった」とニコルソンは早口で言った。そしてにっこり笑って、両の手のひらをそっと、皮肉な祝福を施《ほどこ》すかのように持ち上げた。「ひとまずその点を論じるのはよそう。まずは最後まで言わせてくれ」。ずっしりした、投げ出した両脚を彼はふたたび組んだ。「僕が理解するかぎり、君はこれまでに、瞑想《ぜんせい》を通して何らかの情報を獲得し、それによって確信したところによれば、君は前世においてインドの聖者であったが、やがて神の恩寵《おんちょう》をおおむね——」

「聖者だったんじゃありません。単に霊的に大きな進歩を遂げつつある人物だったというだけです」

「わかったよ——それはともかくだ」とニコルソンは言った。「肝腎《かんじん》なのは君が、前世において自分は最終的な啓示に至る前に神の恩寵をあらかた失ったと考えているという点だ。そのとおりかい、それともこの言い方——」

「そのとおりです」とテディは言った。「一人の女性に出会って、瞑想をひとまずやめたんです」。彼は両腕を肘掛けから下ろして、温めておこうとするみたいに両手を太腿の下にたくし込んだ。「どっちにしろ別の肉体を選んで地上に戻ってくるしかなかったでしょうから——つまり、その女性に会わなかったとしても、死んだらまっすぐブラフマーの許《もと》に行けて二度と地上に戻ってこなくていいほど霊的に進歩してはいなかったということです。でももしその女性に会わなかったら、アメリカ人の肉体で戻ってこなくてもよかったでしょうね。アメリカで瞑想して霊的な生活を送るのはすごく大変なんです。やろうとすると、化け物だと思われるんです。僕の父親も僕のことを、ある意味では化け物だと思っています。母親も——母親は、僕が四六時中《しろくじちゅう》神のことを考えるのはよくないと思っています。健康に悪いと思ってるんです」

ニコルソンは彼に目を据えて、じっくり眺めていた。「あの最新のテープで、初めて神秘体験をしたのは六歳のときだったと言ってたよね。そのとおりかい？」

「六歳のときにすべては神なんだとわかって、髪が逆立《さかだ》って、ということです」とテディは言った。「日曜のことでした。妹はそのころまだすごく小さくて、ちょうどミルクを飲んでいる最中で、そのとき突然僕は、妹は神でありミルクは神なんだとわかったんです。つまり妹は、神を神のなかに注いでいただけなんです、言ってみれば」

ニコルソンは何も言わなかった。

「でも四歳のころにはもう、けっこう頻繁《ひんぱん》に有限の次元から出られたんです」とテディはつけ足して言った。「継続的とかじゃありませんけど、けっこう頻繁に」

ニコルソンはうなずいた。「そうなの？　出られたんだ？」

「ええ。それもあのテープに……いや、四月に録音した方だったかな。はっきり覚えてません」

ニコルソンはふたたび煙草を取り出したが、目はテディから離さなかった。「有限の次元から出るってどうやるの？」と彼は訊いて、短い笑い声を上げた。「つまりさ、ものすごく基本的なことからはじめるとさ、たとえば木の塊《かたまり》は木の塊だろう。長さがあって、幅が――」

「ありません。そこが間違ってるんです」とテディは言った。「みんなただ思ってる、だけなんです、いろんなものはどこかで終わってるって。終わってなんかいないんです。ピート教授にもそのことを言おうとしてたんです」。彼は体をもぞもぞ動かし、何とも見苦しいハンカチを――灰色の、くしゃくしゃに丸まった代物《しろもの》を――取り出して洟《はな》をかんだ。「ものがどこかで終わってるように見えるのは、たいていの人がそういう見方しか知らないからです」とテディは言った。「だからといって本当に終わるということにはなりません」。彼はハンカチをしまい、ニコルソンを見た。「すみませんけど、ちょっと腕を片方上げてもらえます?」と彼は言った。

「僕の腕?　なんで?」

「とにかく上げてください。一瞬でいいですから」

ニコルソンは一方の前腕を、肘掛けから四、五センチ上げた。「こっちでいい?」と彼は訊いた。

テディはうなずいた。「あなたはそれをなんと呼びますか?」

「どういう意味だい。これは僕の腕だよ。一本の腕さ」

「どうしてそうだとわかります?　それが腕と呼ばれていることはあなたも知っています。でもどうしてそれが腕だとわかります?　腕だという証拠はありますか?」

ニコルソンは煙草を一本箱から出して、火を点けた。「はっきり言って、そういうのは最悪の種類の詭弁《きべん》だと思うね」と彼は煙を吐き出しながら言った。「これは腕さ、なぜって腕なんだから。まず第一に、ほかのものと区別するためにこれには名前がなくちゃならない。そんなふうにあっさり——」

「それは単に論理にのっとった言い方です」とテディは無表情な声で言った。

「何にのっとった言い方だって?」とニコルソンは、いささか過度に礼儀正しい口調で訊いた。

「論理です。あなたはただ型どおりの、知的な答えを口にしているだけです」とテディは言った。「僕はただあなたに協力しようとしただけです。どうやって意のままに有限の次元から抜け出すのかってお訊きになりましたよね。抜け出すには論理なんか使いません。まず真っ先に論理を捨てなきゃいけないんです」

煙草の葉の切れはしを、ニコルソンは指で舌から取り除いた。

「アダムは知ってます？」とテディは彼に訊いた。

「誰を知ってるかって？」

「アダムです。聖書の」

ニコルソンはにっこり笑った。そして「直接の知りあいじゃないね」とそっけなく言った。

テディはためらった。「怒らないでください。僕はただ、質問されたから——」

「怒ってなんかいないさ、何言うんだ」

「わかりました」とテディは言った。椅子の背によりかかって座っていたが、頭はニコルソンの方を向いていた。「聖書に載ってる、アダムがエデンの園で食べたリンゴは知ってます？」と彼は言った。「あのリンゴに何が入っていたかわかります？　論理です。論理とか、知性とか。入っていたのはそれだけです。だから——ここが肝腎なんです——ものをありのままに見ようと思うならそれを吐き出さないといけないんです。吐き出してしまえば、もう木の塊がどうとか悩んだりしません。ものがつねに終わっていいるように見えることもなくなります。そして腕というものが真になんなのかがわかるんです、知りたいという気さえあれば。僕の言うことわかりますか？　僕の話について来てます？」

「ついて来てるよ」とニコルソンは、だいぶぶっきらぼうに言った。

「問題は、たいていの人はものをありのままに見たがっていないということです。しじゅう生まれたり死んだりするのをやめたいとさえ思わないんです。いつも新しい肉体を欲しがるばかりで、神の許にとどまろうと思わないんです、そっちの方がずっといいのに」。テディはしばし考えた。「こんなリンゴ食い集団、見たことないですよ」と彼は言った。そして首を横に振った。

その瞬間、白い上着を着た、担当エリアを回っていたデッキ係がテディとニコルソンの前で足を止め、朝のスープは要るかと訊いた。ニコルソンはまったく反応しなかった。テディが「いいえ、結構です」と答えると、デッキ係は先へ進んでいった。

「この話、したくなかったらしなくてもいいんだよ」とニコルソンはいきなり、相当つっけんどんに言った。そして煙草の灰をはたいた。「だけどほんとなんだね、それとも違うのかい、君が調査団全員に——ウォルトン、ピート、ラーセン、サミュエルズ、みんなに――それぞれがいずれ、いつどこでどのように死ぬか言ったっていうのは？　ほんとなのかい、それとも違うのかい？　話したくなければ話さなくていいけど、ボストンあたりの噂《うわさ》だと――」
「それは違います」とテディは断固とした口調で言った。「これこれの場所、これこれの日時にはすごく、すごく気をつけた方がいいとは言いました。こういうことをやったらいいかもしれないというのもいくつか言いました……でもそんなことは全然言ってません。そんなふうに、すべて不可避なんだみたいなことは言ってません」。彼はまたハンカチを出して洟をかんだ。ニコルソンは彼をじっと見ながら続きを待った。

「ピート教授にだって、そんなことは全然言いませんでした。第一にあの人は、ぐずぐず残ってあれこれ質問した人たちのなかには入っていませんでしたし。僕がピート教授に言ったのは、一月が過ぎたらもう授業をするのはやめた方がいいってことだけです――それしか言ってません」。テディは元の姿勢に戻って、少しのあいだ黙っていた。「ほかの教授たちには、ああいう話をするようほとんど強制されたんです。インタビューも終わって録音も済んで、時間もすごく遅かったのに、みんなそのまま居残って煙草喫ってすごく慣れなれしく話しかけてきて」

「でもたとえばウォルトンとかラーセンとかに、死がいつ訪れるか、どこでか、どのようにかとかは言わなかったのかい？」とニコルソンはしつこく訊いた。

「いいえ。言ってません」とテディはきっぱり言った。「言ったことにしたって、せっつかれなければあんなこと何ひとつ言いやしません、だけどあの人たちえんえんそういう話ばっかりするんです。なんとなく言い出したのはウォルトン教授ですね。いつ自分が死ぬのか知りたいものだねえって言ったんです。それがわかればどの仕事はすべきでどの仕事はすべきでないかがわかるし、時間の一番有効な使い方もわかるしって。そしたらほかの人たちもみんな言い出して……だから少し教えてあげたんです」

ニコルソンは何も言わなかった。

「でもいつ実際に死ぬかを教えたわけじゃありません。それは全然間違った噂です」とテディは言った。「教えようと思えばできましたけど、あの人たちが心の底では知りたがっていないことはわかってましたから。みんな宗教とか哲学とか教えていても、死ぬことはけっこう怖いんだってわかってましたから」。テディはしばらく黙ったまま座っていた。というか、ほとんど横になっている。「ほんとに馬鹿みたいですよ」と彼は言った。「死ぬのってただ単に体から出るだけなのに。だってみんな、いままでに何千回もやってるんですよ。覚えてないからって、やってないってことにはなりません。ほんとに馬鹿みたいですよ」

「そうかもしれない。そうかもしれない」とニコルソンは言った。「でも論理的事実としてはあくまで、いかに知的に――」

「ほんとに馬鹿みたいですよ」とテディはまた言った。「たとえば僕はあと五分で水泳のレッスンを受けます。それでプールに行ってみたら、水が入っていないかもしれない。今日はプールの水を換える日とかかもしれない。でもそれでたとえば僕が、底はどうなってるのか見ようと、縁まで歩いていったら、妹が寄ってきてうしろからひょいって押すかもしれない。僕は頭蓋骨《ずがいこつ》が砕けて即死するかもしれない」。テディはニコルソンを見た。「ありうることです」とテディは言った。「妹はまだ六歳だし、これまで人間だった回数もそんなに多くないし、僕のことそんなに好きじゃないから。大いにありうることです。でもそれのどこがそんなに悲劇でしょう？　だって何を恐れることがあります？　単に定められたことをするだけの話じゃないですか」

ニコルソンはふんと軽く鼻を鳴らした。「君から見れば悲劇じゃないかもしれないけど、君のパパとママにとっては掛け値なしの惨事だぜ」と彼は言った。「それは考えたことある？」

「ええ、もちろんあります。でもそれは単に、起きるすべてのことに対して両親が名前や感情を持っているからにすぎません」。さっきからふたたび脚の下にたくし込んでいた両手をテディはいままた出して、両腕を肘掛けに載せてニコルソンを見た。「スヴェンは知ってます？　ジムの係員の人？」と彼は訊いた。そしてニコルソンがうなずくまで待った。「もしスヴェンが今夜、飼っている犬が死んだ夢を見たら、今夜一晩の眠りは最悪になりますよね、すごく可愛がってる犬なんだから。でも朝目が覚めたら、すべては元どおり丸く収まっています。ただの夢だったってわかるから」

ニコルソンはうなずいた。「で、その話のポイントは？」

「ポイントは、もし実際に犬が死んだとしても同じだということです。ただスヴェンにはそのことがわかりません。自分も死ぬまでは目が覚めないんです」

ニコルソンは超然とした様子で、右手を使って自分のうなじをゆっくり、生々しくマッサージしていた。左手は不動のまま肘掛けにとどまり、指のあいだに新しい、火の点いていない煙草をはさんでいて、まぶしい陽を浴びて妙に白く、無機的に見えた。

テディががばっと立ち上がった。「もうほんとに行かなくちゃ」と彼は言った。そして椅子の、まっすぐ伸ばした脚載せの部分にそうっと腰かけてニコルソンと向きあい、Ｔシャツをたくし込んだ。「あと一分半くらいで、水泳レッスンに行かないと」と彼は言った。「プール、ずっとあっちのＥデッキなんです」

「訊いてもいいかな、どうしてピート教授に、年が明けたら授業をするのはやめた方がいいって言ったのか？」と、相当ぶっきらぼうにニコルソンが言った。「ボブ・ピートとは知りあいなんだよ。だから訊くんだ」

テディはワニ革のベルトを締めた。「あくまであの人がとても霊的な人だからです。

いまあの人は、霊的にきちんと進歩しようと思うならそれにはあまり好ましくない事柄をたくさん授業で教えているんです。余計な刺激が多すぎるんです。いろんな事柄を頭に入れるんじゃなくて、頭からすべて抜くべき時なんです。その気になれば、あの人はこの一回の人生で、ずいぶん多量のリンゴを取り除けるはずなんです。瞑想はとても上手な人ですから」。テディは立ち上がった。「もう行きます。あまり遅れたくないから」

ニコルソンは顔を上げてテディを見て、そのまま視線を保って彼を引きとめた。「もし君に教育制度が変えられるとしたら何を変える?」と彼は、意図の見えない問いを発した。「そういうこと、考えたことあるかい?」

「もうほんとに行かないと」テディは言った。

「この一問だけ答えてくれよ」ニコルソンは言った。「実は僕、教育畑《ばた》でさ――教育学を教えてるんだ。だから訊くんだよ」

「そうですね……よくわからないなあ」とテディは言った。「まあ確かなのは、学校でたいていまずははじめにやることからははじめないってことですね」。彼は腕組みをして、一瞬考えた。「まずはただ子供たちを集めて、瞑想のやり方を教えると思う。自分が本当に誰なのか、名前が何《なに》でとかそういうことじゃなくて真に誰なのかを知るやり方を教えようとすると思う……でもそれより前に、親とかみんなから言われたことを全部捨てさせてからっぽにならせるでしょうね。象は大きいんだよ、としか親から言われていないとしても、それも捨てさせます。象が大きいのは何か別のものが隣にいるときだけです——たとえば犬とか、女の人とか」。そしてもう一瞬考えた。「象は鼻が長いんだよとすら教えませんね。もし手近にいたら、象を見せてやりはするかもしれないけど、そのときも子供たちが象について何も知らないままに——象が子供たちについて何も知らないのと同じに——ただ象の前に行かせるでしょうね。草でも、ほかのなんでも同じことです。草が緑だってことも言いません。色というのはただの名前です。草は緑だよって言ってしまえば、子供たちは草というものが、ある決まった見え方を——こっちの見え方を——するものだと決めてしまいます。ほかにも同じくらいいい、ひょっとしたらもっとずっといい見え方があるかもしれないのに……よくわからないな。とにかく、親とかみんなに齧《かじ》らされたリンゴを残らず吐き出させますね」

「一世代まるごと、無知な人間ばかりを育ててしまう恐れは？」

「どうしてです？　べつに象以上に無知にはなりませんよ。あるいは鳥以上に。あるいは木以上に」とテディは言った。「何かがあるやり方でふるまう代わりに、あるやり方でただあるからといって、無知だってことにはなりませんよ」

「ならない？」

「なりません！　それに、名前とか色とかを学びたかったら、もっと大きくなってからだってその気になればいくらでも学べます。とにかくまずは本当に見る見方からはじめさせたいですね、リンゴ食いたちの見方じゃなくて――要はそこなんです」。彼はニコルソンの方に寄っていって、片手を差し出した。「もう行かないと。ほんとに。お話しできて――」

「あとちょっとだけ――ちょっと座ってくれよ」とニコルソンは言った。「大きくなったら何か研究に携わろうとか考えたりする？　医療に関する研究とか、そういうの？　君の知能をもってすれば、ひょっとするといずれ――」

テディは答えたが、座りはしなかった。「二年くらい前に一度考えました。お医者さんともずいぶん話しました」。そして首を横に振った。「どうもあんまり興味を持てそうにありませんね。医者は表面にとどまりすぎるから。細胞とかそういう話ばっかりで」

「そう思う？　細胞構造なんて大事じゃないと思う？」

「いえ、もちろん大事だと思いますよ。でも医者って細胞のことを、それ自体無限に重要であるみたいに語るじゃないですか。まるで、細胞の持ち主である人間には全然関係ないみたいに」。テディは片手で額から髪を払いのけた。「僕の体を育てたのは僕です」と彼は言った。「ほかの誰がやってくれたのでもありません。だから、僕が育てたのだとしたら、僕はその育て方を知っていたにちがいありません。少なくとも、無意識には。過去数十万年のうちに、その意識的な知識は失ってしまったかもしれないけど、知識はいまもそこにあるんです。なぜって、自明の話、僕はそれを使ったんですから……。すべてを取り戻すには——つまり意識的な知識を取り戻すには——ものすごくたくさん瞑想が必要だろうし、まだいろんなものを捨てなきゃいけない。でもその気になればできるんです。十分広く自分を開けば」。彼はいきなり手を下ろして、ニコルソンの右手を肘掛けから取り上げた。そしてそれを礼儀正しく一度上下に振って、「さよなら。行かないと」と言った。今度はニコルソンも引きとめられなかった。テディはすぐさま通路を縫《ぬ》って歩きはじめた。

テディがいなくなってから何分か、ニコルソンは両手を肘掛けに載せたまま、火の点いていない煙草もまだ左手の指にはさんだままじっと動かず座っていた。そしてやっと右手を上げて、シャツの襟がまだ開いているかどうか確かめた。それから煙草に火を点けて、またじっと座った。

煙草を最後まで喫いきってから、いきなり片脚を椅子の横から外に投げ出して、煙草を踏みつけ、立ち上がって、相当な早足で通路の外に出ていった。

前方行きの階段を使って、すたすたとプロムナードデッキに降りていった。そこでも立ちどまらず、早足のままさらに降りていき、メインデッキまで行った。そこから

Aデッキに。そこからBデッキに。そこからCデッキに。そこからDデッキに。

Dデッキで前方行きの階段は終わっていて、ニコルソンは一瞬、どっちへ行っていいかわからなくなった様子で立ちどまった。が、そのとき、道を教えてくれそうな人間が目に入った。通路を半分くらい行ったあたりに、女性乗務員が一人いて、調理室入口の前で椅子に座って雑誌を読みながら煙草を喫っていたのだ。ニコルソンは彼女の方に寄っていき、つかのま案内を乞《こ》い、相手に礼を言って、さらに何歩か前方に歩いていって、〈プール入口〉と書かれた重い金属の扉を開けた。狭い、絨毯も敷いていない階段が中にあった。

階段を半分ちょっと降りたところで、耳をつんざく長い悲鳴が聞こえた——明らかに幼い女の子から出ている声だった。タイルの壁四方に反響しているかのように、おそろしくよく響く悲鳴だった。

訳者あとがき

『ナイン・ストーリーズ』に収められた九つの短篇は、一九四八年から五三年にわたって雑誌に掲載された。サリンジャー作品のなかでもっともよく読まれている——もしかしたら、二十世紀の全文学作品のなかでもっともよく読まれている——『キャッチャー・イン・ザ・ライ』は一九五一年刊だから、読者の勝手なイメージとしては、当時サリンジャーの中に十の物語があって、その十人きょうだいの一人が、代表として長篇になる役を担ったという感がある（実際『キャッチャー』の一部は、「マディソン・アヴェニューのはずれでのささいな抵抗」〔一九四六、執筆は一九四一〕と「ぼくはちょっとおかしい」〔一九四五〕という二短篇が素材になっていて、この二篇は金原瑞人訳『このサンドイッチ、マヨネーズ忘れてる　ハプワース16、１９２４年』〔新潮社〕で読むことができる）。もし、残り九人のきょうだいの誰かが代わりにその役を引き受けていたら、どんな長篇になったか、想像してみるのも楽しい。

といっても、これら「ナイン・ストーリーズ」が、本来なら長篇になるべきだった「素材」なのだということではない。むしろ、短篇としてすでに完璧ではないかと思える作品の方が多いというべきだろう。冒頭に置かれた「バナナフィッシュ日和」などは、たしかにグラース家をめぐるサーガという隠れた「長篇」の一部だが、この作品の二部構成はそれ自体絶妙であり、これ以上手を入れられることを待っている素材ではまったくない。「エスキモーとの戦争前夜」にしても、主人公の女の子が友人の兄とのチグハグな会話を通してささやかな変容を遂げる、その味わい深い流れを、もっと大きな物語の中に埋没させる必要は少しも感じられない。九つの世界がそれぞれ屹立していて、何かしら忘れがたい空気、手触り、印象を残す。時間を置いて再読すればまた違った味わいがある。

九つの短篇は発表順に並べられていて、巻頭の「バナナフィッシュ日和」が『ニューヨーカー』一九四八年一月三十一日号掲載、巻末の「テディ」が同じく『ニューヨーカー』一九五三年一月三十一日号掲載（残り七作品のうち、「ディンギーで」は『ハーパーズ』に、「ド・ドーミエ＝スミスの青の時代」は『ワールド・レビュー』に掲載されたが、あとはすべて『ニューヨーカー』掲載）。一見、もっとも芸のない並べ方のようだが、順番に読んでいくと、写実性の高い、個人的な次元での救済（あるいはその不在）に焦点が当てられる傾向から、より霊的で、超越的な救済が垣間見える傾向へと移っていくのが感じられる。むろんだからといって、巻頭の方の作品が作品として次元が低いわけでは全然ないが、いずれにせよ、連作短篇ではなくても（つまり、同じ登場人物がくり返し現われたりすることはなくても）、あきらかに筋の通った配列になっている。まずはこの順番で読んで、サリンジャーが『キャッチャー』前後に歩んだスピリチュアルな道行きに同行するのがよいと思う。

時代の風俗をさりげなく取り込んでいるわりには、中に出てくる固有名詞を読者が知っているか知らないかで理解の度合が左右される、ということもそれほどない作品だと思うが、味わう助けになるかもしれないので、いくつかの註を以下に記す。

四二ページ　七行目　『聖衣』
イエスの磔刑《たっけい》を描いた、ロイド・C・ダグラスによる歴史小説（一九四二）で、四二～三年にかけてアメリカでベストセラーだった。

四二ページ　一一～一二行目　エイキム・タミロフ
きつい訛りを活かして活躍したアルメニア系の映画俳優。

一〇一ページ　七～八行目　バック・ジョーンズ、ケン・メイナード、トム・ミックス

いずれも西部劇の人気俳優。

一四二ページ　一〇行目　空に上がるやつだよ

kikeは蔑称として「ユダヤ人」の意だが、ライオネルはそれを知らず、「凧」(kite)と混同している。

二一五ページ　八～九行目　お先にどうぞアルフォンス

「どうぞ、お先に」「いえいえ、どうぞ」といったたぐいの無意味な譲り合いに言及する際、"After you, Alphonse"というフレーズがしばしば使われる。

二三六ページ　二～三行目　アリマタヤのヨセフ

イエスの弟子で、イエスの遺骸を引き取り、墓に葬った。『創世記』に出てくるヨセフ、イエスの母マリアの夫ヨセフと区別してこう呼ばれる。

二三六ページ　一四行目　マグダラのマリア

イエスの弟子となり、復活したイエスに真っ先に会った人物だが、伝承のなかでほかにもさまざまな役割・意味を担わされている。

二四〇ページ　三行目　アントネッロ・ダ・メッシーナ
十五世紀イタリアの画家。『受胎告知のマリア』などで知られる。

二四八ページ　五行目　ピエール・アベラール
十二世紀フランスの哲学者・神学者。弟子エロイーズとのロマンスで有名。

二八八ページ　一六～一七行目　『やがて死ぬ……』『この道や……』
いずれも芭蕉の有名な句。

この『ナイン・ストーリーズ』訳は日本語訳としては六番目である。新訳を作るにあたっては、とにかく人物たちの、そして語りの声をよく聴くことを心がけた（僕は翻訳に限らず何かを「心がける」ことはあまりないのだが、これに関しては間違いなく心がけた）。二〇〇八年の夏、十月の雑誌掲載に間に合わせるべく、陽があたらないので夏でもクーラーが不要な（少なくとも二〇二三年夏より前は不要だった）薄暗い部屋にこもって、懸命に「訳している」というよりは「聴いている」自分の姿が思い浮かぶ。一つの物語を例外として、八つの物語から、さまざまな人たちの声と息づかいが聞こえてくる（一つの例外はもちろん「テディ」である。あの主人公は、人間的な言葉のやりとりといった次元をとうに超越している）。聴きながら僕は、それにしてもこの人たちよく煙草《たばこ》を喫《す》うなあ、なんだかこの部屋まで煙たい気がする……などと考えている（少し言い換えれば、会話のテンポ、リズムを作る上で煙草はサリンジャーにとって絶好の小道具だということである。もしこれらの短篇の舞台となっている一九四〇～五〇年代、アメリカ人がこれほど煙草を喫わなかったらサリンジャーはいったいどうしただろう？　と考えると気が遠くなってくる）。

二〇一六年にスティーヴン・ミルハウザーが来日して、一緒に上野の街を歩いている最中、なぜか「サリンジャーは耳がいい」という話題になり、スティーヴンが真っ先に挙げた例が、「エスキモーとの戦争前夜」で、セリーナの兄がジニーに発する“Jeat jet?”の一言だった――“Did you eat yet?”（もう食べた？）を、人差し指の爪で前歯のあいだにはさまった食べかすをほじくり出しながら言えばそうなる。そうスティーヴンが言うのを聞いて、あれは「もうはへは？」と訳すのが精一杯だったなあ、と己を恥じつつも、そうそういうところだよなサリンジャーの面白さは、と深く納得もし、自分が敬愛する作家と意見が合って嬉しく思ったのだった（今回の訳では、人物の動作を実際に真似てみた結果、「おうはへは？」に直した）。
もちろん、ただ「耳がいい」というだけでは、出来のいいボイス・レコーダーとどう違うんだ、という話になってしまいかねない。問題は、そこで交わされている言葉から、どういう空気、あるいは関係、あるいは内面、等々が浮かび上がってくるかだろう。これについては訳者とて単に一読者にすぎず（まあそれをいえばすべてについて一読者なのだが）、偉そうにご託宣を垂れることはできない。出てくる誰もが世界に対して何らかの違和を抱えている、くらいは言えそうだが、「そんなの誰だってそーだろ」と言われればそれまでである。ただまあ、その違和が、人生の意味に対する根本的な懐疑から、友人に対するちょっとした不満まで、「大小」はさまざまであっても、その切実さにおいては対等であることが行間からひしひし伝わってくるということは言えるかもしれない。

日本で刊行されたサリンジャー作品の主な訳書は以下のとおり。

The Catcher in the Rye (1951)
『ライ麦畑でつかまえて』野崎孝訳、白水Uブックス
『キャッチャー・イン・ザ・ライ』村上春樹訳、白水社

Nine Stories (1953)
『ナイン・ストーリーズ』野崎孝訳、新潮文庫
『ナイン・ストーリーズ』柴田元幸訳、河出文庫（本書）
Franny and Zooey (1961)
『フラニーとゾーイー』野崎孝訳、新潮文庫
『フラニーとズーイ』村上春樹訳、新潮文庫
Raise High the Roof Beam, Carpenters and *Seymour: An Introduction* (1963)
『大工よ、屋根の梁を高く上げよ シーモア―序章―』野崎孝・井上謙治訳、新潮文庫
Hapworth 16, 1924 (1965)
『ハプワース16、一九二四』原田敬一訳、荒地出版社
日本独自編集として以下二冊がある。
『このサンドイッチ、マヨネーズ忘れてる ハプワース16、１９２４年』金原瑞人訳、新潮社
『彼女の思い出／逆さまの森』金原瑞人訳、新潮社

初期短篇の翻訳としては、『MONKEY』(スイッチ・パブリッシング)19号に「いまどきの若者」("The Young Folks")と「針音だらけのレコード盤」("Blue Melody")が拙訳で載っている。また以前には、荒地出版社から『サリンジャー選集』(全四巻+別巻、一九六八―七七)、東京白川書院から『サリンジャー作品集』(全六巻、一九八二)が刊行されていた。

新たに出すたびに少しずつ手は入れているが、『ナイン・ストーリーズ』拙訳が出るのは、『モンキービジネス』第三号(二〇〇八)、ヴィレッジブックス単行本版(二〇〇九)、ヴィレッジブックス文庫版(二〇一二)に続いてこの河出文庫版で四回目である。永く読み継がれてしかるべきこの本が、ふたたび書店の棚に復帰できることになってとても嬉しい。文庫化を実現してくださった河出書房新社の島田和俊さんと、作品への敬意のこもった入念な編集作業をしてくださった町田真穂さんにあつくお礼を申し上げる。

この文庫を通して、多くの皆さんの耳に、サリンジャーの国の人々の声が届きますように。

本作はヴィレッジブックスより二〇〇九年に単行本として、二〇一二年に文庫として刊行された。小社での文庫化にあたり、新たに「訳者あとがき」を収めた。

J. D. Salinger:
NINE STORIES, 1953

ナイン・ストーリーズ

二〇二四年 一 月一〇日 初版印刷
二〇二四年 一 月二〇日 初版発行

著　者　J・D・サリンジャー
訳　者　柴田《しばた》元幸《もとゆき》
発行者　小野寺優
発行所　株式会社河出書房新社
〒一五一−〇〇五一
東京都渋谷区千駄ヶ谷二−三二−二
電話〇三−三四〇四−八六一一（編集）
〇三−三四〇四−一二〇一（営業）
https://www.kawade.co.jp/

ロゴ・表紙デザイン　粟津潔
本文フォーマット　佐々木暁
本文組版　株式会社創都
印刷・製本　中央精版印刷株式会社

Printed in Japan　ISBN978-4-309-46793-1

ロード・ジム

ジョゼフ・コンラッド　柴田元幸〔訳〕　46728-3

東洋の港で船長番として働く男を暗い過去が追う。流れ着いたスマトラで指導者として崇められるジムは何を見るのか。『闇の奥』のコンラッドが人間の尊厳を描いた海洋冒険小説の最高傑作。

舞踏会へ向かう三人の農夫　上

リチャード・パワーズ　柴田元幸〔訳〕　46475-6

それは一枚の写真から時空を超えて、はじまった――物語の愉しみ、思索の緻密さの絡み合い。二十世紀全体を、アメリカ、戦争と死、陰謀と謎を描いた驚異のデビュー作。

舞踏会へ向かう三人の農夫　下

リチャード・パワーズ　柴田元幸〔訳〕　46476-3

文系的知識と理系的知識の融合、知と情の両立。「パワーズはたったひとりで、そして彼にしかできないやり方で、文学と、そして世界と戦った。」解説＝小川哲

十二月の十日

ジョージ・ソーンダーズ　岸本佐知子〔訳〕　46785-6

中世テーマパークで働く若者、愛する娘のために賞金で奇妙な庭の装飾を買う父親、薬物実験の人間モルモット……。ダメ人間たちの愛情や優しさや尊厳を独特の奇想で描きだす全米ベストセラー短篇集。

短くて恐ろしいフィルの時代

ジョージ・ソーンダーズ　岸本佐知子〔訳〕　46736-8

脳が地面に転がるたびに熱狂的な演説で民衆を煽る独裁者フィル。国民が６人しかいない小国をめぐる奇想天外かつ爆笑必至の物語。ブッカー賞作家が生みだした大量虐殺にまつわるおとぎ話。

服従

ミシェル・ウエルベック　大塚桃〔訳〕　46440-4

二〇二二年フランス大統領選で同時多発テロ発生。極右国民戦線のマリーヌ・ルペンと、穏健イスラーム政党党首が決選投票に挑む。世界の激動を予言したベストセラー。

太陽がいっぱい

パトリシア・ハイスミス　佐宗鈴夫〔訳〕　46427-5

息子ディッキーを米国に呼び戻してほしいという富豪の頼みを受け、トム・リプリーはイタリアに旅立つ。ディッキーに羨望と友情を抱くトムの心に、やがて殺意が生まれる……ハイスミスの代表作。

キャロル

パトリシア・ハイスミス　柿沼瑛子〔訳〕　46416-9

クリスマス、デパートのおもちゃ売り場の店員テレーズは、人妻キャロルと出会い、運命が変わる……サスペンスの女王ハイスミスがおくる、二人の女性の恋の物語。映画化原作ベストセラー。

エドウィン・マルハウス

スティーヴン・ミルハウザー　岸本佐知子〔訳〕　46430-5

11歳で夭逝した天才作家の評伝を親友が描く。子供部屋、夜の遊園地、アニメ映画など、濃密な子供の世界が展開され、驚きの結末を迎えるダークな物語。伊坂幸太郎氏、西加奈子氏推薦！

裸のランチ

ウィリアム・バロウズ　鮎川信夫〔訳〕　46231-8

クローネンバーグが映画化したW・バロウズの代表作にして、ケルアックやギンズバーグなどビートニク文学の中でも最高峰作品。麻薬中毒の幻覚や混乱した超現実的イメージが全く前衛的な世界へ誘う。

勝手に生きろ！

チャールズ・ブコウスキー　都甲幸治〔訳〕　46292-9

ブコウスキー二十代を綴った傑作。職を転々としながら全米を放浪するが、過酷な労働と嘘まみれの社会に嫌気がさし、首になったり辞めたりの繰り返し。辛い日常の唯一の救いは「書くこと」だった。映画化原作。

オン・ザ・ロード

ジャック・ケルアック　青山南〔訳〕　46334-6

安住に否を突きつけ、自由を夢見て、終わらない旅に向かう若者たち。ビート・ジェネレーションの誕生を告げ、その後のあらゆる文化に決定的な影響を与えつづけた不滅の青春の書が半世紀ぶりの新訳で甦る。

トーニオ・クレーガー　他一篇

トーマス・マン　平野卿子〔訳〕　46349-0

ぼくは人生を愛している。これはいわば告白だ——孤独で瞑想的な少年トーニオは成長し芸術家として名を成す……巨匠マンの自画像にして不滅の青春小説、清新な新訳版。併録「マーリオと魔術師」。

ボヴァリー夫人

ギュスターヴ・フローベール　山田𣝣〔訳〕　46321-6

田舎町の医師と結婚した美しき女性エンマ。平凡な生活に失望し、美しい恋を夢見て愛人をつくった彼女が、やがて破産して死を選ぶまでを描く。世界文学に燦然と輝く不滅の名作。

高慢と偏見

ジェイン・オースティン　阿部知二〔訳〕　46264-6

中流家庭に育ったエリザベスは、資産家ダーシーを高慢だとみなすが、それは彼女の偏見に過ぎないのか？　英文学屈指の作家オースティンが機知とユーモアを込めて描く、幸せな結婚を手に入れる方法。永遠の傑作。

大いなる遺産　上・下

ディケンズ　佐々木徹〔訳〕　46359-9　46360-5

テムズ河口の寒村で暮らす少年ピップは、未知の富豪から莫大な財産を約束され、紳士修業のためロンドンに旅立つ。巨匠ディケンズの自伝的要素もふまえた最高傑作。文庫オリジナルの新訳版。

インドへの道

E・M・フォースター　小野寺健〔訳〕　46767-2

大英帝国統治下のインドの地方都市を舞台に、多様な登場人物の理解と無理解を緻密に描き、人種や宗教、東洋と西洋、支配と非支配といった文化的対立を、壮大なスケールで示した不朽の名作。

ロビンソン・クルーソー

デフォー　武田将明〔訳〕　46362-9

二十七歳の時に南米の無人島に漂着した主人公が、自己との対話を重ねながら、工夫をこらして農耕や牧畜を営んでいく。近代的人間の原型として、多様なジャンルに影響を与えた古典的名作を読みやすい新訳で。